全国高职高专规划教材·国际贸易系列

国际贸易基础

主　编　李凤荣

副主编　谢泽明

北京大学出版社
PEKING UNIVERSITY PRESS

内 容 简 介

"国际贸易基础"是国际经济与贸易、国际商务类专业的专业基础课。本书简明、清晰地介绍了国际贸易是什么、做什么以及国际贸易管理的政策和规则，并紧密结合中国对外贸易的实际，阐述了中国对外贸易的政策、措施以及国家对于对外贸易的管理。

本书适用于我国高职院校国际经济与贸易等专业教学使用，也可供社会相关从业人员作参考。

图书在版编目（CIP）数据

国际贸易基础/李凤荣主编. —北京：北京大学出版社，2011.6
（全国高职高专规划教材·国际贸易系列）
ISBN 978 7 301-18710-4

Ⅰ．①国…　Ⅱ．①李…　Ⅲ．①国际贸易—高等职业教育—教材　Ⅳ．①F74

中国版本图书馆 CIP 数据核字（2011）第 055877 号

书　　　名：国际贸易基础
著作责任者：李凤荣　主编
责 任 编 辑：成　淼
标 准 书 号：ISBN 978-7-301-18710-4/F·2763
出 版 发 行：北京大学出版社（北京市海淀区成府路 205 号　100871）
网　　　址：http://www.pup.cn
电 子 信 箱：zyjy@pup.cn
电　　　话：邮购部 62752015　发行部 62750672　编辑部 62765126　出版部 62754962
印　刷　者：三河市富华印装厂
经　销　者：新华书店
　　　　　　787 毫米×1092 毫米　1/16　13.75 印张　326 千字
　　　　　　2011 年 6 月第 1 版　2011 年 6 月第 1 次印刷
定　　　价：28.00 元

前　言

　　正值北京市职业教育改革如火如荼地开展之际，2008年4月12日，北京培黎职业学院喜迎温家宝总理亲书校训："手脑并用，创造分析"。温总理在给全校师生的复信中指出，"这个校训对所有职业院校都是适用的"。受此鼓舞，我们全面开展教学改革，由北京培黎职业学院国际商务系主任李凤荣副教授牵头，申请了北京市教改立项课题："行动导向教学模式下的国际贸易基础课程建设"，本教材是教改课题成果之一。

　　本教材在编写过程中以中国的对外贸易为基础情境，贯彻"16号文件"和"十二五"规划纲要精神，坚持"基础知识够用、适用、实用"的理念，以高等职业教育国际贸易、国际商务类专业培养国际贸易业务员、国际商务单证员为目标，以培养学生职业技能为本位，突出以下特色：

　　一、体系创新

　　编者根据自己近二十年职业教育的教学经验，打破传统的《国际贸易》教材的理论体系，全书内容可分为十个学习情境：学习情境1～3为国际贸易基础知识，学习情境4～8为国际贸易政策与措施，学习情境9～10为国际贸易管理。

　　二、内容创新

　　体现前沿性和时效性。本教材是将传统教学计划中的"国际贸易"、"中国对外贸易"和"外贸经营与管理"三门课程的内容进行有效整合，删繁就简，在教材编写过程中，力求反映知识更新和对外贸易发展的最新动态，将新知识、新内容和新案例及时编入教材之中，如BOT投资方式、蓝色贸易措施、动物福利措施、欧盟对外贸易新战略等内容都是首次编入教材的新知识、新内容。

　　三、体例创新

　　在教材编写过程中，按照工作任务导向，设置学习目标（知识目标、能力目标）──→工作任务──→知识结构图──→引导问题──→知识总汇──→基础知识训练──→技能训练七个渐进的环节，融基础知识学习与技能训练为一体，方便教师教学，也易于学生掌握。

　　四、求真务实

　　教材内容的取舍是以中国的对外贸易为基础情境，紧密围绕中国政府部门、中国对外贸易企业的实际工作需要，注重实用性，一些知识的安排是与国际贸易业务员、国际商务单证员、国际商务师、外销员等职业资格考试的基础知识要求相一致，便于学校开展双证教学，也兼顾了学生的职业发展。

　　本教材由北京培黎职业学院李凤荣副教授主编，负责大纲设计和内容总撰写。聊城大学谢泽明副教授任副主编。编者分工如下：北京培黎职业学院李凤荣编写学习情境1～4；北京科技经营管理学院班玲、曹新星编写学习情境5；北京培黎职业学院申志琴编写学习情境6和学习情境8；湖南工业大学商学院罗拥华编写学习情境7；内蒙古职业技术学院王蕊、王丽瑞编写学习情境 9；聊城大学谢泽明编写学习情境 10；北京培黎职业学院谢秀娥编写附录。

本教材可以作为高职高专国际贸易、国际商务及其他经济管理类专业的专业课教材，也可以作为国际贸易业务员、国际商务单证员、国际商务师、外销员等职业资格证书考试的参考书。

本教材在编写过程中，参考了大量文献和教材，引用了一些相关的研究资料。由于编写时间紧、工作量大，以及编者水平有限，书中难免出现一些疏漏和不妥，欢迎各位同人与读者批评指正。

编　者

2011 年 2 月

目　录

学习情境1　国际贸易的基本概念和类型

【学习目标】

能力目标：能够运用国际贸易的常用指标分析一个国家或一个企业的贸易形势，能够读懂对外贸易发展报告。

知识目标：掌握有关国际贸易的基本概念、掌握国际贸易的基本分类。

【工作任务】

1. 上网查找中国某一年度的对外贸易发展情况报告，并认真分析中国的对外贸易形势。

2. 深入某一个企业调查，根据调查结果分析某一企业的对外贸易发展状况。

【知识结构图】

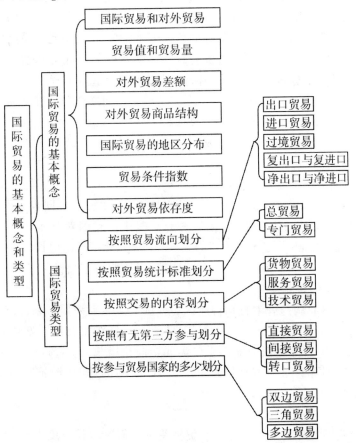

【引导问题】

受全球经济复苏及外汇市场人民币升值影响，2010 年以来我国进口贸易总值增长迅猛。据海关总署网站数据显示，1～12 月累计进出口总值达 29 727.62 亿美元，实现同比增长 34.7％，较上年同期增加 7 655.43 亿美元。累计出口总值为 15 779.32 亿美元，较上年同期增加 3 762.69 亿美元，同比增长 31.3％；累计进口总值为 13 948.3 亿美元，较上年同期增加 3 892.74 亿美元，同比增长 38.7％。2010 年 1—12 月我国对外贸易累计顺差额达 1 831.02 亿美元，较上年同期减少 130.05 亿美元。

欧洲主权债务危机对我国外贸出口投上阴影，欧盟作为我国第一大贸易伙伴，1～12 月份中欧双边贸易进出口总值为 4 797.13 亿美元，较上年同期进出口总值增加 1 156.24 亿美元，实现同比增长 31.8％，占同期我国对外贸易进出口总额 16.14％，较上年同期比重下降 0.36 个百分点。其中出口至欧盟地区贸易总值为 3 112.35 亿美元，累计出口总值同比增长 31.8％；进口总值为 1 684.77 亿美元，累计进口总值同比增长 31.9％。具体到欧盟国家中，对德国双边贸易总额最高，1～12 月累计进出口贸易总值达 1 423.89 亿美元，较上年同期增加 366.58 亿美元，实现同比增长 34.8％，占与欧盟地区总额 29.68％，较上年同期比重上升 0.64 个百分点；与英国双边贸易进出口总值也较多，达到 500.75 亿美元，较上年同期增加 109.2 亿美元，实现同比增长 27.9％，占与欧盟地区总额 10.44％。

美国作为我国对外贸易第二大贸易伙伴，2010 年 1～12 月中美双边贸易总值为 3 853.41 亿美元，较上年同期增加 870.83 亿美元，实现同比增长 29.2％，占同期我国对外贸易总额 12.96％，较上年同期比重下降 0.55 个百分点。其中，我国对美出口总值为 2 833.04 亿美元，同比增长 28.3％；进口总值为 1 020.38 亿美元，同比增长 31.7％。

2010 年以来我国与东盟地区双边贸易日益活跃，截至年底与东盟发生进出口贸易值较与日本发生贸易值十分接近。1～12 月对东盟进出口总值累计达 2 927.77 亿美元，较上年同期增加 797.66 亿美元，实现同比增长 37.5％，占同期全国对外贸易总额 9.85％，较上年同期比重上升 0.2 个百分点。2010 年我国与东盟等新兴市场进出口贸易增长较快，其中对东盟各国出口总值为 1 382.07 亿美元，同比增长 30.1％；进口总值为 1 545.7 亿美元，同比增长 44.8％。

日本作为我国传统主要贸易伙伴，2010 年 1～12 月中日双边贸易总值为 2 977.68 亿美元，较上年同期增加 689.2 亿美元，同比增长 30.2％，占同期我国对外贸易总额 10.02％，较上年同期比重下降 0.35 个百分点。其中，我国对日本出口总值为 1 210.61 亿美元，同比增长 23.7％；进口总值为 1 767.07 亿美元，同比增长 35％。近年来我国一直处于对日贸易逆差地位，2010 年 1～12 月对日累计贸易逆差额为 556.46 亿美元，较上年同期增加 226.19 亿美元。

此外，1～12 月我国与香港特别行政区、韩国贸易往来频繁，累计进出口总值数额较大，分别达到 2 305.75 亿美元和 2 071.71 亿美元，分别比上年同期增长 31.8％和增长 32.6％，与印度双边贸易总额为 617.6 亿美元，同比增长 42.4％，对印度地区进口总值增长较快，1～12 月累计进口贸易总额为 208.41 亿美元，同比增长 51.8％。（资料来源：中国市场调查网）

【提问】

1. 2010 年我国对外贸易规模如何？贸易差额如何？增长速度如何？对外贸易的地理

方向如何？

2. 通常采用哪些指标来分析一国对外贸易发展状况？各项指标具有什么经济意义？

【知识总汇】

1.1　国际贸易的基本概念

1.1.1　国际贸易和对外贸易

1. 国际贸易

国际贸易（International Trade）也叫世界贸易（World Trade），是指世界各国和地区之间的货物与服务的交换活动。它是各国之间劳动分工的表现形式，反映了世界各国（地区）在经济上的相互依赖、相互依存的关系。

我们通常所讲的国际贸易指狭义的国际贸易，它仅指有形贸易，即国家之间货物的进口和出口；而广义的国际贸易除了实物商品的国际交换外，还包括无形贸易，即包括在国际运输、保险、金融、旅游、通信、技术、劳务输出等方面相互提供的服务。

国际贸易由各国（地区）的对外贸易构成，是世界各国对外贸易的总和。

2. 对外贸易

对外贸易（Foreign Trade）是指一个国家（地区）与其他国家（地区）进行的货物与服务的交换活动。一些海岛国家，如日本、英国等，也常用"海外贸易"（Oversea Trade）表示对外贸易，它反映一个国家（地区）与其他国家（地区）在经济上相互依赖、相互依存的关系。

对外贸易包括进口贸易（Import Trade）和出口贸易（Export Trade）。一国从他国输入商品用于国内生产和消费的全部贸易活动称为进口（Import），而一国向他国输出本国商品的全部贸易活动称为出口（Export）。因此，对外贸易也被称为进出口贸易（Import and Export Trade）。

另外，区分国际与国内贸易的标准，是看商品交换是否在两个经济上（而不一定是主权上）完全独立的社会实体之间的居民（而不一定是公民）中进行。

3. 中国内地与港澳地区的贸易

根据"一国两制"的方针，内地同香港、澳门经贸关系的性质，是中国主体同其单独关税区之间的经贸关系，按照对外经贸关系处理，并遵循互不隶属、互不干预、互不替代的原则。两地贸易往来基本遵循国际贸易活动的规则和惯例，两地出现的经济合同纠纷仲裁，参照国际惯例办理。

1.1.2　贸易值和贸易量

贸易额（Value of Trade）和贸易量（Quantum of Trade）都是用来表示和描述贸易规模大小的指标。贸易额也叫贸易值，是指用货币金额来表示的一定时期贸易规模的大小。由于经常受到币值不稳和价格变动的影响，所以不能准确地反映贸易的实际规模大小；贸易量是以一定时期的不变价格为标准来计算的贸易值。由于剔除了价格变动的因素，所以能够准确地反映贸易的实际规模大小。

1. 对外贸易值与国际贸易值

一定时期内一国从国外进口的商品的全部价值，称为进口贸易总值或进口总值；一定时期内一国向国外出口的商品的全部价值，称为出口贸易总值或出口总值。一定时期内一国的进口总值加上出口总值之和称为对外贸易总值，是反映一个国家对外贸易规模的重要指标，一般用本国货币表示，也有的用国际上习惯使用的货币表示。联合国编制和发表的世界各国对外贸易值的统计资料是以美元表示的，我国对外贸易值的统计也使用美元作为货币单位。

国际贸易值是指一定时期内用货币来表示的国际贸易规模的大小，但它在数值上不等于世界进出口总值。因为一国的出口就是另一国的进口，不能重复计算。世界出口贸易值是指一定时期内世界各国出口贸易值之和；世界进口贸易值是指一定时期内世界各国进口贸易值之和。

从世界范围看，似乎世界进口总值理应等于世界出口总值。但是，由于各国一般都按离岸价格（FOB）计算其出口值，按到岸价格（CIF）计算进口值，因此，世界出口值往往略小于世界进口值。

如果把世界各国的进出口值相加作为国际贸易值，不仅会出现重复计算，而且没有任何独立的经济意义。因此，一般把世界各国的出口贸易值相加来表示国际贸易规模的大小，即以世界各国出口贸易值表示世界贸易总值。我们通常所说的国际贸易总值是指世界出口贸易总值。

2. 对外贸易量与国际贸易量

按不变价格计算的对外贸易值，称为对外贸易量（Quantum of Foreign Trade）。为了反映贸易发展的实际规模，是以固定年份的价格为基期价格计算进出口贸易值，再进行比较。通过这种方法计算出来的对外货易值已经剔除了价格变动的影响，只单纯反映对外贸易的量，所以又称为对外贸易量。其计算公式为：

$$对外贸易量 = 对外贸易值 / 进出口价格指数$$

国际贸易量（Quantum of International Trade）通常用一定时期内世界各国的出口贸易量的总和来表示。其计算公式为：

$$国际贸易量 = 国际贸易值 / 出口价格指数$$

1.1.3 对外贸易差额

1. 对外贸易差额

对外贸易差额（Balance of Trade）是一定时期内一国出口总值与进口总值之间的差额，用来表明一国对外贸易的收支状况。一国的进出口贸易收支是其国际收支经常项目中最重要的组成部分，故贸易差额状况对一国的国际收支有重要的影响。

2. 贸易顺差与逆差

当出口贸易总值大于进口贸易总值时，称为贸易顺差，也可以称为出超；当进口贸易总值大于出口贸易总值时，称为贸易逆差，也可称为入超。通常贸易顺差以正数表示，贸易逆差以负数表示。

3. 贸易平衡

当出口贸易总值与进口贸易总值相等时，称为贸易平衡。

1.1.4　对外贸易或国际贸易的结构

广义的对外贸易或国际贸易结构是指货物、服务在一国总进出口或国际贸易中所占的比重。如：2004 年，国际贸易总值为 112 235 亿美元，其中，货物贸易值为 91 235 亿美元，所占比重为 82.3%；服务贸易出口值为 21 000 亿美元，所占比重为 18.7%。

狭义的对外贸易或国际贸易结构是指货物贸易或服务贸易本身的结构比较，可分为对外货物贸易结构与对外服务贸易结构。

1. 对外货物或国际货物贸易结构

对外货物贸易结构是指一定时期内一国或世界进出口货物贸易中以百分比表示的各类货物的构成。如：2003 年，世界货物贸易出口值为 72 940 亿美元，其中，农产品为 6 740 亿美元，所占比重为 9.24%；矿产品为 9 600 亿美元，所占比重为 13.16%；制成品为 54 370 亿美元，所占比重为 74.54%。

2. 对外服务或国际服务贸易结构

对外服务贸易结构是指一定时期内一国或世界进出口服务贸易中以百分比表示的各类项目的构成。如：2003 年，世界服务出口值为 17 950 亿美元，其中，运输 4 050 亿美元，所占比重为 22.56%；旅游 5 250 亿美元，所占比重为 29.25%；其他服务为 8 650 亿美元，所占比重为 48.19%。

3. 意义

广义和狭义的对外贸易或国际贸易结构可以反映出一国或世界的经济发展水平、产业结构的变化或服务业的发展水平等。为了进一步深入比较，还可对货物贸易和服务贸易结构进行细分。如：中国 1999 年货物出口结构中，仪器为 12.7%，农业原料为 3.5%，燃料为 8.4%，矿产品为 2.1%，制成品为 71.4%。到 2004 年，相应的比重分别为 3.5%，0.5%，2.4%，1.9%，91.4%。

1.1.5　对外贸易地理方向

1. 概念

对外贸易地理方向 (Direction of Foreign Trade) 表明一国出口货物和服务的去向地及进口货物和服务的来源地。即进口从哪里来，出口到哪里去。计算公式为：

　　(对某国家或地区的出口或进口贸易值/对世界出口或进口贸易值) ×100%

2. 意义

对外贸易地理方向表明一国（地区）与其他国家（地区）之间经济贸易联系的程度。如：2003 年发达国家货物出口中，对发达国家本身的出口占 74.6%，对发展中国家的出口占 21.6%。同年，在发达国家货物进口中，来自发达国家本身进口的比重为 72.1%，来自发展中国家的比重为 25.7%。这表明发达国家本身是主要的贸易对象。

1.1.6　国际贸易的地区分布

1. 概念

国际贸易地区分布 (International Trade by Country Oregion) 是指世界各洲、各国（地区）在国际贸易中所占的比重。其计算公式为：

（对世界出口或进口值/整个世界贸易值）×100%

国际货物贸易地区分布的计算公式为：

（对世界货物出口贸易值/世界货物出口贸易值）×100%

国际服务贸易地区分布的计算公式为：

（对世界服务出口贸易值/世界服务出口贸易值）×100%

2. 意义

国际贸易地区分布表明各洲、国家（地区）在国际贸易中的地位。其影响因素主要有：世界各国（地区）的国内生产总值、经济贸易的发展和所处的地理位置等。如：中国在 2002—2003 年间，占世界货物贸易的比重为 5.58%，在世界自动加工设备贸易中的比重为 15.65%，在世界电信设备、部件贸易中的比重为 11.00%，在世界玩具、运动器具贸易中的比重为 26.19%，在世界鞋贸易中的比重为 25.43%。

1.1.7 贸易条件指数

贸易条件指数是指一国在对外贸易中，出口商品价格指数与进口商品价格指数之比。若比较期的贸易条件指数高于 100，则表明比较期的贸易条件与基期相比有利；反之，若比较期的贸易条件指数小于 100，则表明比较期的贸易条件不利。

贸易条件指数有四种：净贸易条件指数、出口购买力贸易条件指数、单项因素贸易条件指数和双项因素贸易条件指数。在四种贸易条件指数中，净贸易条件指数和出口购买力贸易条件指数容易计算，联合国贸易与发展会议经常公布发达国家、发展中国家和各国的这两种贸易条件指数。

1. 净贸易条件指数

净贸易条件指数是出口价格指数与进口价格指数之比。其计算公式为：

$$N = (P_x/P_m) \times 100$$

式中：N 为净贸易条件指数；P_x 为出口价格指数；P_m 为进口价格指数。

举例：假定某国净贸易条件指数以 2000 年为基期是 100，2008 年时出口单位价格指数下降 5%，为 95；进口单位价格指数上升 10%，为 110，那么，这个国家 2008 年的净贸易条件指数为：

$$N = (95/110) \times 100 = 86.36$$

这表明该国在 2000—2008 年间，净贸易条件指数从 2000 年的 100 下降到 2008 年的 86.36，2008 年与 2000 年相比贸易条件恶化了 13.64。

2. 出口购买力贸易条件指数

出口购买力贸易条件指数是出口值指数与进口价格指数之比，也可以通过将净贸易条件指数乘以出口数量指数来计算。因此，也被称为收入贸易条件指数。其计算公式为：

$$P = (P_x \times Q_x) / P_m$$

式中：P 为出口购买力指数；P_x 为出口价格指数；Q_x 为出口数量指数；P_m 为进口价格指数。

仍以上例为例，假定在进出口价格指数不变的条件下，该国出口数量指数从 2000 年的 100 提高到 2008 年的 120，在这种情况下，该国 2008 年的收入贸易条件指数为：

$$P = (95 \times 120) / 110 = 103.63$$

这表明该国尽管净贸易条件指数恶化了，但由于出口量上升，本身的进口能力2008 年比 2000 年增加了 3.63，也就是出口购买力指数好转了。

3. 单项因素贸易条件指数

单项因素贸易条件指数是在净贸易条件指数的基础上，考虑劳动生产率提高或降低后贸易条件的变化。其计算公式为：

$$S = (P_x/P_m) \times Z_x$$

式中：S 为单项因素贸易条件指数；Z_x 为出口商品劳动生产率指数。

在上例中，假定该国出口商品的劳动生产率指数由 2000 年的 100 提高到 2008 年的130，则该国的单项因素贸易条件指数为：

$$S = (95/100) \times 130 = 112.27$$

这表明，2000—2008 年间，尽管净贸易条件指数恶化，但此期间出口商品劳动生产率提高，不仅弥补了净贸易条件的恶化，而且使单项因素贸易条件好转。它说明了出口商品劳动生产率提高在贸易条件改善中的作用。

4. 双项因素贸易条件指数

双项因素贸易条件指数不仅考虑到出口商品劳动生产率的变化，而且考虑到进口商品劳动生产率的变化。其计算公式为：

$$D = (P_x/P_m) \times (Z_x/Z_m) \times 100$$

式中：D 为双项因素贸易条件指数；Z_m 为进口商品劳动生产率指数。

仍以上例为例，假定进出口价格指数不变，出口商品劳动生产率指数不变，而进口商品劳动生产率指数从 2000 年的 100 提高到 2008 年的 105，则双项因素贸易条件指数为：

$$D = (95/110) \times (130/105) \times 100 = 106.92$$

这表明，如果出口商品劳动生产率指数在同期内高于进口商品劳动生产率指数，则贸易条件仍会改善。

1.1.8　对外贸易依存度

对外贸易依存度（Degree of Eependence Upon Foreign or World Trade）也叫对外贸易系数，指在一定时期（通常是一年）内，一国对外贸易值占国民生产总值（GNP）或国内生产总值（GDP）的比重。它通常反映一个国家的国民经济对对外贸易的依赖程度，也在一定意义上表明一个国家的对外贸易对国民经济的贡献程度和一个国家的开放程度。其计算公式为：

对外贸易总依存度＝（对外贸易总值/国民生产总值或国内生产总值）×100%

1. 出口依存度

出口依存度（Degree of Eependence on Export Trade）是指一国在一定时期内出口值与国民生产总值或国内生产总值之比。其计算公式为：

出口依存度＝（出口总值/国民生产总值或国内生产总值）×100%

出口依存度反映一国在一定时期内（通常为一年）国内新创造的商品和劳务总值中有多少比重是输出到国外的，也反映一国国民经济活动与世界经济活动的联系程度。出口依存度越高，说明该国国民经济对世界经济的依赖程度越高。

2. 进口依存度

进口依存度（Degree of Eependence on Import Trade）是指一国在一定时期内进口值与国民生产总值或国内生产总值之比。其计算公式为：

进口依存度＝（进口总值/国民生产总值或国内生产总值）×100％

如果一个国家的外贸依存度过高，那么国内经济发展易受国外经济影响或冲击，世界经济不景气对其经济冲击较大。外贸依存度过低，就说明没有很好地利用国际分工的长处，各国应根据本国国情，探讨不同阶段如何选择本国最佳的外贸依存度。一般来讲，发达国家比欠发达国家的外贸依存度要高，小国比大国的外贸依存度要高。大多数国家重视用出口依存度这一概念，因为它比进口依存度更能真实地反映出经济发展水平及其参与国际经济的程度。

1.2 国际贸易类型

1.2.1 按照货物流向划分

按照货物流向分为出口贸易、进口贸易、过境贸易、复出口与复进口、净出口与净进口。

1. 出口贸易

出口贸易（Export Trade）是指一国本国生产和加工的货物输往国外市场销售。不属于外销的商品则不算。例如：运出国境供驻外使领馆使用的货物、旅客个人使用带出国境的货物均不列入出口贸易。

2. 进口贸易

进口贸易（Import Trade）是指一国从国外市场购进外国货物在本国国内市场销售。不属于内销的货物则不算。例如：外国使领馆运进供自用的货物、旅客带入供自用的货物均不列入进口贸易。

3. 过境贸易

过境贸易（Transit Trade）是指从甲国经过丙国国境向乙国运送的货物，而货物所有权不属于丙国居民，对丙国来说，是过境贸易。这种贸易对丙国来说，既不是进口，也不是出口，仅仅是货物的过境而已。有些内陆国家同非邻国的贸易，其货物必须经过第三国国境。对过境国来说，必须加强对过境贸易货物的海关监管。

4. 复出口与复进口

复出口（Reexport Trade）是指输入本国的外国货物未经加工而再输出。出口商往往属于中间商，赚取进出口差价。复进口（Reimport Trade）是指输出国外的本国货物未经加工而再输入。例如：出口后退货、未售出的货物的退回等，往往会给出口商带来经济损失。

5. 净出口与净进口

一国在某种货物贸易上既有出口也有进口，如果出口值大于进口值，称为净出口（Net Export）；反之，如果进口值大于出口值，则称为净进口（Net Import）。

某项商品出口值大于进口值的国家，称为该货物贸易的净出口国，表明该国在该种货物贸易中整体居于优势；反之，某项货品进口值大于出口值的国家，称为该项货物贸易的净进口国，表明该国在该项货物整体贸易中居于劣势地位。

1.2.2　按照贸易统计标准划分

按照贸易统计标准分为总贸易、专门贸易。

1. 总贸易

总贸易（General Trade）是指以国境为标准划分和统计的进出口贸易。凡进入国境的外购商品一律列为进口，称为总进口；凡离开国境的外销商品一律列为出口，称为总出口。总进口值与总出口值相加就是一国的总贸易值。这种对外贸易统计标准被日、美、英、加等国采用，我国也采用这种统计方法。

2. 专门贸易

专门贸易（Special Trade）是指以关境为标准划分和统计的进出口贸易。一般来说，国家的关境与国境是一致的。但实际上却有很多国家的关境与国境并不完全一致，因为建有自由贸易区或保税区。以关境为标准统计对外贸易的国家规定，当外国商品进入国境后，如果暂时存放在保税区，不进入关境，则这些商品一律不列入进口。只有从国外进入关境后的商品，以及从保税区提出后进入关境的商品，才列入进口，称为专门进口（Special Import）；与此相反，从国内运出关境的商品，即使没有运出国境，也被列入专门出口（Special Export）。专门出口值与专门进口值相加即为专门贸易值。这种对外贸易统计标准被意、法、德、瑞士等国所采用。

由于各国的统计标准不同，联合国发布的各国对外贸易值资料，一般都注明是总贸易值还是专门贸易值。目前，采用总贸易值统计标准的国家居多，大约有九十多个国家（地区）。

1.2.3　按照交易的内容划分

按照交易的内容分为货物贸易、服务贸易和技术贸易。

1. 货物贸易

货物贸易（Goods Trade）指有形商品的国际交易，也称为有形贸易。《联合国国际贸易标准分类》把国际货物分为 10 大类。这 10 大类货物分别为：0 类为食品及主要供食用的活动物；1 类为饮料及烟类；2 类为燃料以外的非食用粗原料；3 类为矿物燃料、润滑油及有关原料；4 类为动植物油脂及油脂；5 类为未列名化学品及有关产品；6 类为主要按原料分类的制成品；7 类为机械及运输设备；8 类为杂项制品；9 类为没有分类的其他商品。在国际贸易统计中，一般把 0～4 类商品称为初级产品，把 5～8 类商品称为制成品。海关统计登录的是有形贸易数字。

2. 服务贸易

服务贸易（Trade in Service）指无形商品的国际交易，也称为无形贸易。服务业包括 12 个部门，即商业、通信、建筑、销售、教育、环境、金融、卫生、旅游、娱乐、运输及其他。服务贸易值在各国国际收支表中只得到部分反映，不计入各国海关统计。

3. 技术贸易

技术贸易（International Technology Trade）是指技术跨越国界进行有偿转让的交

易。主要包括许可贸易，工业产权、非工业产权的转让，技术服务与技术咨询，合作生产与合作设计，工程承包，与设备买卖相结合的技术贸易。

1.2.4 按照有无第三方参与划分

按照有无第三方参与分为直接贸易、间接贸易和转口贸易。

1. 直接贸易

直接贸易（Direct Trade）是指商品生产国和商品消费国不通过第三国而直接买卖商品的行为。直接贸易的双方直接谈判、直接签约、直接结算、货物直接运输。此概念也泛指贸易活动的买卖双方的直接交易。

2. 间接贸易

间接贸易（Indirect Trade）是指商品生产国和商品消费国通过第三国所进行的商品买卖行为。此类贸易因为各种原因，出口国与进口国之间不能直接进行洽谈、签约和结算，必须借助于第三国的参加。

3. 转口贸易

转口贸易（Entrepot Trade）是指商品生产国和商品消费国不是直接买卖商品，而是通过第三国进行买卖，对第三国来说，称为转口贸易。转口贸易的货物可以直接运输或转口运输。直接运输是指货物直接从生产国运往消费国；转口运输是指货物从生产国先运进转口国，但并未加工或只经简单改装（如唛头、重新包装等），再运往消费国。

转口贸易不同于过境贸易。转口贸易的货物的所有权因转口商的买卖而发生转移，而过境贸易的货物的所有权没有发生转移。

1.2.5 按参与贸易国家的多少划分

按参与贸易国家的多少划分为双边贸易、三角贸易和多边贸易。

1. 双边贸易

双边贸易（Biateral Trade）是指由两国参加，双方的贸易是以相互出口和相互进口为基础进行的，贸易支付在双边交易基础上进行结算，自行进行外汇平衡。这类方式多适用于外汇管制的国家，现在，有时也泛指两国间的贸易关系。

2. 三角贸易

三角贸易（Triangular Trade）是双边贸易的扩大，是指在三个国家之间相互出口和相互进口并进行合理搭配，以实现外汇平衡的一种方式。此方式往往因为双方在交易时出现商品不适销对路，或者是因为进出口不能平衡造成外汇支付的困难，而把交易活动扩大到第三个国家。这类方式往往是以三国共同签订相互贸易协定来保证其顺利进行的。

3. 多边贸易

多边贸易（Multilateral Trade）是指三个以上国家之间相互进行若干项目的商品交换、相互进行多边清算的贸易行为。此类方式有助于若干个国家相互贸易时，用对某些国家的出超支付对另一些国家的入超，从而寻求外汇平衡。当贸易项目的多边结算仍然不能使外汇平衡时，也可用非贸易项目的收支来进行多边结算。

1.3　国际贸易与国内贸易的同异

国际贸易与国内贸易既有一定的共同性，又存在着一定程度的差别。

1.3.1　国际贸易与国内贸易的相同点

国际贸易与国内贸易的一致性表现在：两者都是商品、服务的交换活动；货物流向都从生产者向消费者转移；国际贸易与国内贸易的交易过程大同小异；经营的目的都是为了取得利润或经济效益。

1.3.2　国际贸易与国内贸易的不同点

1. 文化环境不同

（1）语言不同。

国际贸易中各国如果使用同一种语言，将不会有语言困难。但实际上各国语言差别很大。为了使交易顺利进行，必须采用一种共同的语言。当今国际贸易通行的商业语言是英语。但英语在有些地区使用还不普遍。如东欧、北欧通常使用的是德语，法国及中西非国家通行的是法语，西班牙及大部分中南美国家以西班牙语最为普遍。因此，除了通晓英语外，还要掌握其他一些语言。

（2）社会制度、宗教、风俗习惯不同。

在国际贸易中，宗教的影响显而易见。在国际上具有重大影响的宗教有基督教、伊斯兰教、印度教、佛教，而每一处又可细分为各种教派。这些宗教对人们的价值观、态度、风俗习惯和审美观产生了重大影响。比如，在商务谈判中，美国人常将不行动或者沉默理解为消极的迹象，而日本人却以沉默来促使商务伙伴改善交易条件。南欧人信奉天主教，喜欢户外活动，乐于建立个人关系网和社会联系；相反，北欧人信奉基督教，强调数字和技术上的细节。

2. 贸易环境不同

（1）贸易政策与措施不尽相同。

为了争夺市场，保护本国工业和市场，各国往往采取"奖出限入"的贸易政策与措施。在 WTO 规则的管理下，不利于国际贸易发展的政策与措施正在逐步取消，一些政策与措施正在逐步规范。在规范的前提下，仍然允许各国根据本国情况，保留一些过渡性的政策与措施。总之，世界各国贸易政策与措施在趋向一致的同时，仍然具有很大的差异性。

（2）各国的货币与度量衡差别很大。

国际贸易双方因国度不同，所使用的货币和度量衡制度会有所不同。在浮动汇率下，对外贸易以何种货币计价？两国货币如何兑换？各国度量衡不一致时如何换算？采用何种单位为准？……凡此种种，使得对外贸易比国内贸易更加复杂。

（3）海关制度及贸易法规不同。

各国都设有海关，对于货物进出口都有准许、管制或禁止等规定。货物出口不但要在输出国家的输出口岸履行报关手续，而且出口货物的种类、品质、规格、包装和商标也要符合输入国家的各种规定。通常货物进口报关手续比出口报关手续更为复杂、烦琐。

（4）国际汇兑复杂。

国际贸易货款的清偿多以外汇支付，而汇价依各国采取的汇率制度和外汇管理制度而定，这使国际汇兑相当复杂。

（5）贸易环节众多。

比如国际贸易运输，一要考虑运输工具，二要考虑运输合同的条款、运费、承运人与托运人的责任，还要办理装卸、提货手续。为了避免国际贸易货物运输中的损失，还要对运输货物进行保险。

3. 对外贸易比国内贸易的风险大

（1）信用风险。

在国际贸易中，自买卖双方接洽开始，要经过报价、还价、确认而后订约，直到履约。在此期间，买卖双方的财务状况可能发生变化，有时甚至危及履约，导致信用风险。

（2）商业风险。

在国际贸易中，因货样不符、交货期晚、单证不符等，进口商往往拒收货物，从而给出口商造成商业风险。

（3）汇兑风险。

在国际贸易中，交易双方必有一方要以外币计价。如果外汇汇率不断变化，信息不灵，就会出现汇兑风险。

（4）运输风险。

国际贸易货物运输里程一般超过国内贸易，因此，在运输过程中发生的风险也随之增多。承担风险的人有卖方、买方及保险公司。有些风险可由保险公司承担，有些风险却无法由保险公司承担。比如货物及时完全地运到目的地，就能保证买方获得经济效益。但如因天灾人祸，货物运抵时市场已发生变化，或是误期使用，买方就要受损失。

（5）价格风险。

贸易双方签约后，货价可能上涨或下跌，对买卖双方造成风险。而对外贸易是大宗交易，故价格风险更大。

（6）政治风险。

一些国家政治变动，贸易政策法令不断修改，常常使经营贸易的厂商承担很多政治变动带来的风险。

因此，经营对外贸易，要具有一系列条件：远大的眼光、良好的商业信誉、各种专业理论与知识、灵通的商业情报、雄厚的资金和完备的组织机构等。

【基础知识训练】

一、单项选择题

1. 货物贸易又称为（　　）。
   A. 服务贸易　　　　B. 有形贸易　　　　C. 无形贸易　　　　D. 过境贸易
2. 服务贸易一般又称为（　　）。
   A. 货物贸易　　　　B. 有形贸易　　　　C. 无形贸易　　　　D. 过境贸易
3. 根据《联合国国际贸易标准分类》，国际货物分为（　　）大类。
   A. 6　　　　　　　　B. 7　　　　　　　　C. 8　　　　　　　　D. 10

4. 在一定时期，一国的对外贸易总值等于（　　　）。

　　A. 出口总值　　　　　B. 进口总值　　　　　C. 进口总值与出口总值之和

5. 一定时期的国际贸易值等于（　　　）。

　　A. 各国出口值之和　　B. 各国进口值之和　　C. 各国进口总值与出口总值之和

6. 下列（　　　）指标更能准确地反映一国对外贸易的实际规模。

　　A. 对外贸易值　　　　B. 对外贸易额　　　　C. 对外贸易量

7. 在一定时期，如果一国的出口值大于进口值称为（　　　）。

　　A. 贸易顺差　　　　　B. 贸易逆差　　　　　C. 贸易平衡

8. 在一定时期，如果一国的进口值大于出口值称为（　　　）。

　　A. 贸易顺差　　　　　B. 贸易逆差　　　　　C. 贸易平衡

9. 下列（　　　）指标能够反映一国的经济发展水平、产业结构状况。

　　A. 对外贸易值　　　　B. 对外贸易商品结构

　　C. 对外贸易地理方向

10. 下列（　　　）指标能够反映一国进口商品从哪来，出口商品到哪去。

　　A. 对外贸易值　　　　B. 对外贸易商品结构

　　C. 对外贸易地理方向

11. 一国从国外进口的商品在本国未经加工改制又再出口，称为（　　　）。

　　A. 复进口　　　　　　B. 复出口　　　　　　C. 过境贸易

12. 在一定时期，一国在某种商品贸易上既有进口又有出口，当进口大于出口时称为（　　　）。

　　A. 净出口　　　　　　B. 净进口　　　　　　C. 过境贸易

13. 以（　　　）为标准划分进出口，称为总贸易。

　　A. 国境　　　　　　　B. 关境　　　　　　　C. 国界

14. 以（　　　）为标准划分进出口，称为专门贸易。

　　A. 国境　　　　　　　B. 关境　　　　　　　C. 国界

15. 商品生产国 A 通过 B 国将商品卖给消费国 C，则 A 和 C 之间是（　　　），A 和 B 之间是（　　　），B 和 C 之间是（　　　），C 国的贸易称为（　　　）。

　　A. 直接贸易　　　　　B. 间接贸易　　　　　C. 转口贸易　　　　　D. 过境贸易

二、多项选择题

1. 对外贸易差额包括（　　　）情况。

　　A. 贸易顺差　　　　　B. 贸易逆差　　　　　C. 贸易平衡　　　　　D. 出超

　　E. 入超

2. 对外贸易按照货物流向可分为（　　　）。

　　A. 进口贸易　　　　　B. 出口贸易　　　　　C. 过境贸易

　　D. 复出口与复进口　　E. 净出口与净进口

3. 对外贸易按照交易内容可分为（　　　）。

　　A. 货物贸易　　　　　B. 服务贸易　　　　　C. 技术贸易　　　　　D. 有形贸易

　　E. 无形贸易

4. 对外贸易按照是否有第三方参加可分为（　　　）。

  A. 直接贸易   B. 转口贸易   C. 间接贸易   D. 过境贸易

  E. 易货贸易

5. 下列关于国境与关境的说法可能存在的是（ ）。

  A. 国境等于关境   B. 国境大于关境

  C. 国境小于关境   D. 国境与关境无关

【技能训练】

训练 1

  要求：通过阅读以下资料，分析我国对外贸易发展的规模、发展速度、商品结构及地理方向。分析我国对外贸易的增长对我国经济发展有什么影响。

资料：2009 年中国对外贸易发展情况

  2009 年是新世纪以来中国对外贸易发展最为困难的一年。面对国际金融危机的严重冲击，中国政府及时出台一系列符合国际惯例的政策措施，完善出口退税政策，改善贸易融资环境，扩大出口信用保险覆盖面，提高贸易便利化水平，千方百计稳定外需。同时，着力扩大国内需求，积极开展多种形式的贸易促进活动，鼓励增加进口。随着世界经济和国际市场逐步回稳，稳外需、扩进口的各项政策措施取得明显成效，进出口大幅下滑的态势得到扭转。根据世界贸易组织（WTO）最新公布的数据，2009 年中国出口占全球出口比重由去年的 8.9% 提高到 9.6%，已经超过德国成为世界第一出口大国。

  1. 进出口总体大幅下降，但降幅逐季收窄并在年底转为增长

  2009 年，中国进出口总额 22 072.2 亿美元，下降 13.9%。其中出口总额 12 016.6 亿美元，下降 16.0%；进口总额 10 055.6 亿美元，下降 11.2%。贸易平衡状况进一步改善，贸易顺差 1 961.1 亿美元，比上年减少 1 020 亿美元，下降 34.2%。分季度来看，一季度国际金融危机继续蔓延，世界经济深度衰退，外需严重萎缩，中国进出口也大幅下降；三季度开始美欧日等主要经济体经济刺激措施逐步见效，世界经济开始企稳复苏，国际市场需求逐步回稳，加上国内稳外需政策效应不断显现，中国进出口形势逐步好转并在 11 月份转降为升。第一、二、三季度进出口额同比分别下降 24.9%、22.1% 和 16.7%，第四季度进出口同比由负转正，实现了 9.2% 的增长。

  2. 劳动密集型产品出口下降比较平缓，机电产品出口回升相对较快

  国际金融危机爆发后，由于中国出口的劳动密集型产品物美价廉，加上这类商品需求具有一定的刚性，下降相对平缓。2009 年，纺织品出口 599.7 亿美元，下降 8.4%；服装出口 1 070.5 亿美元，下降 11.0%；鞋类出口 280.2 亿美元，下降 5.7%；家具及零件出口 253.3 亿美元，下降 6.0%。机电产品和高新技术产品由于大多属于耐用消费品和投资品，受金融危机的冲击更为明显，但在世界经济企稳复苏的带动下恢复得也比较快。一季度机电产品和高新技术产品出口大幅下降，二季度以后降幅显著缩小，11、12 月份机电产品分别增长 3.2% 和 26.8%，高新技术产品增长 14% 和 40.7%，均领先于总出口回升。全年机电产品出口 7 131.1 亿美元，下降 13.4%，高新技术产品出口 3 769.1 亿美元，下降 9.3%，下降幅度均低于总出口降幅。

  3. 一般贸易总体出口降幅较大，加工贸易出口比重继续上升

  国际市场需求严重萎缩，一般贸易受到较大冲击，加上上年基数相对较高，出口下降

明显。全年一般贸易出口5 298.3亿美元，下降20.1%，占出口总额比重由上年的46.4%下降到44.1%。加工贸易与国际产业链联系紧密，在国际金融危机爆发初期受到的影响较大，但随着外部需求状况改善，下半年加工贸易订单和出口逐步恢复。全年加工贸易出口5 869.8亿美元，下降13.1%，在出口总额中所占比重为48.8%，比上年提高1.6个百分点。其他贸易方式全年出口848.5亿美元，下降7.9%，在出口总额中所占比重上升0.7个百分点，主要是"走出去"带动了相关设备和产品出口。

4. 外商投资企业出口回升较快，民营企业出口降幅较小

与加工贸易出口类似，外商投资企业出口同样呈现年初大幅下降、下半年快速反弹的走势。全年外商投资企业出口6 722.3亿美元，下降15.0%，在出口总额中所占比重比去年略有升高，达到55.9%。私营企业经营机制比较灵活、竞争力不断提升的优势得到进一步发挥，全年民营企业出口3 384.4亿美元，仅下降11.6%，在出口总额中所占比重由上年的26.7%上升到28.2%。国有企业出口1 909.9亿美元，下降25.8%，在出口总额中所占比重比上年下降2.1个百分点。

5. 东盟成为中国第三大出口市场，自澳大利亚进口保持增长

在前三大贸易伙伴中，中国对欧盟出口2 362.8亿美元，比上年下降19.4%，自欧盟进口1 278.0亿美元，下降3.6%；对美国出口2 208.2亿美元，下降12.5%，自美国进口774.4亿美元，下降4.8%；对日本出口979.1亿美元，下降15.7%，自日本进口1 309.4亿美元，下降13.1%。与东盟贸易下半年开始趋好，全年对东盟出口1 063.0亿美元，下降7.0%；自东盟进口1 067.1亿美元，下降8.8%，东盟已经取代日本成为中国第三大出口市场。在主要贸易伙伴中，与澳大利亚、东盟和美国的贸易比重略有上升，与欧盟和俄罗斯的贸易比重略有下降。前十大进口贸易伙伴中，仅自澳大利亚进口保持增长。

6. 能源资源产品进口量继续增加，扩大内需带动消费品和资本品进口扩大

在坚持实施应对国际金融危机一揽子计划的作用下，中国国内投资、消费继续保持较快增长，能源资源类产品进口需求旺盛，部分消费品、投资品进口增加。2009年全年铁矿砂进口62 778万吨，增长41.6%；大豆进口4 255万吨，增长13.7%；原油进口20 379万吨，增长13.9%；初级形状的塑料进口2 381万吨，增长34.5%；钢材进口1 763万吨，增长14.3%；未锻造的铜及铜材进口429万吨，增长62.7%；纸浆进口1 368万吨，增长43.7%。汽车和汽车底盘进口量增长2.8%，飞机进口量增长5.9%。

根据WTO公布的数据，2009年中国的出口降幅低于全球出口降幅7个百分点，进口降幅低于全球进口降幅13个百分点。这充分表明，中国政府稳外需、扩进口的政策措施不仅对国内经济回升向好发挥了非常重要的作用，也对世界经济企稳复苏做出了积极贡献。（资料来源：中国新闻网《中国对外贸易形势报告》，2010）

训练2 计算分析题

1. 以2000年为基期，某国净贸易条件指数为100，2008年该出口价格指数下降10%，进口价格指数上升10%，那么，该国2000年的净贸易条件指数是多少？经济意义如何？若其他条件不变，该国2008年出口数量指数为120，则该国出口购买力贸易条件指数是多少？经济意义如何？

2. 假设一国 2009 年出口贸易值为 4 000 亿美元，进口贸易值为 6 000 亿美元，国内生产总值为 20 000 亿美元。问：① 该国贸易差额状况如何？这种贸易差额对该国经济发展是否有利？② 该 2009 年对外贸易依存度是多少？其经济意义如何？

学习情境2 国际市场交易方式

【学习目标】

技能目标：熟悉不同交易方式的适用情况；熟悉主要商品交易方式的具体应用。

知识目标：掌握国际市场各种交易方式的概念及特点。

【工作任务】

1. 上网查找自己感兴趣的一类商品，熟悉该类商品的国际市场交易方式和交易状况。

2. 深入企业或网上调查某一外贸企业或生产企业经营的商品的国际市场交易方式和交易状况。

【知识结构图】

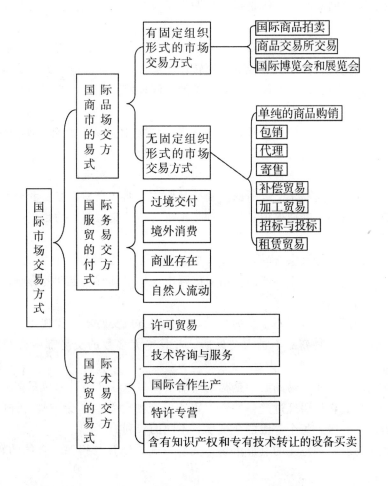

【引导问题】

1. 根据中国对外贸易发展纲要，中国主张发展"三来一补"的贸易形式，这对中国经济发展的利弊如何？有什么意义？

2. 改革开放以来，中国通过引进国外的先进技术实现了生产力水平的提高，中国的国际竞争力明显提升，现阶段我国应注重发展哪种形式的技术贸易？

【知识总汇】

2.1 国际货物贸易交易方式

2.1.1 有固定组织形式的市场交易方式

有固定组织形式的国际商品市场，是指在固定的场所按照事先规定好的原则和规章进行商品交易的市场。其主要包括商品交易所、国际商品拍卖中心、国际博览会和展览会等。

1. 商品交易所交易

商品交易所是国际上进行大宗初级产品交易的一种特殊交易场所，是一种有组织的商品市场。现代意义上的商品交易所是指进行期货交易的场所，指在一定的时间和地点，按一定的规则买卖特定商品的有组织的商品市场。

商品交易所的买卖活动，根据商品的品级或样品进行，没有实物。成交后无须立即交割实物，卖方只是把代表商品所有权的凭证转让给买方。在此之前，无论是购入者还是售出者，都可以通过卖出或购入在同一交货月份的、同等数量的期货合同冲销以前购进或售出的合同。

商品交易所的交易有两种：一种是现货交易，即实物交易，由交易所提供交易场所，进行即期交割；另一种是期货交易，即买卖双方在交易所内谈判成交，约定在一定的时间再办理交割，它实际上是期货合同本身的买卖，并没有真正实现商品实体的转移，是一种特殊的购销方式。期货交易是交易所的主要交易形式。期货交易的交易者有两种：一种是投资者，其交易的目的是套期保值；另一种是投机者，其交易的目的是买空卖空，从中获取差价收益。

商品交易所的交易是大宗交易，成交集中、频繁，市场对各方面情况变化反应灵敏，价格变化迅速，因而，商品交易所的价格对国际市场价格具有决定性的影响。

商品交易所的特点：

(1) 商品交易所内进行的是合约的买卖，交易双方成交时不是凭现货，而是凭既定品质标准的商品成交，实物商品不进入交易所。并且绝大多数的交易都由合约的对冲来了结，很少进行实际商品交割。

(2) 参加商品交易所交易的必须是交易所的会员单位，非会员单位只能通过会员单位的代理来进行交易。会员要经过严格的资信审查，交纳会费，享受一些特许的交易权利；会员通常分为若干等级，每个等级的会员享有不同的权利。

(3) 商品交易所是规范化的有形市场，交易方式、结算与担保、合约的转让与对冲、风险的处理和实物交割等都有严格而详尽的规定，任何人或组织不得违背。

（4）商品交易所的期货交易是一种特殊的交易方式，并非任何商品都能进入商品交易所进行期货交易。交易所的上市商品通常是那些达到公认的质量标准，适于大宗交易，又能长期储藏且可自由交易的商品，主要是初级产品。

（5）期货合同是标准化合同，合同中的品名、质量和数量必须标准划一。因此，期货交易双方只需就期货合同的份数、交货期和价格达成一致即可成交。

（6）商品交易所的交易集中、信息畅通、价格公开、买卖公平。

世界上最早的商品交易所是 1531 年在比利时的安特卫普建立的。商品交易所主要设在发达国家的大城市，世界上最大的商品交易所设在纽约和伦敦。

目前，随着国际生产专业化的提高，交易所的交易也日趋专业化，每类主要商品都有着自己专门的交易中心。主要有：

① 谷物——芝加哥、伦敦、利物浦、温尼伯、鹿特丹、安特卫普、米兰；

② 有色金属——纽约、伦敦、新加坡；

③ 天然橡胶——新加坡、伦敦、纽约、吉隆坡；

④ 棉花——新奥尔良、芝加哥、利物浦、亚历山大、圣保罗、孟买；

⑤ 生丝——横滨、神户。

2. 国际商品拍卖

拍卖指由专营拍卖业务的拍卖行接受货主的委托，按照一定的规章和程序，通过公开竞价，把商品卖给出价最高的买主的交易方式。

国际商品拍卖是指经过专门组织的、在一定地点定期举行的市场。在拍卖中心出售的商品在拍卖前，买主需进行验看。在商品拍卖后，拍卖的举办人、卖主对售出的商品不负质量担保责任，都不接受任何索赔。

拍卖的特点：

（1）在一定的机构内有组织地进行；

（2）具有自己独特的法律的规章；

（3）是一种公开竞买的现货交易；

（4）通过拍卖成交的商品通常是品质难以标准化，或难以久存，或按传统习惯以拍卖方式出售的商品。如：裘皮、茶叶、烟草、羊毛、木材、水果以及古玩和艺术品等。

目前，进行国际拍卖的商品都有自己的拍卖中心，主要有：

① 水貂皮——纽约、蒙特利尔、伦敦、哥本哈根、奥斯陆、斯德哥尔摩、圣彼德堡；

② 羊羔皮——伦敦、圣彼德堡；

③ 茶叶——加尔各答；

④ 烟草——纽约、阿姆斯特丹、不来梅、卢萨卡；

⑤ 花卉——阿姆斯特丹；

⑥ 水果和蔬菜——安特卫普、阿姆斯特丹；

⑦ 马匹——多维尔、伦敦、莫斯科。

3. 国际博览会和展览会

国际博览会又称国际集市，是一种定期的在同一地点、在规定的期限内举办的有众多国家、厂商参加，展、销结合的国际市场。

举办博览会的目的是使参加者展示科技成就、商品样品，以便进行宣传，发展业务联系，促成贸易。

国际展览会一般是不定期举办的，它与博览会的区别在于只展不销，通过展览会促成会后的交易。

从商品和举办的范围来看，国际博览会和展览会可大致分为以下几种：

（1）样品国际博览会。

这是一种看样成交的集市。博览会举办时，参加国、厂商以及参展样品、技术很多，规模亦较大。国际上较大的莱比锡博览会、里昂博览会的正式名称就是样品集市。

（2）综合性国际博览会。

这是一种有许多国家和厂商参加的，包括工、农、林、牧、服务业等各方面产品的国际集市，通常规模很大。米兰国际博览会就属于这种博览会。

（3）消费品国际博览会。

这类博览会以日常或耐用消费品以及工艺装饰品为展销内容，除面向世界各国的庞大的博览会外，也有面向国内消费者的展览会。原联邦德国的家庭用品集市、英国的理想家庭博览会等就属于这种博览会。

（4）主要工业部门产品的国际博览会。

这类博览会一般规模较大，是各种新技术、新产品荟萃展销的市场。每年在世界各地举办的航空航天、电子、自动化设备、汽车等博览会都属于这种博览会。

（5）一般工业部门产品展销会和集市。

这类博览会规模可大可小，展品多属于一般劳动密集型产业的产品，如照相用品、玩具、衣帽鞋类的展销会和集市等都属于这种类型。

（6）国别展览、展销会。

这是指一个国家在另一个国家举办的综合性展览会或各类产品、各行业的展销会。

（7）独家公司展览、展销会。

独家公司展览、展销会是指大企业专门为本企业的产品举办的展览、展销会。

目前，世界上有一定影响的博览会、展览会多在以下地点举办：汉诺威、法兰克福、巴黎、里昂、波尔多、维也纳、布鲁塞尔、哥德堡、米兰、帕多瓦、的里亚斯特、乌特勒支、东京、温哥华、巴塞罗那、大马士革、莱比锡、萨格勒布和波兹南等。

2.1.2　无固定组织形式的市场交易方式

除了有固定组织的市场以外，通过其他方式进行的国际商品交易，都可以纳入没有固定组织形式的国际市场。

1. 单纯的商品购销

单纯商品购销方式是指交易双方不通过固定市场而进行的商品买卖活动。它是通过买卖双方独立洽商进行的。

这种方式通常包括如下内容：买卖双方自由选择交易对象；洽商商品的品质、规格、数量、价格、支付、商检、装运、保险、索赔、仲裁；在相互意见一致的基础上签订成交合同。这种交易方式是世界市场上最为普遍的交易方式。

2. 包销

包销（Exclusive Sales）是指卖方在指定的地区范围和期限内，把指定的商品出售给指定的买方。

包销方式具有如下特点：

（1）售定性质。

在包销方式下，交易双方之间的关系是本人（Principal）之间的买卖关系，而不是本人与代理（Agent）之间的代销关系。双方对销售的产品在确定价格后，各自承担市场价格涨落和经营中的各种风险，即自负盈亏。

（2）独家销售权利。

包销方式的买方享有在一定期限内在指定地区内的独家销售权利。

（3）签订包销协议。

包销协议的主要条款包括：商品种类、包销地区、包销期限、专营权、最低购买数量或金额、价格等内容。

3. 代理

代理（Agency）是指货主在进口国当地市场指定代理人，由代理人在一定地区范围和一定期限内，积极推销货主指定的商品。

（1）代理方式具有以下特点：

① 双方的关系是委托人与被委托人的关系，代理人只能在委托人的授权范围内，代表委托人从事商业活动；

② 代理人一般不以自己的名义与第三人签订合同；

③ 代理人通常是运用委托人的资金从事业务活动；

④ 代理人不负责交易中的盈亏，只收取佣金；

⑤ 代理人只是在中间介绍生意、招揽订单，并不承担履行合同的责任。

（2）代理的类别。

① 独家代理。独家代理是指委托人给予代理商在规定地区和一定期限内享有代销指定商品的专营权，除非双方另有约定，无论是由代理商做成，还是由委托人同其他商人做成，代理商都享有获得佣金的权利。

② 一般代理。一般代理不享有独家代理的专营权利，在同一地区、同一时期内，委托人可以选定一家或几家客户作为一般代理商，根据推销商品的实际金额付给佣金。委托人可以直接与其他买主成交，无须另外付给代理商佣金。

4. 寄售

寄售（Consignment）是指货主为开拓国际市场，先把货物运往国外市场，委托指定商号代理其货物，在货物售出后才收回货款，并支付代销商代垫的费用和佣金。寄售方式的特点：

（1）代销性质。

寄售的关系并非买卖关系，属于代销关系，也是一种委托与被委托的关系。

（2）货物所有权仍属于货主。

在寄售方式下，虽然货主把货物运交给国外指定商号，但货物的所有权和风险未转移，仍然属于货主。一方面，代销人不能侵犯货主的所有权；另一方面，货物发生的风险除非因代销人的过失造成，否则仍由货主承担。如果发生代销人破产的情况，任何债权人不得对寄售的货物进行处置，货主有权收回寄售货物。

（3）先售后结。

委托人根据寄售合同，先把货物运往国外市场的寄售商号，待货物售出，再由代销人扣除费用和佣金后，把售出货款汇给货主。

5．补偿贸易

补偿贸易（Compensation Trade）是指买方以信贷的形式从卖方购进机器设备、技术工艺、专利、技术秘密、中间产品等，进行生产后，在约定的期限内，以所生产的商品或其他劳务支付货款的贸易。

（1）补偿贸易的特点：

① 贸易与信贷结合。一方购入设备等商品是在对方提供信贷的基础上，或由银行提供信贷。

② 进口与出口、生产相联系。设备进口与产品出口相联系，产品利用引进的设备来制造。

（2）补偿贸易的做法主要有两种形式：

① 回购。回购（Product Buyback）是由设备进口方用对方提供的设备或技术所生产的产品，包括直接产品或有关产品，来偿还进口设备的货款。

② 互购。互购（Counter Purchase）是指设备进口方不是用直接产品支付进口设备的货款，而是用双方商定的其他产品或劳务来偿付。互购涉及两个独立而又相互联系的合同。

（3）补偿贸易的优点：

① 能够利用外国的资金和设备，解决资金困难；

② 能够引进一些适用的先进技术，提高技术水平；

③ 在一定程度上可以通过对方的销售渠道使本国产品进入国际市场；

④ 由于以销定产，所以有利于企业内部机制的转变，更好地适应国内外竞争。

（4）补偿贸易的缺点：

① 补偿贸易引进的往往并非是最先进的技术；

② 引进的项目比较难与本地区的经济社会发展计划协调；

③ 返销商品如果是市场上竞争激烈或需占用借方出口额度的，双方比较难以达成协议。

6．加工贸易

加工贸易是一种加工再出口业务，是指经营企业进口全部或部分原材料、零部件、元器件、包装物料，经加工或装配后，将制成品复出口的贸易形式。它把加工和扩大出口、收取工缴费结合起来。

目前的主要做法有：

（1）来料加工。

来料加工是指加工一方按照对方的要求，把对方提供的原辅料加工成成品交与对方以收取加工费。

（2）进料加工。

进料加工是指加工方自己进口原辅料进行加工，成品销往国外，这种情况又称以进养出。

（3）来件装配。

来件装配是指对方提供零部件或元器件，加工方进行装配并将成品交与对方收取装配费的一种做法。

知识拓展

一、改革开放以来，我国加工贸易的方式和内容都有了许多新的变化。

（1）加工贸易方式的变化。加工贸易可分为来料加工和进料加工等。对我国来讲，来料加工是一种盈利较小但风险也较小的加工贸易方式，而进料加工是一种盈利较大但风险也较大的加工贸易方式。按照加工贸易的主要方式，可以将我国加工贸易的发展划分为三个阶段：

① 八十年代中期以来料加工为主，这一阶段以对外的来料加工和装配作为利用外资，扩大出口的启动模式。

② 八十年代后期和九十年代初以进料加工为主，这一阶段以亚洲"四小龙"向我国转移劳动密集型产业为我国加工贸易发展的直接动力。进料加工是比来料加工更为成熟的一种加工贸易方式。

③ 九十年代初期开始以外商投资为特征，以跨国公司为主的外商投资成为推动我国加工贸易发展的主要动力，在产业特点和技术档次以及分工的层次上都有较为明显的提升。这意味着我国的加工贸易进入了一个更高的综合发展阶段，其综合性特征表现在以外商投资为基础带动各种方式的加工贸易发展，因而是一种投资式的，而非单纯契约式的加工贸易。

（2）我国比较优势的变化。加工贸易的最初发展缘于发达国家在劳动力成本上升之后将劳动密集型传统产业移植于交通便利的发展中国家，因而传统产业的转移主要着眼于东道国的劳动力优势和区位优势。随着技术的进步，产业分工的深化和细化，新兴的高新技术产业将走向国际化。在高新技术产业的转移过程中，跨国公司更加注重东道国的技术优势、人才优势、研发能力和信息基础设施、配套产业水平等因素，劳动力优势和交通便利条件的重要性正逐步降低。经过多年的经济发展，我国的劳动力成本正在上升，尤其是东部沿海地区。

（3）外商投资主体的变化。我国加工贸易的投资主体随加工贸易的发展发生了显著的变化，经历了与港、澳、台毗邻的东南沿海地区的乡镇企业，然后到港、澳、台商投资，再到美、日、欧等发达国家的跨国公司的变化过程。投资主体的变化直接影响到我国加工贸易的投资规模、技术与管理水平，经营方式，销售渠道以及行业结构的改变，反映出我国经济参与国际分工，发挥比较优势的渐进过程。

二、我国加工贸易中的主要问题。

（1）国内加工贸易配套产业的发展堪忧。

目前，我国加工贸易的本地采购比例不仅低于新兴工业国家，而且低于东盟国家。国际经验表明，随着加工贸易的发展，多数国家和地区都能提高自身产品的竞争能力和产业的配套能力，加工贸易逐渐与本地经济相融合。然而，我国加工贸易发展多年，配套产业仍不理想。这是由于加工贸易关联程度较差和技术含量不高的特点造成的。传统加工贸易的最突出特点就是两头在外和大进大出，因此传统加工贸易的大规模发展，必然要大量进口原料，这给我国国内相关原料工业的发展带来严重的负面影响，使原材料工业的发展的提升受到阻碍。加工贸易本是贸易结构和产业结构升级的一个台阶。发展加工贸易的主要目标之一，在于充分利用其波及效应带动相关产业的发展。但在我国，加工贸易是典型的大进大出模式，原材料与零部件从国际市场上来，产成品到国际市场上去，而在国内只进行简单的加工装配，产业链条短，使得加工贸易对国内其他产业缺乏前向和后向的带动作用。因此加工贸易出口的快速增长没能大规模地、有效地带动基础产业的改造和进步，产业结构也没得到应有的优化和升级。一旦我国劳动力成本优势丧失，经济发展与对外贸易都将受到恶劣影响。因此，鼓励和培植加工贸易的配套产业的发展，是目前我国加工贸易发展中既有紧迫性又具有长远意义的问题。

（2）我国加工贸易的优惠政策带来了许多负面影响。加工贸易的优惠政策一直是我国加工贸易迅速发展的重要因素。但在目前我国较高的贸易壁垒和不同程度的贸易管制下，加工贸易相对于一般贸易的税负优惠对加工贸易本身发展产生了一些负面影响，主要有两个方面：

① 优惠政策使得大量出口企业纷纷争取将其出口业务列入加工贸易中以享受增值方面的优惠，这其中包括一些进口料件及其关税在产品成本中不占重要地位的企业和原本使用国产料件从事一般贸易的出口企业，从而出现中国加工贸易出口过度膨胀的态势。

② 优惠政策使得多数出口企业弃国产中间品不用而采用进口料件，从而严重压制了国内中间投入品的生产，加工贸易始终停留在"飞地"状态，不仅难以带动国产原材料的进口替代，而且自身发展也因缺乏国内产业力量的支持而难以摆脱劳动密集型加工组装的阶段。

（3）加工贸易监管不严，打击力度不大，走私现象普遍。由于加工贸易的基本政策是对进口料件采取保税政策，在我国相应原材料进口关税水平较高的制度背景下，走私者利用加工贸易的名义，偷漏税款，导致国家税收大量流失，同时对国内相关行业造成了巨大的冲击，造成了极度不平等的市场竞争格局。

7. 招标与投标

招标（Invitation to Tender）是招标人（买方）在规定的时间和地点发出招标公告，提出准备买进商品的品种、数量和有关买卖条件，邀请卖方投标的行为。

投标（Submission of Tender）是指投标人（卖方）应招标人的邀请，根据招标公告或招标单的规定条件，在所规定投标的时间内向招标人递盘的行为。

招标与投标是一种贸易方式的两个方面。招标投标业务的基本程序包括：招标前的准备工作、投标、开标、评标、决标及中标、签约等几个环节。

在国际市场上，一些国家（尤其是发展中国家）的政府机构、公用事业单位的采购和工程，国际经济组织的援建项目，大多要通过投标确定承包人。

8. 租赁贸易

租赁贸易（Leasing）是指出租人在一定时间内把租赁物租借给承租人使用，承租人分期付给一定租赁费的融资与融物相结合的经济活动。根据租约规定，出租人定期收取租金，并保持对租赁物的所有权；承租人通过租金缴纳取得租赁物的使用权。出租的商品主要有成套设备、大型计算机、飞机、轮船等。

（1）租赁贸易具有以下特点：

① 租赁是所有权与使用权相分离的一种物资流动形式，出租人对商品保有所有权，承租人只享有占有权和使用权，故出租人大多负责维修、保养工作；

② 租赁是融资与融物相结合、物资与货币相结合交流的运动形式，承租人的租金可以纳入营业费用，这样可以减少企业的纳税额；

③ 租赁是国内外贸易中的辅助渠道。

（2）租赁贸易主要有以下两种形式：

① 金融租赁。金融租赁也称为融资性租赁，是指承租人选定机器设备，由出租人购置后出租给承租人使用，承租人按期交付租金。租赁期满后，租赁设备通常采取三种处理方法：退租、续租和转移给承租人。在金融租赁中，租赁期满后，租赁设备的所有权转移给承租人的情况非常普遍。

② 经营租赁。经营租赁是指公司购置设备，出租给承租人使用，出租人负责维修、保养和零部件更换等工作，承租人所付租金包括维修费。

2.2　国际服务贸易的交付方式

2.2.1　过境交付

过境交付是指服务的提供者与消费者都不移动，服务在出口国生产，经过国际间的交易在进口国消费。这种服务不构成人员、物质或资金的流动，而是通过电讯、邮电、计算机网络实现的服务，如视听、金融信息等。这种服务提供方式特别强调买卖双方在地理上的界限，跨越国境和边界的只是服务本身，而不是服务提供者或接受者。

2.2.2　境外消费

境外消费是指服务在服务提供者实体存在的那个国家（地区）生产，通过服务消费者（购买者）的过境移动来实现，是服务提供者通过广告、自我推荐等形式"引导"消费者到自己所在地来购买（或消费）服务的形式。如接待外国游客，提供旅游服务，为国外病人提供医疗服务等。这种服务提供方式的主要特点是消费者到境外去享用服务提供者提供的服务。

2.2.3　商业存在

商业存在是指一缔约方以"商业存在"的形式在另一缔约方内设立机构，并提供服务，取得收入，从而形成贸易。即允许一国的企业和经济实体到另一国开业，提供服务，包括投资设立合资、合作和独资企业。如外国公司到中国来开办银行、商店，设立会计事务所、律师事务所等。这种服务提供方式的特点是：服务的提供者和消费者在同一成员的领土内；服务提供者到消费者所在国的领土内采取了设立商业机构或专业机构的方式。商业存在是四种服务提供方式中最为重要的方式。

2.2.4 自然人流动

自然人流动是指通过服务提供者过境移动，在其他缔约方境内提供服务而形成贸易。这里的服务消费者可以是当地居民，也可以是第三国的消费者。如一国的医生、教授、艺术家到另一国从事个体服务。自然人流动与商业存在的共同点是：服务提供者到消费者所在国的领土内提供服务。不同点是：以自然人流动方式提供服务，服务提供者没有在消费者所在国的领土内设立商业机构或专业机构。

2.3 国际技术贸易的交易方式

2.3.1 许可贸易

许可贸易是国际技术贸易中最基本的方式。

许可贸易（Licensing）是指贸易双方针对专利、商标或专有技术的使用权、产品制造权或产品销售权的有偿转让。许可贸易的特点是只转让技术的使用权，而不转让技术的所有权。按授权范围可将许可贸易分为以下几种：

（1）独占性许可。

独占性许可指在许可协议规定的地域或期限内，被许可方可享有许可技术或商标的使用权，许可方自己和任何第三方均不可在规定的地域和时间内再使用该许可技术或商标从事生产及销售活动。

（2）排他许可。

排他许可是指签订许可协议后，在规定的地域内，许可方仍保留使用该项技术的权利，但许可方不得将此项技术许可给其他人使用。

（3）普通许可。

普通许可是指在签订技术转让许可协议后，许可方自己仍有权使用这项工业产权或者专有技术，也有权再与其他人签订同样主题的许可协议，把同样的技术再许可给其他人使用。在普通许可合同中，被许可方往往要求订立一项最优惠条款，规定在该地域内如果许可方就同样的技术与其他人签订许可协议，被许可方享有最优惠待遇。

（4）从属许可。

从属许可是指技术被许可方将其得到的权利再转让给第三方的交易方式。出让从属许可的企业大部分是跨国公司的子公司或其驻外机构，这些跨国公司由于某些原因不能直接出让许可给第三者，就将其技术出让给其子公司或海外机构，然后再由这些子公司与第三者签订从属许可技术贸易合同。

（5）互换许可。

互换许可又称交叉许可，是指技术许可方和被许可方双方将各自拥有的专利权、商标权和专有技术使用权提供给对方使用，其实质是双方以价值基本相等的技术，在互利互惠的基础上，交换技术的使用权。互换许可一般是在特定条件下采用的，如合作生产、合作设计、共同研究开发等项目中通常会采用这种方式。互换许可的交易双方更多的是合作关系，而不是单纯的买卖关系。

2.3.2　技术服务与咨询

技术服务和咨询是指独立的专家、专家小组或咨询机构作为服务方应委托方的要求，就某一个具体的技术课题向委托方提供高知识性服务，并由委托方支付一定数额的技术服务费的活动。

技术服务和咨询的范围和内容相当广泛，包括产品开发、成果推广、技术改造、工程建设、科技管理等方面，大到大型工程项目的工程设计、可行性研究，小到对某个设备的改进和产品质量的控制等。企业利用"外脑"或外部智囊机构，帮助解决企业发展中的重要技术问题，可弥补自身技术力量的不足，减少失误，加速发展自己。例如，我国"二汽"委托英国的工程咨询公司改进发动机燃烧室形腔设计，合同生效半年内就取得了较好的技术经济效果。

技术服务和咨询与许可贸易不同：

（1）许可贸易是以技术成果为交易对象的，而技术服务和咨询则是以技术性劳务为交易对象的。

（2）许可贸易的技术供方所提供的技术是被其垄断的新的独特的技术，这些技术属于知识产权或专有技术。而在技术服务和咨询中，服务方所提供的技术多是一般技术，即知识产权和专有技术以外的技术。

在国际技术贸易实践中，许可贸易特别是专有技术许可中常含有技术服务和咨询（如设备安装调试、人员培训）的内容。而在技术服务和咨询活动中，也有提供服务的供方以其专利或专有技术完成其服务任务的。许可贸易与技术咨询服务是国际技术贸易的两种基本的贸易方式，其他技术贸易形式一般都是这两种方式在特殊情况下的运用或是包含了这两种方式。

2.3.3　国际合作生产

国际合作生产是指分属不同国家的企业根据他们签订的合同，由一方提供有关生产技术或各方提供不同的有关生产技术，共同生产某种合同产品，并在生产过程中实现国际技术转让的一种经济合作方式。这种方式多用于机械制造业，特别是在制造某些复杂的机器时，引进方为了逐步掌握所引进的技术，且能尽快地生产出产品，需要和许可方在一个时期内建立合作生产关系，按照许可方提供的统一技术标准和设计进行生产，引进方在合作过程中达到掌握先进技术的目的。这种合作生产方式常常和许可贸易结合进行。利用国际合作生产来引进国外的先进技术，已成为各国的普遍做法。

国际合作生产中的一方或各方拥有生产某种合同产品的特别技术，在合作生产过程中通过单向许可或双向的交叉许可的方式，可能再辅以一定的技术服务咨询，从而实现国际技术转让。

国际合作生产作为一种国际技术贸易方式，它并不是一种独立的基本的技术贸易方式，实际上它只不过是建立在各方合作生产目的之上的许可贸易和技术服务咨询而已。这种技术贸易的目的与单纯的技术贸易不同，它是为各方的合作生产服务的。

2.3.4 特许专营

特许专营（Franchising）是近二三十年迅速发展起来的一种新型商业技术转让方式。它是指由一家已经取得成功经验的企业，将其商标、商号名称、服务标志、专利、专有技术以及经营管理的方式或经验等全盘地转让给另一家企业使用，由后一企业（被特许人）向前一企业（特许人）支付一定金额的特许费的技术贸易行为。

特许专营的受方与供方经营的行业，生产和出售的产品，提供的服务，使用的商号名称和商标（或服务标志）都完全相同，甚至商店的门面装潢、用具、职工的工作服、产品的制作方法、提供服务的方式也都完全一样。例如，美国的麦克唐纳快餐店在世界各地几乎都有它的被授权人，他们所提供的服务同美国一样，所生产和销售的汉堡包的味道也完全一样。

特许专营类似许可，但它的特许方和一般的许可方相比要更多地涉入对方的业务活动，从而使其符合特许方的要求。因为全盘转让，特别是商号、商标（服务标志）的转让关系到他自己的声誉。

特许专营的被特许方与特许方之间仅是一种买卖关系。各个特许专营企业并不是由一个企业主营的，被特许人的企业不是特许人企业的分支机构或子公司，也不是各个独立企业的自由联合。它们都是独立经营、自负盈亏的企业。特许人并不保证被特许人的企业一定能盈利，对其盈亏也不负责任。

特许专营合同是一种长期合同，它可以适用于商业和服务业，也可以适用于工业。

特许专营是发达国家的厂商进入发展中国家的一种非常有用的形式。由于风险小，发展中国家的厂商也乐于接受。

知识拓展

1. 特许经营适合自己吗？

在开始投入前应先问自己是否有能力经营自己的生意，很大程度上，特许经营跟自己创立的生意性质相差不大，请先问自己：

① 您是否愿意及有能力管理及经营自己的生意？

② 您是否完全了解产品、市场、竞争对手及所有能达至您成功的要素？

③ 您是否愿意与人交往及沟通？

④ 您是否获得您的家庭、朋友等的支持？

如果上述您的答案都是正面的话，请再尝试回答下列问题：

⑤ 您是否成立过合资公司（partnership）？

⑥ 如⑤答案是"是"的话，是否和您的拍挡有所冲突或意见不同？请问怎样解决？

⑦ 您是否愿意完全在特许经营的制度下运作？

⑧ 您是否认同特许经营这制度？

⑨ 您是否财政上稳健？

2. 怎样去评价一个好的特许经营权？

如果你回答过上述 9 个问题后，觉得自己仍是适合的话，您现在就要了解怎样才是对您有利的特许经营权。

① 它是否有一个令人满意的销售纪录？过去数年业绩怎样？未来潜力如何？

② 总店主的市场及定价策略如何？他们是否不会过分扩张，借此保障已有专营商之利益？

③ 总店主是否有一个长远的发展政策？如您成功的话，要扩充的机会如何？

④ 财务上怎样安排？会否在开始时投入过多？

⑤ 总店主是否会提供一系列的增值服务，如培训、工作坊等？借此加强你们的技巧？

⑥ 如果任何一方要终止合约时，安排怎样？如您提出解约的话，法律上是否对您很不利？

2.3.5　含有知识产权和专有技术转让的设备买卖

在国际贸易实际业务中，在购买设备特别是关键设备时，有时也会含有知识产权或专有技术的转让内容。这种设备买卖也属于技术贸易的一种方式。但是，单纯的设备买卖，即不含有知识产权和专有技术许可的设备的买卖属于普通商品贸易，不是技术贸易。

含有知识产权利和专有技术转让的设备买卖，其交易标的包含了两方面的内容：一是硬件技术，即设备本身；二是软件技术，即设备中所含有的或与设备有关的技术知识。这些技术知识又分为两部分：一部分属于一般的技术知识，另一部分是专利技术和专有技术。这种设备的成交价格中不仅包括设备的生产成本和预得利润，而且也包括有关的专利或专有技术的价值。在这种设备的买卖合同中含有专利和专有技术许可条款以及技术服务和咨询条款。

这种方式的技术转让在发达国家与发展中国家的技术贸易中占有相当大的比重。它也常用于工程承包中。

除上述五种情形外，许可贸易的做法还常出现在补偿贸易中，一方提供的设备中含有专利或专有技术，该方以设备出口和技术许可的综合方式向对方提供技术设备，对方以该项设备生产的产品或其他产品补偿其技术和设备的价款。许可贸易的做法也常出现在合资经营方式中，或者拥有专利和专有技术的一方直接转让其技术，实行技术作价入股；或经过许可方式获得他人专利或专有技术使用权的一方，经技术产权方的允许后，以分许可的方式向合资企业进行技术的再转让。

【基础知识训练】

一、单项选择题

1. 商品交易所的交易主要是（　　）。

　　A. 现货交易　　　　　B. 期货交易　　　　　C. 实物交易

2. 国际拍卖中心进行的交易是（　　）。

　　A. 现货交易　　　　　B. 期货交易　　　　　C. 期权交易

3. 补偿贸易是以（　　）为基础进行的贸易。

　　A. 合同　　　　　　　B. 信贷　　　　　　　C. 技术贸易

4. 租赁贸易是（　　）的贸易形式。

　　A. 所有权和使用权分离

　　B. 所有权和收益权分离

　　C. 使用权和收益权分离

5. 商业存在形式中，服务的提供者和消费者（　　）。

    A. 同在消费国境内

    B. 同在服务生产国境内

    C. 分别处于服务生产国和消费国境内

6. 独占许可合同有效期内，有权使用协议规定的技术的人包括（　　）。

    A. 出让方　　　　　　B. 受让方　　　　　　C. 第三人

7. 互换许可协议的双方一般相互（　　）。

    A. 不支付技术使用

    B. 分别支付技术使用费

    C. 分别用相应的产品支付技术使用费

8. 特许专营的许可方和被许可方之间是（　　）关系。

    A. 买卖　　　　　　　B. 总公司与子公司　　C. 控股

二、多项选择题

1. 有固定组织形式的国际市场交易方式包括（　　）。

    A. 商品交易所　　　　B. 拍卖　　　　　C. 招投标　　　　　D. 国际博览会

    E. 国际租赁　　　　　F. BOT

2. 下列哪些商品交易往往通过国际拍卖方式成交（　　）。

    A. 大宗初级产品　　　B. 烟草　　　　　C. 马匹　　　　　　D. 花卉

    E. 毛皮

3. 国际技术贸易的方式有（　　）。

    A. 许可证贸易　　　　　　　　　　　B. 国际承包劳务合作

    C. 咨询服务和技术服务　　　　　　　D. 合作生产

    E. 旅游

4. 国际技术贸易中使用的许可证协议大体包括（　　）。

    A. 独占许可证协议　　　　　　　　　B. 排他性许可证协议

    C. 分许可证协议　　　　　　　　　　D. 交叉许可证协议

    E. 普通许可证协议

5. 国际技术贸易的标的物主要是（　　）。

    A. 专利　　　　　　　B. 商标　　　　　C. 专有技术　　　　D. 资本

    E. 国际承包

6. 国际服务贸易的交付方式包括（　　）。

    A. 境外消费　　　　　B. 过境支付　　　C. 商业存在　　　　D. 自然人流动

7. 通常所说的"三来一补"的贸易方式包括（　　）。

    A. 来料加工　　　　　B. 来样加工　　　C. 进料加工　　　　D. 来件装配

    E. 补偿贸易　　　　　F. 补充贸易

【技能训练】

训练

要求：阅读资料，并分析补偿贸易对中国企业发展的作用。

资料：补偿贸易：空手可套"白银"

说起汇源集团的掌门人朱新礼，如今可谓无人不识。在 2005 年胡润百富榜上，他位列第 24 名。

朱新礼的发家之路充满传奇。他本是山东沂源县的外经委主任。1992 年，他"买"下了山东一濒临倒闭的县办水果罐头厂，自任厂长。说是"买"下，其实并没有拿出真金白银。当时朱新礼并没有钱，他只是答应用项目救活工厂，养活工厂数百号员工，外加承担原厂 450 万元债务。这是朱新礼打出的第一招空手套白银。

紧接着是第二招。在当时，"补偿贸易"还是十分新鲜的名词。朱新礼当时看准了德国的设备，可是他没有钱。于是，他一口气与德国客商签订价值 800 万美元的进口合同，引进德国设备，在国内生产产品，条件是在一定期限内将产品返销给德方，以部分或全部收入分期或一次抵还设备贷款。朱新礼当时答应外方分 5 年返销产品，部分抵还货款。1993 年初，在二十多名德国专家、技术人员的指导下，朱新礼的工厂"汇源"开始生产浓缩果汁，并且成为主营业务。

正在此时，朱新礼听说德国要连续举办两次国际性的食品博览会，他立即买了一张机票，单刀赴会。他没有带翻译，因为他买不起两张机票。在德国当地华侨的帮助下，朱新礼先后在德国慕尼黑和瑞士洛桑签下第一批业务——3000 吨苹果汁，总金额为 500 万美元。而与这 500 万美元相比较，朱新礼在整个创业过程中付出的资金相当于零。

由于填补了当时的市场空白，因此企业开始迅速做大。1999 年，朱新礼将汇源集团的主要资产与新疆德隆成立了合资公司。由于有了德隆的资金支持，企业开始超速发展，2 年的时间里汇源累计投资 20 亿在全国新增了 20 家生产基地，到 2003 年的时候汇源果汁已经占据了 23％的全国市场份额。2003 年，朱新礼回购了德隆在汇源的股份。2004 年 3 月，朱新礼又分拆汇源果汁部分资产与统一集团在开曼群岛成立合资公司中国汇源果汁控股，其中统一出资 2.5 亿元占 5％的股份。（资料来源：《民营经济报》，2006 年 04 月 18 日）

学习情境 3　国际投资方式

【学习目标】

能力目标：能够比较分析不同投资方式的利弊，并根据实际情况为企业选择适当的投资方式进行对外投资或吸引外国资金提出建议。

知识目标：掌握国际直接投资、国际间接投资的具体类型，掌握跨国公司的经营管理模式。

【工作任务】

1. 搜集资料：近 5 年中国利用外资的方式及规模，分析中国利用外商直接投资对中国经济发展的作用。

2. 调查某一跨国公司在华投资状况并简要分析其管理模式。

【知识结构图】

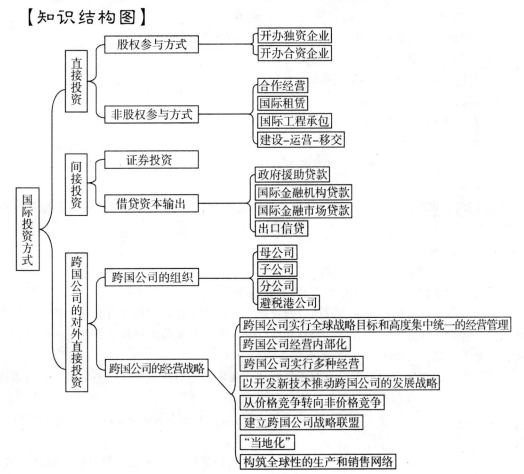

【引导问题】

1. 我国自改革开放以来，利用外商投资带动了我国企业走向国际市场，现阶段我国主要采取哪种方式利用外商投资？为什么？

2. 目前我国已成为吸收外商投资最大的东道国，跨国公司在华的经营管理模式也发生了很大变化，现阶段跨国公司经营本土化的表现有哪些？

【知识总汇】

3.1 国际直接投资方式

对外直接投资（Foreign Direct Investment，FDI）是指一个国家的投资者输出生产资本直接在另一个国家的厂矿企业进行投资，并由投资者直接参与该厂矿企业的经营和管理。

3.1.1 国际直接投资的股权参与方式

股权参与是指以所有权为基础，以决策经营权为途径（持有普通股），以实现对企业有效控制或影响的直接投资方式。具体有以下几种类型。

1. 投资者拥有全部股权：开办独资企业

此类型设立分支机构、附属机构、子公司等，外资股份为 95% 以上。

（1）开办独资企业对投资者的意义与影响。

① 可拥有绝对的经营控制权；

② 可拥有全部的国外利润；

③ 有利于保守技术诀窍和商业秘密；

④ 必须独立承担风险。

（2）开办独资企业对东道国的意义与影响。

① 可弥补东道国生产的不足；

② 能增加东道国的收入，包括税收、土地使用费、在东道国内购买设备和原材料等方面的收入；

③ 增加就业；

④ 市场份额被占，不能分享利润。

2. 投资者拥有部分股权：开办合资企业

两国或两国以上的投资者在一国境内根据东道国的法律，通过签订合同，按一定比例或股份共同投资建立，共同管理，分享利润，分担亏损和风险的股权式企业。一般是有限责任制企业（股份有限公司），并具有法人地位。

（1）东道国在合资问题上思想的逐步解放。要求"绝对控股"→"不求所有，但求所在"→"只要是开设在本国的企业，都可以视为民族企业"。

（2）出资方式：现金、实物、工业产权（商标、专利、Know-how 等，有个核资问题）。

（3）积极方面：凝聚合资各方的能力，可引进和运用先进的技术和科学的管理方式，合资各方的责、权、利明确。

（4）消极方面：多股多权的经营管理机制对少数股权的股东不利，处于相对被动的境地。

3.1.2　国际直接投资的非股权参与方式

1. 合作经营

（1）合作经营的含义。

合作经营（Contractual Joint Venture，契约式合营）是指依照各方共同签订的合作经营合同，规定各方的投资条件、收益分配、风险责任及经营方式的一种非股权的契约式合营，通常通过设立契约式合营企业的形式来实现合作经营的目标。

（2）特征。

① 合营双方的权利、义务通过协商，在合营合同中约定，而不像合资企业那样，以认股比例为准；

② 合作经营的出资形态不同于合资经营，可不以货币单位计算投资比例；

③ 合作经营的利益分配不同于合资经营，不是按资分配，而是按合作经营合同约定进行分配。

（3）合作经营的组织形式。

① "法人式" 合作经营。双方在一国境内设立具有该国法人资格的经济实体，有独立的财产权和法律上的起诉权和应诉权。

② "非法人式" 合作经营。双方所设置的实体对合作企业财产只有使用权而无独立的财产所有权，可设立联合管理机构，也可委托一方，或聘第三方管理。

（4）优点。

① 简便，灵活，合作意识强；

② 审批程序及手续十分简便；

③ 避免实物或技术入股作价等一系列复杂问题；

④ 管理机构可大可小，可繁可简，具有相当的灵活性。

2. 国际工程承包

国际工程承包是通过国际间的招标、投标、议标、评标、定标等程序，由具有法人地位的承包人与发包人按一定的条件签订承包合同，承包人提供技术、管理、材料，组织工程项目的实施，并按时、按质、按量完成工程项目的建设，经验收合格后交付发包人的一项系统工程。

（1）主要内容。

① 工程设计；

② 提供机器、设备、技术、原材料及劳动力等；

③ 资金供应；

④ 施工与安装；

⑤ 试车；

⑥ 人员培训。

（2）特征：耗资多、获利多、竞争性强。

（3）分类。

① 分项合同（Separate Contract）的工程承包（业主来分项）；

② 交钥匙工程（Turn-key proiect）的承包；

③ 分包合同（Sub-Contract）的工程承包（总承包商来分包）。

3. 建设—运营—移交

建设—运营—移交（Build-Operate-Transfer，BOT），是指东道国把拟建设的大型基础设施项目、服务项目或工业项目，通过投标方式选择国外私营公司直接投资建设，并授予该私营公司在项目竣工后的一定期限内，通过营运收回投资并取得投资回报的特许权，期限届满时将该项目移交给东道国。BOT方式的期限一般为15～20年。

典型的BOT方式是政府同外商投资的项目公司签订合同，由项目公司筹资和建设基础设施项目。项目公司在协议期内拥有、运营和维护这项设施，并通过收取使用费或服务费用，回收投资并取得合理的利润。协议期满后，这项设施的所有权无偿地转移给政府。

在BOT方式中，项目公司由一个或多个投资者组成，通常包括工程承包公司和设备供应商等。项目公司以股本投资的方式建立，也可以通过发行股票及吸收少量政府资金入股的方式筹资。BOT项目所需的资金大部分通过项目公司从商业金融渠道获得。

BOT方式主要用于发展收费公路、发电厂、铁路、废水处理设施和城市地铁等基础设施项目。

知识拓展

BOT项目中主要参与主体之间的法律关系

湖北某电厂2.33万千瓦"以大换小"技改项目，是银行作为融资方参与的一个BOT项目。以此案例（以下简称"某电厂BOT案例"）为例，从银行的角度详析BOT项目中主要参与主体之间的关系。

某电厂BOT案例采用成立一个特别目的的项目公司（SPV）——湖北某发电有限公司来承办的方式运作。项目公司为中外合作经营企业，合资中方为湖北某发电股份有限公司（隶属于湖北省电力公司）和某市投资公司（乃某市直接投资的公司），合资外方是一家在百慕大注册专门为该项目成立的公司——PSEG某电力有限公司（另一家在百慕大注册的外资公司——MPC某电力有限公司的全资子公司）。项目合作期为23年，合作期满后，所有资产无偿归中方所有。

BOT项目中有六层最基本的法律关系：

1. 政府和投资者之间的BOT项目特许协议法律关系。项目公司的成立一般是BOT项目特许协议开始实施的标志。既代表政府又具有投资者性质的中方公司，一旦与其他投资者正式合作设立了BOT项目公司，就意味着投资者被授予了对该BOT项目的特许建设和经营权，双方之间的合作协议被视为BOT项目中的特许协议。需要特别提及的是，BOT往往被认为是吸引外资的一种项目融资方式，因此许多人误认为参与BOT的一方投资者必然是外方。笔者以为，BOT项目中的投资者，不仅可以是外资，也可以来自民间资本，关键在于BOT项目本身的需求，例如资金、管理经验、技术实力等等。合作期满，一般来说，BOT项目的所有资产将无偿归政府或代表政府的企业所有。为了防范

BOT 项目中的政府风险，银行在提供贷款前，应当取得政府对该项目的明确支持承诺，并充分调查投资者的资信状况。例如在某电厂 BOT 案例中，湖北省电力公司和某市政府就分别做出了为项目公司的中方股东提供担保和保证供应燃料的铁路如期完工等多项承诺。

2. 项目公司和银行之间的信贷法律关系。BOT 项目投资资金巨大，项目资金的 70%～90%要通过银行等金融机构获得。因此，银行在 BOT 项目中具有不可或缺的地位。某电厂 BOT 案例中，总投资的 70%左右即为银行提供的贷款。

3. 项目公司和项目工程承建商之间的法律关系。项目建设的工程承建商是项目成败的关键因素。至少在项目的建设期，承建商构成项目融资的重要当事人之一。项目公司和项目工程承建商一般会签订固定价格的"一揽子承包合同"，即"交钥匙"工程。有资格参与 BOT 项目的工程承建商，一般来说都是信用卓著、业绩突出的工程公司。他们在与贷款银行、项目公司和各级政府机构打交道方面具有丰富的经验。因此，银行和项目公司谈判，也可以邀请项目工程的承建商加入，以便尽量准确地判断项目建设的风险。某电厂 BOT 案例中，项目工程承建商为湖北省电力公司的附属子公司，并取得了湖北省电力公司的担保。

4. 项目公司和项目原材料和能源供应商之间的法律关系。项目原材料和能源供应商在保证项目运行中起着十分重要的作用。供应商长期为项目供应能源和原材料的安排，有助于减少项目初期以至项目经营期间的许多不确定因素，增加了项目公司成功融资的砝码。反之，银行在考虑给项目提供贷款时，应当非常关心供应商的资信和经营作风，以确定项目生产能力的稳定性。

5. 项目公司和项目产品的购买者或项目设施的使用者之间的法律关系。为了保证项目建成后有足够的盈利能力用于还本付息，在项目谈判阶段，就应该确定产品或服务的承购商并签订协议，来减少或分散项目的市场风险。承购商可以是项目公司的股东、独立第三方甚或有关政府机构。但是，他们必须真正具有履行购买产品或使用设施的义务的能力。因此，项目产品的购买者或项目设施的使用者的资信状况也成为银行决定是否提供贷款的重要考虑因素之一。（资料来源：百度文库）

3.2 国际间接投资方式

对外间接投资（Foreign Portfolio Investment）包括证券投资和借贷资本输出，其特点是投资者不直接参与被投资企业的经营和管理。

3.2.1 证券投资

证券投资是指投资者在国际证券市场上购买外国企业和政府的中长期债券，或者在股票市场上购买上市的外国企业股票的一种投资活动。

证券投资者一般只能取得债券的利息、股票的股息和红利，对投资企业无直接的经营和管理的直接控制权。

3.2.2 借贷资本输出

借贷资本输出是以贷款或出口信贷的形式把资本借给外国企业和政府。借贷资本输出一般有以下方式：

1. 政府援助贷款

政府援助贷款是各国政府或政府机构之间的借贷活动。这种贷款通常带有援助性质，一般是发达国家对发展中国家或地区提供的贷款。这种形式的贷款一般利息较低（3%～5%），还款期较长，可达 20～30 年，有时甚至是无息贷款。这种贷款一般又有一定的指定用途，如用于支付从贷款国进口各种货物或用于某些开发援助项目上。

2. 国际金融机构贷款

国际金融机构一般包括"国际货币基金组织"、"世界银行"、"国际开发协会"、"国际金融公司"及各洲的开发银行和联合国的援助机构等。来自国际金融机构的贷款条件一般比较优惠，但并不是无限制的。

（1）国际货币基金组织。

国际货币基金组织的贷款对象是成员国政府，贷款用途只限于解决短期性国际收支不平衡问题，用于贸易和非贸易经常项目的支付。国际货币基金在贷款时要求借款国以相应数量的本币购买外币，偿还贷款时再用国际货币基金组织指定的货币购回本币。国际货币基金组织的这种贷款利率较低，此外还需支付少额的手续费。

（2）世界银行（国际复兴开发银行）。

世界银行只对成员国政府或经成员国政府担保的公共机构和私人企业提供贷款，主要面向发展中国家，贷款重点用于能源、农业、交通运输、教育等方面。贷款期限短则 3～5 年，长达 20 年，宽限期为 5 年。贷款利率随国际金融市场利率水平定期调整，但低于国际金融市场利率水平。贷款收取的杂费很少，只对签约后未支用的贷款额收取 0.75% 的承诺费。世界银行的贷款一般与特定的某一工程项目相联系。银行一般只提供该贷款项目所需建设资金总额的 30%～50%，其余部分由借款国自行准备（通称配套资金）。另外银行贷款必须专款专用，接受银行的监督，保证银行贷款只用于双方已规定的项目和目的。应该注意的是银行贷款的使用不能限定在某一特定的成员国内进行采购，而要通过国际公开招标的方式进行。

（3）国际开发协会。

国际开发协会属于世界银行的下设机构，又称第二世界银行，专门从事对最不发达国家提供无息贷款业务。世界银行的成员国均为国际开发协会的成员国。协会的成员国分为两类：第一类是经济上比较发达或收入水平较高的国家，它们是协会资金主要的提供者；第二类为发展中国家，它们是协会贷款的接受者。

国际开发协会的贷款也要经过严格的审查，但它的贷款条件更为优惠。国际开发协会的贷款为无息贷款，只收取少量的手续费（一般 0.75%），并对已承诺未支用的贷款收取 0.5% 的承诺费。贷款期限一般为 35～40 年，宽限期平均为 10 年。贷款可部分或全部用本国货币偿还。能够获取国际开发协会贷款的国家人均收入水平必须低于某一标准。依照 1991 年美元现值计算，这一标准为 765 美元。在申请协会贷款时，不仅具有资格标准，协会还要考虑借款国有效使用资金的能力和借款国的资信情况。

（4）国际金融公司。

国际金融公司是世界银行的另一个附属机构，专门从事向发展中国家的私营部门提供中、长期贷款业务。

公司的投资活动分为两种形式：一是贷款；二是参股。国际金融公司的投资活动不论是贷款还是参股，公司的投资对象均为成员国的私营企业，有时也向有利于私营部门发展的公私合营或为私人企业提供资金的国营金融机构发放贷款或参股投资。公司的贷款完全按商业利率进行，但期限较长，一般为 5～15 年，甚至更长，并有一定的宽限期。

国际金融公司在提供贷款或投资入股时一般遵循三个原则：一是对成员国私人企业提供资金无须政府担保，但仍需政府认可；二是公司只向资金结构健全、管理能力较强、保证盈利的项目提供贷款，并尽可能挑选有创汇能力的项目，以确保公司能收回贷款并有一定盈利；三是公司投资入股时，公司的股份一般不超过私营企业资本总额的 25%，投资额一般在 100～5000 万美元之间，并且不参加该企业的经营管理，也不在该企业董事会上行使所拥有的投票权。

3. 国际金融市场贷款

国际金融市场分为货币市场和资本市场。国际金融市场的贷款利率一般较高，但对贷款用途无限制。

（1）国际货币市场是经营短期资金借贷的市场，一般期限在一年以内。

国际货币市场的构成：国际货币市场包括银行短期信贷市场、贴现市场和短期票据市场。银行短期信贷市场包括银行同业拆借市场和银行对外国工商业的信贷市场。银行同业拆借按照银行同业间拆借利率计息。其中，伦敦银行同业拆借利率是国际间贷款最重要的基础利率。短期票据市场交易的对象为国库券、商业票据、银行承兑汇票和定期存款单等。

（2）国际资本市场是经营中长期资金借贷的市场，中期货款一般期限在 1～5 年，长期贷款为 5 年以上的贷款，最长期可达 10 年。

国际资本市场的构成：国际资本市场包括银行中长期信贷市场和证券市场。

① 国际银行中长期信贷市场：是指由一国的一家商业银行，或者一国（多国）的多家商业银行组成的贷款银团，向另一国银行、政府或者企业等借款人提供的期限在 1 年以上的贷款，是国际资本市场的重要组成部分。

② 国际证券市场：是指一国政府、企业、金融机构等为筹措外币资金在国外发行的以外币标价和认购的有价证券。国际证券市场交易对象为政府债券、股票、公司债券和国际债券。国际债券包括外国债券和欧洲债券。

外国债券是一国借款人在另一国证券市场上发行的、以该市场所在国货币标明面值的、承诺到期还本付息的书面凭证。该债券的特点是，借款人（发行债券的人）属于一个国家，标明债券面值的货币和发行市场属于另一个国家。

欧洲债券是指一国借款人在另一国市场上发行的、以第三国货币标明面值的、承诺到期还本付息的书面凭证。该债券的特点是，债券发行人属于一个国家，债券发行市场属于另一个国家，标明债券面值的货币则属于第三国。欧洲债券可以在一个国家市场上发行，也可以同时在几个国家市场上发行。

4. 出口信贷

出口信贷是指一个国家为了鼓励商品出口，加强商品竞争能力，通过银行对本国出口厂商或外国进口厂商或进口方的银行所提供的贷款。

3.3 跨国公司的对外直接投资

3.3.1 跨国公司的含义

联合国对跨国公司的定义是：跨国公司是股份制的或非股份制的企业，包括母公司和它们的子公司。母公司的定义为一家在母国以外的国家控制着其他实体的资产的企业，通常拥有一定的股本。股份制企业拥有10%或者更多的普通股或投票权者，或非股份制企业拥有等同的数量（资本权益）者，通常被认为是资产控制权的门槛。子公司是一家股份制的或非股份制的企业，在那里一个其他国家的居民的投资者对该企业管理拥有可获得持久利益的利害关系。

根据以上定义，只要是跨国界进行直接投资并且获得控制权的企业就叫跨国公司（Transnational Corporation），又称为多国公司（Multinational Corporation）。

3.3.2 跨国公司的组织

跨国公司的具体组织，包括设在母国的母公司，设在东道国的子公司、分公司以及避税港公司。

1. 母公司

母公司是跨国公司在母国登记注册的法人公司，也是跨国公司在母国的发源地和基地组织。母公司通过在各东道国参股和控股活动来实际控制一些子公司，使它们成为母公司的附属公司。各国对母公司控制子公司有不同的法律规定。有些国家规定要达到50%以上的股本，有的国家规定只要达到10%以上的股本；有的国家规定只要母公司是子公司在册股东并能实际控制其董事会。母公司管理机构通常是跨国公司的总部。

2. 子公司

子公司是在东道国登记注册的法人公司。它受母公司管理和控制，按照母公司统一的全球战略进行自主经营、独立核算。作为一个独立的法人组织，子公司有自己的名称和章程，在产供销和人财物六个方面具有一定的权限。母公司与子公司之间以及各子公司之间一般都有密切的联系和往来。

3. 分公司

分公司是母公司的派出机构。一般是由于生产经营的需要或者是为了加强管理，而在母国母公司非注册地或东道国设立的组织。分公司没有自己的名称和章程，所以它并不是法人实体，仅仅是母公司的分支机构。

分公司与子公司在法律特征上区别：

（1）分公司是总公司的分支机构。

分公司不具有法人资格，不能独立承担责任，其一切行为后果及责任由总公司承担；分公司由总公司授权开展业务，自己没有独立的公司名称和章程；分公司的所有资产属于总公司，其债务也由母公司无限承担；分公司不受当地国家法律保护，而受母公司的外交保护等。

（2）子公司是指按一定的比例被另一家公司拥有或协议方式而受到另一公司的实际控制的公司。

子公司是独立法人；子公司在经济上和业务上被母公司实际控制；母公司对子公司的实际控制或是基于股权参与或是支配性协议等非股权安排；子公司受到当地国家的法律保护，而不受母公司的外交保护。

4. 避税港公司

全球的避税港和避税区的数目呈上升的趋势。在避税港或避税区内，公司的人员、物资、资金都可自由进出，不受多少限制，而且实行低税率或免税政策。跨国公司为了逃避征税，常把利润从高税率国家转移到避税港或避税区来，在避税港或避税区设立公司。

3.3.3　跨国公司的特点

1. 全球战略目标

在国际分工不断深化的条件下，跨国公司凭借其雄厚的资金、技术、组织与管理等方面的力量，通过对外直接投资在海外设立子公司与分支机构，形成研究、生产与销售一体化的国际网络，并在母公司控制下从事跨国经营活动。跨国公司总部根据自己的全球战略目标，在全球范围内进行合理的分工，组织生产和销售，而遍及全球的各个子公司与分支机构都围绕着全球战略目标从事生产和经营。跨国公司的重大经营决策都以实现全球战略目标为出发点，着眼于全球利益的最大化。

2. 全球一体化经营

为实现全球战略目标，跨国公司实行全球一体化经营，母公司对全球范围内各子公司与分支机构的生产安排、投资活动、资金调遣以及人事管理等重大活动拥有绝对的控制权，按照全球利益最大化的原则进行统一安排。跨国公司强有力的管理体制和控制手段是实现全球一体化经营必需的组织保证，当代通讯技术的巨大进步和现代化的交通运输则为跨国公司的全球一体化经营提供了必要的物质基础。跨国公司采取集中与分散相结合的管理方式和全球战略，在国际范围内从事生产经营活动。

3. 灵活多样的经营策略

在实行全球一体化经营的同时，跨国公司也会根据国际政治经济形势、东道国的具体情况及其对跨国公司的政策法规、自身的实力以及在竞争中的地位，采取灵活多样的经营策略安排，以更好地满足东道国当地的实际情况，获得良好的经营效益，也有利于与东道国政府建立融洽的关系。在组织机构上，跨国公司往往会相应地改变原来的集权管理，将原先集中在总部的权力适当下放给下属各子公司与分支机构，实行分权管理。

4. 强大的技术创新能力

在科学技术迅猛发展的今天，技术进步已成为垄断资本获取高额利润、争夺市场、增强自身在国内及国际市场竞争力的重要途径。大型跨国公司是当代技术创新与技术进步的主导力量，其实力主要体现在它们拥有雄厚的技术优势和强大的开发能力。跨国公司要在国际分工和国际竞争中保持领先，就必须不断地投入巨额资金，加强技术研究与开发，保持自己的技术优势。技术领先地位带来的丰厚市场回报，又激励着跨国公司不断进行技术创新，推动技术进步。

5. 具有较大的经营风险

跨国公司与国内企业最大的区别在于面临着更为错综复杂的国际经营环境，复杂的经营环境在给跨国公司创造出更多的发展机会和空间的同时，也使它具有较大的经营风险。除了正常的商业风险外，跨国公司还面临着国际经营所特有的政治风险和财务风险等，前者指国际经济往来活动中由于政治因素而造成经济损失的风险，包括东道国对外国资产没收、征用和国有化的风险，以及东道国革命、政变等风险；后者指东道国汇率变化和通货膨胀而带来的经济损失等。

3.3.4 跨国公司的经营战略

1. 跨国公司实行全球战略目标和高度集中统一的经营管理

这一点我们从跨国公司的定义中就不难看出，跨国公司通过对外直接投资，在世界范围内进行生产、配置，并把研究与发展、采掘、提炼、加工、装配、销售以及服务等生产过程和流通过程伸向世界各地，而把最高决策权保留在跨国公司总公司，总公司对整个公司的投资计划、生产安排、价格体系、市场安排、利润分配、研究方向以及其他重大决策分担责任。

2. 跨国公司经营内部化

(1) 公司内部贸易的特点。

公司内部贸易是指跨国公司内部进行的产品、原材料、零部件、技术与服务的贸易活动。跨国公司内部贸易有以下特点：

① 一般来说，在研究与开发的密集较高的产业部门中的公司内部贸易，比研究与开发密集度低的部门高。公司内部贸易呈现这种特点的原因，主要是跨国公司之所以能够从事海外经营活动，是因为它们在技术上和管理上拥有某些优势，而这些优势的获得往往是以付出高昂的研究与开发费用为代价。因此，为了保持企业在技术和管理上的垄断优势，为了不使已付出的高昂的代价付之东流，将所有交易都在公司内进行，不失为一种明智的选择。

② 公司内部贸易的产品构成主要是最终产品，其次是有待加工和组装的中间产品。公司贸易的内部化率与产品的加工程度成正比关系，即产品的加工程度越高，其内部化率越高；反之，则内部化率越低。

③ 公司内部贸易的价格不依国际市场供求关系而变化，而是采用转移价格的方式进行。转移价格是根据跨国公司的全球战略目标，由公司上层制定的。通过实施转移高价和转移低价，可以给跨国公司带来可观的经济利益。

(2) 公司内部贸易的利益。

① 降低外部市场造成的经营不确定风险。由于受市场自发力量的支配，企业经营活动面临诸多风险，如投入供应数量的不确定；投入供应价格的不确定；不同生产工序或零部件分别由独立的企业承担所产生的协调上的困难等。而公司内部贸易可以大大降低上述各种经营不确定性，通过合理计划来安排生产、经营活动。

② 可以充分利用世界各地的资源来组织生产，降低生产成本，提高产品竞争能力。

③ 可以充分利用子公司所在国的先进技术，专业化生产某种特殊的产品部件，然后

集中到有利的地方进行装配，使其最终产品集中各国技术。

④ 可以利用各国利率和汇率差异，在母公司与子公司、子公司与子公司之间统一调配资金，以扩大资金来源，减轻利息负担，赚取利率和汇率的差额。例如：如果预测某一子公司的东道国的货币可能贬值，跨国公司就可以采取子公司高进低出的办法，将利润和现金余额抽回，以减少因货币贬值造成的损失。

⑤ 可以通过海外直接投资，充分利用产品生命周期，将一国淘汰的产品转移到尚未开发或正在开发的地区，以保持产品的新颖性和竞争力。

⑥ 可以利用各子公司进行技术开发，统一安排、分享技术优势。

⑦ 可以利用各国税率差异，由高税国转移到低税国进行避税。

3. 跨国公司实行多种经营

综合型多种经营的跨国公司，从 20 世纪 70 年代以后得以迅猛发展，其业务经营的范围形象地说，就是"从方便面条到导弹"，几乎无所不包。例如，美国杜邦公司和联合化学公司，联邦德国巴登笨胺苏打公司和赫希斯染料公司，英国柯尔兹化学公司，日本朝日化学公司和住友化学公司等化学工业公司，除了经营化学工业产品以外，还兼营制药、食品、化妆品、首饰工艺品、纺织、冶金、电子、化肥、农药、运输和旅馆业等各种行业。

多种经营给跨国公司营销带来极大的好处：

① 增强垄断企业总的经济潜力，防止"过剩"资本形成，确保跨国公司安全发展，有利于全球战略目标的实现。企业的经营目的在于获取利润，而利润率的高低多寡取决于企业如何筹划和组织生产、销售与分配这三道前后相连的环节，多种经营可以使跨国公司加强生产环节，进行低价值的投入，高价值的产出，从而降低生产成本提高劳动生产率，达到利润最大化。

② 有利于资金合理流动与分配，提高各种生产要素和副产品的利润率。资金的投入必须带来良好的投资效益，这是投资的必然性选择，生产要素组合的合理、经济与否直接决定着企业成本与劳动生产率的高低，国际间的生产要素组合也要优于一国自身。跨国公司就是国际性生产要素优化组合的一种灵活而又高效的载体。

③ 便于分散风险，稳定企业的经济效益。当今世界经济发展迅速，行业、种类日趋繁多，受各种因素的影响，各行业在年度之间状况波动很大，占据多个行业的跨国公司的经营，就不会因一项经营的波动而影响整个公司的收益。

④ 可以充分利用生产余力，延长产品生命周期，增加利润。

⑤ 能节省共同费用，增强企业机动性。

4. 以开发新技术推动跨国公司的发展战略

高技术是"未来世界经济的引擎"，故跨国公司之间在这一方面展开了一场较大的角逐，更尖锐地表现在生物工程、新材料、新能源等领域的贸易的摩擦上。

① 跨国公司在新技术革命中，始终保持领先地位。跨国公司在新的国际分工中，若要保持优势，或从一种优势转向另一种优势，就必须在研究与开发新技术、新工艺、新产品中始终保持领先地位，跨国公司始终在新技术部门占领先地位，战后迅速发展起来的新兴工业，如汽车、石化、制药和电子工业等，几乎全部为跨国公司的控制。跨国公司注重于生产工艺的研究，每一个跨国公司都设有专门的研究机构，并得到政府大量财政资助，

20 世纪 70 年代美国联邦政府用预算拨款资助了民用科研项目的 1/4 以上。

② 跨国公司奉行特有的技术战略。跨国公司技术转移战略：从全球范围比较生产成本，选择最佳生产基地，以确保高额利润。首先，把研制的专利技术应用于母国的国内生产，垄断国内市场，并通过产品出口满足国外市场的需要。其次，经过若干年后，再将新技术转让给设在其他发达国家里的子公司，取得当地市场的技术优势。再次，又过若干年后，再向发展中国家的子公司转让技术。跨国公司转让技术要考虑生产能力（或运用生产技术的能力），投资能力（或扩大生产以便利用扩大了的国内市场或出口市场的能力）和革新能力（它使研制新产品和提供新服务成为可能）。

5. 跨国公司从利用价格竞争转向非价格竞争争夺世界市场

传统的价格竞争是指企业通过降低生产成本，以低于国际市场或其他企业同类商品的价格，在国外市场上打击和排挤竞争对手，扩大商品销路。

非价格竞争是指通过提高产品质量和性能，增加花色品种，改进商品包装及装潢、规格、改善售前售后服务，提供优惠的支付条件，更新商标牌号，加强广告宣传和保证及时交货等手段，来提高产品的素质、信誉和知名度，以增强商品的竞争能力，扩大商品的销路。目前跨国公司主要从以下几个方面提高商品的非价格竞争能力：

① 提高产品质量，逾越贸易技术壁垒；

② 加强技术服务，提高商品性能，延长使用期限；

③ 提供信贷；

④ 加速产品升级换代，不断推出新产品，更新花色品种；

⑤ 不断设计新颖和多样的包装装潢，注意包装装潢的"个性化"；

⑥ 加强广告宣传，大力研究改进广告销售术。

6. 建立跨国公司战略联盟

（1）世界市场上的竞争体现在四个方面：

① 产品开发竞争，指新产品创造发明的速度。在竞争中要取胜主要是科研水平和创新能力。

② 制造工艺竞争，即产品质量和成本的高低。竞争中要取胜靠的是投资规模、生产组织能力和质量管理水平。

③ 营销技巧竞争，指的是商标牌誉，产品"形象"和消费者的心理。

④ 要素成本竞争，即生产要素的获取及其成本的高低，竞争取决于企业的综合实力。

（2）建立跨国战略联盟提高企业竞争力。

跨国战略联盟成为跨国公司国际化经营的主要方式，是由于现代科技已将产品推向高技术化，使得一些大公司也望而却步，资源投入增加，提高了生产成本；产品生命周期的缩短，要求加大研究开发的力度；消费水平的提高，迫使产品向高精尖方向发展；贸易保护主义的加强，汇率风险，引进核心技术更加困难等促进了跨国战略联盟的发展。由于技术尤其是尖端技术开发的高风险，高技术以及新产品的快速淘汰，与一些有相关技术优势的公司达成协议，组成战略联盟来共同承担技术的开发成本、获取新技术。战略联盟目标主要是获得先进技术和管理经验，进入新市场和增强产品的竞争力。

建立跨国公司战略联盟，通过外部合伙关系而非通过内部增值来提高企业的经营价值。一家跨国公司可以同时是一个或多个合作伙伴在几个不同的领域内结成联盟，又在其他领域内与之展开竞争。这样可以避免通过外部扩张即资产重组、兼并和收购而带来两败俱伤，既避免诸如债务增加、股权稀释、企业凝聚力降低等企业合并的后遗症，避开威胁企业生存的巨大风险，又可以以最小的成本获得最大的企业内部和外部扩张。

（3）跨国战略联盟的主要特征：

① 战略联盟合作形式具有较大的灵活性和可调整性。传统的合资经营企业是一个独立的经济实体，对于资金投入、资源的承担、管理结构和利润分享均有法律上的约束性协议规定，是一种股权式的结合；而新型的战略联盟签订的则是一种非约束性的"谅解备忘录"，是非股权的松散"联姻"。联盟契约仅仅表明合作各方的共同战略目标以及在生产和销售方面协调行动，其共同目标的实现全靠协商而非法定的权力与义务，可以因外部技术和市场的变化进行调整。

② 战略联盟实现了"柔性竞争"。改变了传统的竞争与合作对立的观念，联盟将来自不同国家、不同企业的不同所有者组合在一起，使其利害关系是你中有我、我中有你，是竞争对手的合作，在合作中竞争。

③ 战略联盟实行全方位合作，组织结构创新。战略联盟不只局限于合资企业的相互参股、资本流动，而拓展到技术、市场、资金、人才、信息等方面的全方位合作，它把分散在各国的研究开发、生产加工、市场营销及售后服务等价值增值链等环节上具有特定优势的不同企业联合起来，实行分工合作、优势互补、资源互用，加盟者又确保各自的独立性。这种结构不同于跨国公司内部一体化模式，生产要素的流动更加扩展到国际生产一体化。

④ 战略联盟是一种深层次的合作形式。战略联盟是以技术，信息，知识共享为核心的利益共同体。改变以往企业自行研究开发新技术，新工艺，新产品的传统做法，使之更适应现代技术的研制开发。

7．"当地化"

（1）"当地化"战略的主要内容包括：

① 外籍管理人员当地化；

② 人才开发当地化；

③ 零部件生产当地化；

④ 产品销售当地化；

⑤ 研发当地化；

⑥ 营运管理当地化。

以中国为例，1993 年以来，国外著名跨国公司开始实施"当地化"战略。如摩托罗拉公司，中国员工人数达到 1 万人，本地经理人员比例近 80%，每年为本地人员提供 2.7 万个培训日，设立 170 种面向中国的课程，仅在 2000 年，该公司从中国本地采购的配套产品及各项服务费就达 8.68 亿美元，在华有 700 多个供货商，其产品的平均国产化率达到 65%。

（2）"当地化"的效果。

"当地化"战略在一定程度上迎合了发展中国家和地区发展民族工业的愿望，受到东道国的欢迎；有利于比较优势的发挥和国民待遇的取得；"人才当地化"有利于克服文化、语言上的差异，建立良好的人际关系，可以迅速打开市场，拓宽销售渠道。

8. 构筑全球性的生产和销售网络

（1）跨国公司在世界范围内优化资源和资源组合。充分利用东道国的优势，把一个产品的资金、原材料、技术、劳动力、产品的各种零部件分散到不同的国家企业进行供应和生产。

（2）跨国公司根据全球经济贸易发展战略和目标分工原则，在许多国家分工生产零部件，集中装配，定向销售。

（3）进行"离岸外包"业务，以使跨国公司高层主管集中时间与精力，集中公司的资源，加强研发等业务。

【基础知识训练】

一、单项选择题

1. 投资者不直接参与投资企业的经营和管理的投资方式叫（　　）。

　　A. 直接投资　　　　　　B. 间接投资　　　　　　C. 私人投资

2. 证券投资和借贷资本输出属于（　　）。

　　A. 直接投资　　　　　　B. 间接投资　　　　　　C. 国家投资

3. 以贷款或出口信贷的形式把资本借给外国企业或政府，这叫（　　）。

　　A. 私人投资　　　　　　B. 证券投资　　　　　　C. 借贷资本输出

4. 跨国公司内部贸易的价格是（　　）。

　　A. 由供求双方协商确定

　　B. 总公司确定

　　C. 国际市场价格

5. 通过购买外国企业发行的股票进行的投资方式属于（　　）。

　　A. 借贷资本输出　　　B. 证券投资　　　　　　C. 私人投资

二、多项选择题

1. 对外直接投资的方式主要有（　　）。

　　A. 举办独资企业　　　　　B. 与投资所在国举办合作企业

　　C. 政府对外援助贷款　　　D. 借贷资本输出

　　E. 与投资所在国举办合资企业

2. 对外间接投资包括（　　）。

　　A. 证券投资　　　　　B. 借贷资本输出　　　　C. 举办合资企业

　　D. 举办合作企业　　　E. 举办独资企业

3. 借贷资本输出的方式一般包括（　　）。

　　A. 举办合资企业　　　　B. 政府援助贷款　　　　C. 国际金融机构贷款

　　D. 国际金融市场贷款　　E. 出口信贷

4. 在对外直接投资方式下，投资者组建企业的方式有（　　）。

　　A. 创建新企业　　　　　B. 收购外国现有企业　　C. 私人贷款给外国企业

　　D. 国家贷款给外国企业　E. 利用出口信贷

5. 就国际合资企业而言，正确的说法有（　　）。

　　A. 外国投资者和东道国投资者为了一个共同的投资项目，联合出资按东道国有关法律在东道国境内建立的企业

　　B. 是股权式合营企业　　C. 是契约式合营企业

　　D. 各方共同投资、共同经营、共担风险、共享利润

　　E. 在经营上受到东道国的限制较多

6. 就国际合作企业而言，其正确的说法是（　　　）。

　　A. 是股权式合营企业　　　　B. 是契约式合营企业

　　C. 各方共同投资、共同经营，按出资比例共担风险、共负盈亏

　　D. 各方的权利、义务均由各方通过磋商在合作合同中订明

　　E. 经营风险较大

7. 下列关于跨国公司的说法，正确的有（　　　）。

　　A. 目前跨国公司业务更加多样化

　　B. 目前跨国公司购并称为直接投资的主要方式

　　C. 跨国公司是世界直接投资的主体

　　D. 跨国公司的当地化战略成为重要趋势

　　E. 跨国公司的直接投资加速向第三产业和高附加值的技术密集型产业倾斜

8. 下列关于子公司的说法中，正确的是（　　　）。

　　A. 在法律和经济上没有独立性，有法人资格

　　B. 在东道国终止营业时，可以变卖资产、出售股份或与其他公司合并

　　C. 行政管理费用较高

　　D. 与分公司相比，更有利于进行创造性的经营管理

　　E. 母公司对其债务承担无限责任

9. 跨国公司实行"当地化"战略，主要内容有（　　　）。

　　A. 管理人员当地化　　　　B. 人才开发当地化　　　　C. 零部件生产当地化

　　D. 产品销售当地化　　　　E. 研发当地化　　　　　　F. 营运管理当地化

10. 世界市场上的竞争体现在（　　　）。

　　A. 产品开发竞争　　　　B. 制造工艺竞争　　　　C. 营销技巧竞争

　　D. 要素成本竞争　　　　E. 价格竞争

【技能训练】

训练 1

要求：阅读资料 1，熟悉跨国公司在中国的策略及现存问题。

资料 1：透视跨国公司的中国化策略

　　1999 年上海全球《财富》论坛上，"欲称霸全球先逐鹿中国"这 10 个大字引人注目。先期进入中国市场的跨国公司，有赢家也有输家，赢家有一个共同的口号：我们是中国公司。

　　摩托罗拉公司（Motorola）亚洲区总裁说，摩托罗拉"以中国为家"，"比中国公司还中国"，我们具有"爱心耐心诚心"；飞利浦公司（Philips）电子集团总裁布绍昌说："请不要把我们当成外国公司，我们是一个地地道道的中国公司。"应该说，跨国公司强调自己的中国身份是有重要原因的。

　　一、本土化策略在中国——差异中的抉择

从经济学的角度来看，进行跨国投资要考虑如下国别差异：经济发展水平、经济发展模式的差异，市场制度、金融体系、法律制度的发展和完善程度的差异，产品标准、生产条件、环保标准的差异，经济转型与成熟市场的差异，政府与企业关系的差异，国民教育水平的差异，风俗习惯的差异，等等。针对差异，使用不同的融入策略、本土化策略和营销策略。改革开放30年以来，中国的投资环境与经济发展水平有了翻天覆地的变化，但是，中国毕竟是个发展中国家，经济发展条件具有许多特殊性，跨国公司面对迅速发展的中国，要想夺取先机，顺利开展业务，必须做好中国化的功课。

1. 跨国公司的营销中国化策略

中国化不仅意味着多雇用中国本地经理，还意味着经营内容上抓住中国特色，比如在市场经营上用非常中国化的做法。2000年安利在中国市场以18亿的销售额宣告其转型成功，关键在于建立与中国政府的良好关系，适应中国的营销环境。

2. 跨国公司的品牌中国化策略

跨国公司的标志及产品商标，最近越来越喜欢使用中文名称，有的跨国公司则在酝酿给自己的驻京机构起个好听的中文名。无论用中文名包装产品还是机构，都是为了拓展中国市场。最近进驻北京的"甲骨文"公司（Oracle），公司的英文标志下面，全部加上了中文"甲骨文"三个字。"这是全球性举动，我们还在所有产品上加上了中文标志。"可以说，其在本土化的过程中用足了气力，做足了功课。

3. 跨国公司的产品中国化策略

在产品设计上采用中国化策略常常会收到出奇制胜的效果。例如，著名的软饮料厂商可口可乐公司，不但成功塑造出中国本土化品牌"天与地"和"醒目"，也推出了中国特色的茶饮料，而且在2001年春节期间，用一对中国喜庆泥娃娃的形象，提升了自己产品的亲和力。可以说，跨国公司的本土化促销策略明显达到了促销的效果。从汽车行业的发展看，在中国加入WTO以后，跨国公司加强了在中国的产业布局，使中国的汽车业进入了快速成长期。跨国公司对华投资生产的汽车对进口成品的替代作用日益明显，印证了汽车产品中国化的成就。同时，跨国公司将直接出口汽车（母国生产产品）进一步高档化，从而优化提升了本国产品的技术水平。

当然，跨国公司并不是个个都能够顺利通过中国化考验，饱受诟病的案例是香港迪斯尼乐园。由于不熟悉中国的文化习俗，2006年2月，迪斯尼乐园的形象大受损害。当时正值中国传统节日春节，游客爆满，乐园为安全起见，将已经购买门票的数千名中国游客拒之门外。愤怒的游客聚集在乐园门口晃动大门，试图强行闯入。这一场面令人印象深刻，说明香港迪斯尼乐园管理层水土不服，还没有真正中国化。虽然为了融入中国文化，香港迪斯尼乐园也采取了很多措施，比如在乐园的建造上参考了中国风水八卦的布局，米奇穿上长袍马褂等，但只能说他们了解的还只是一些"皮毛"，并没有感悟到中国文化的"精髓"。

可见，无论是普通消费品还是服务产品，跨国公司都不得不重视中国化的问题，做得好，就成功搭上快速发展的中国经济快车，取得长足的进展；做得不好，不但没得到应有的收益，甚至使自己的无形资产受到损害。

二、从中国化到中国病——不可否认的中国病现象

虽然越来越多的跨国公司在努力中国化的过程中取得了不少成绩，然而不可否认，也

有一些跨国公司在中国以"入乡随俗"为名，利用不成熟的市场表现或政策漏洞以规避监管，获取超额利润（这里特指超过跨国公司母国的一般利润），从而出现了"橘，生淮北为枳"的"中国病"现象。

1. 比较常见的恶意偷逃税现象

近年来权威部门的披露表明，跨国公司每年"避税"给中国减少税收300亿元。跨国公司或是利用关联交易，采取转让定价的形式，或是利用各种财务会计制度的不同，以达到逃漏税的目的。比如，中国的会计计算方法是以每年1月1日来分界的，而日本、美国分别是4月1日、10月1日。跨国公司就利用会计计算方法的时间差来达到逃税和少交税的目的。此外，一些跨国公司利用不同国家和地区的税率不同，把收入从高税收的地区转到低税收的地区。还有不少跨国公司为避免中方合资伙伴分享利润，还会将收入转到国外税率很高的国家以便独吞利润。尽管转移价格策略只在中国使用，但为了中国的经济利益和经济安全，必须予以密切关注。

2. 大幅裁员，压低工资

LG近日在中国的裁员事件引起轩然大波，他们因为裁减掉部分为其服务5~9年的员工而遭到舆论指责。其实对跨国公司而言，合理规避法定义务，不断以新员工代替老员工，有利于公司未来的发展，这也是任何一个理性的商业组织的必然选择。值得注意的是，跨国公司在中国之所以能够大肆裁员，与实施这一措施所需付出的特殊低廉成本是分不开的。一方面，中国庞大的人口使得就业压力难以缓解；另一方面，在中国即便是按照引起争论的新的《劳动合同法》，裁掉一个员工一般至多需要付一个月的工资作为补偿金就够了。而在国外，裁员策略实施的成本要高很多。

3. 利用垄断地位，长期生产单一落后产品

利用与中国垄断企业的合作伙伴关系，滥用政府保护政策，多年生产不变的、国外早已淘汰的产品型号，利用垄断市场的地位，降低生产成本，获取最大利润。这种局面在中国加入WTO、打破行业垄断状况时才被打破。痛心地讲，中国是向跨国公司提供了巨大的国内市场，但是并没有得到想要的先进技术。

4. 违反环保标准

2007年8月，一份污染企业名单上的跨国公司共有90家。一些大型跨国公司纷纷入围，其中不乏百事可乐、雀巢、通用等著名跨国公司。其中，同一家跨国公司多个分支机构同时违规，或者同一家公司多次违规，是这一名单的一个特点。比如，美国百盛餐饮集团旗下的上海肯德基有限公司，在上海就有6家餐厅因"拒报污染物排放申报事项"等问题被上海市环保局列入"2004—2005年本市环保系统查处违法企业名单"。哈尔滨一家中外合资公司早在两年前即被黑龙江省定为省控重点污染企业，又因涉嫌污水直接外排，被国家环保总局列入松花江流域2007年第一批环境违法企业名单。这种屡罚屡犯的现象可以说是跨国公司在中国特有的表现。

5. 侵犯知识产权

虽然，发达国家政府和跨国公司往往强调自己是侵犯知识产权的受害者，然而，人们在中国市场上不时能见到某些跨国公司侵权的身影。例如，中国本土企业帅康在对伊莱克斯的"名厨"产品解剖后惊讶地发现，其节能虽然没什么过人之处，但其风门设置环节采用了帅康的专利设计。为此，帅康公司于2006年6月向宁波市中级人民法院提起诉讼并

最终胜诉。

6. 国际国内双重标准

跨国公司在产品质量、技术标准、售后服务到危机处理等方面执行国内国外两套标准的现象大量存在。跨国公司在"中国化"过程中，通常会按照所在国的国家标准组织生产和经营，甚至在标准缺失的情况下，会大大低于所在国的相关标准，如肯德基的"苏丹红事件"、雀巢奶粉碘超标、联合利华旗下"立顿"速溶茶氟化物超标等，使这些大名鼎鼎的洋品牌频频遭遇质量危机。跨国公司之所以敢这样做，一方面是因为中国改革早期的制度还不健全，一方面则是因为中国同类企业的法律成本的承担能力有限。在跨国公司眼里，"整顿时间短，处罚金额少"变成了一种"中国特色"。

7. 警惕"潜规则"下的行贿东道国官员现象

近期，无论是中国还是外国政府，已经开始密切关注跨国公司大肆行贿东道国政府官员的现象。长期置身事外的海外跨国公司越来越多地牵扯到腐败大案里。一些跨国公司主要通过行贿手段获得商业机会，赚取暴利。跨国公司的行贿对象一般都是高官、高管等实权人物；出手大方，行贿金额大，动辄几十万甚至上百万元美金；行贿手段花样翻新，不但送美元，送贵重礼品，对于中国官员，还会以当事人参加国外高级培训、孩子出国留学、家庭出境旅游等为诱饵，进行行贿。跨国公司大肆行贿给我国经济和政治生活造成了巨大危害。首先是严重破坏了市场经济秩序，破坏了市场经济中公平竞争的原则。其次，毁掉了一批官员和高级管理人才，政治上造成很坏的影响。从"沃尔玛礼品"、"朗讯风波"，到"德普回扣门"，再到如今的张恩照案和顾雏军案，几乎每年都有曾经光辉的人物倒在跨国企业的"糖衣炮弹"下。最后，社会影响很坏，受伤害最大的还是国内企业。社会各界对这种现象非常不满。（资料来源：人民网，作者：顾小存）

训练 2

要求：阅读资料 2，熟悉 BOT 融资的基本程序。

资料 2：广西来宾 B 电厂 BOT 经典案例

1995 年初，国家计划委员会开始组织 BOT 试点工作，摸索在国内开发 BOT 项目的经验。1995 年 5 月 8 日，国家计委批准了第一个 BOT 试点项目：广西来宾 B 电厂。这个消息当时在国外引起很大反响，很多投资者认为如果来宾 B 电厂项目取得成功，中国将从此打开基础设施项目的大门，否则，基础设施领域对外资将在很长一段时间内仍然是一个禁区。被选为试点以后，广西政府组成了 BOT 项目领导小组并设立常设办公室，同时广西政府聘请专业的投资咨询有限公司作为代理，负责代理广西政府处理有关 B 电厂的资格预审、招标、评标和谈判工作。来宾 B 电厂的运作包括了下列几个阶段：

1. 1995 年 5 月 8 日国家计委批准作为试点项目。

2. 1995 年 8 月 8 日发布资格预审通告，1995 年 9 月 30 日递交资审文件截止。到 1995 年 9 月底，共有 31 家国际性的公司或公司联合体提交了资格预审文件，来宾 B 电厂项目评标委员会对上述的 31 个公司进行评定，选择了 12 家作为 A 组，可以单独或组成联合体参加投标；另外 19 家作为 B 组，不能直接参加投标，只能与 A 组的一家或几家组成联合体才能参加投标。

3. 1995 年 10 月，广西政府正式向申请人公布了资格预审结果，同时发出投标邀请书。

4. 在招标文件发售后，组织了两次招投标人的交流活动。第一次是组织投标人到现场进行考察，并且和广西政府的有关部门进行接触和座谈。第二次活动是在 1996 年 1 月 28 日，广西政府在南宁市召开了来宾 B 电厂项目标前会议。会议主要介绍了广西社会经济发展状况和对电力需求情况，并且对投标人针对招标文件所提出的问题进行了综述性的解答。

5. 在 1996 年 2 月 13 日，对投标人提出的问题搞了一个标前备忘录发送给投标人。到 1996 年 5 月 7 日投标截止日，共有 6 家投标人向广西政府递交了投标书，分别是：中华电力联合体，由香港中华电力公司和德国西门子公司组成；美国国际发电（香港）有限公司；东棉联合体，由日本东棉株式商社、新加坡能源国际公司和泰国企业联盟能源公司联合组成；英国电力联合体，由英国电力公司和日本三井物产商社组成；法国电力联合体，由法国电力公司和 GEC 阿尔斯通公司联合组成；新世界联合体，由香港新世界集团、ABB 公司和美国电力公司组成。

6. 1996 年 5 月 8 日提交建议书截止并开标。广西政府在北京举行了来宾 B 电厂项目招标的开标仪式。在开标会上，现场开封了投标人的标书，对投标人的名称、时间以及主要材料进行了确认和公布。会上，广西政府也公布了对来宾 B 电厂项目的评标标准大纲。

7. 1996 年 5 月 8 日至 6 月 8 日，由广西政府牵头，组织了由技术、法律、财务等专家组成的专家小组，进行了第一阶段的评估工作。对标书从法律、财务、技术和其他方面进行了全面的审查，然后对比分析、总结，最后形成了对投标书的评估报告。

8. 1996 年 6 月 10 日至 15 日，由评标委员会在广西北海市，进行评标。评标委员会是在专家小组对投标书评估报告的基础上对每一份标书进行评审，最后决定了三家最具竞争力的投标人。第一名是法国电力联合体，第二名是香港新世界联合体，第三名是美国国际发电（香港）有限公司。它们的优势最主要的是电价比较低，同时技术标准和其他要求都基本上能满足招标文件的要求。

9. 1996 年 10 月 11 日，广西政府和法国电力联合体在北京草签了有关协议。

根据谈判的结果和草签的协议来看，总的协商结果是这样的：来宾 B 电厂项目的总投资预计是 5.6 亿美元（不含进口关税进口增值税）。总投资的 25% 属股本金投入，且作为项目公司的注册资本，其中法国电力公司占 60%，GEC 阿尔斯通公司占 40%；股本外的 75% 投资资金由项目公司通过有限追索的项目融资从境外获得。中央政府和地方政府以及中国的银行和金融机构不提供任何形式的担保。项目公司的项目贷款是由法国的东方汇理银行，英国的汇丰银行和巴特莱银行联合承销。贷款中的 70% 是由法国进出口信贷机构提供出口信贷保险。来宾 B 电厂的特许经营期为 18 年（包括建设期），特许期满后电厂将无偿移交给广西政府。项目的融资原来预计在草签协议后 6 个月完成，即 1997 年 5 月份可以正式签字。但由于草签的协议中，其中有一条规定"草签协议后 2 个月内要得到中央政府的批准"，而中央政府批准时间拖延了两个半月，所以协议正式签字也延后了两个半月，即于 1997 年 7 月 18 日正式签订。来宾 B 电厂项目已经成功完成融资和建设工作，并且已经开始运营。

来宾 B 电厂的成功不仅仅是一个项目的成功，它标志着我国利用外资的水平上了一个台阶，意味着我国利用外资的法律环境和管理能力日渐成熟，在利用外资方面具有划时代的意义。

　　来宾 B 电厂项目也是中国第一家 100％利用外资采用 BOT（建设；营运；移交）方式建设的项目。在来宾 B 电厂的投资设计、融资、建设的整个过程中，广西政府对该项目提供了大力支持，要点有：

　　1. 允许投资者将其从电厂经营中取得的人民币收入，在扣除费用和缴纳税金以后，换成外汇汇出境外。

　　2. 如果由于政府政策的变化导致人民币与外汇的兑换率大幅度变化时，允许调整电价来解决。汇率的变化幅度在 5％以内时，电价不能调整；超过 5％时电价可以调整。

　　3. 指定一家燃料公司供应项目公司所需要的燃料，并与项目公司签订燃料供应协议，按协议保证供应项目公司所需要的燃料。

　　4. 保证每年至少购买 35 亿千瓦时的上网电量，并指定由广西供电局与项目公司签订购电合同和调度协议。

　　5. 关于通货膨胀问题，规定由于燃料价格的变化可以调整电价。

　　6. 项目公司可以享受国家和地方政府所规定的税收优惠。

　　7. 广西政府免费或以优惠的价格向项目公司提供电厂建设、营运和维护所需要的土地、供水、供电、通信、道路、铁路等现有设施的使用。

　　8. 在项目公司的整个特许权期限内，所需要的各方面的协调和协助，广西政府都可以给予支持。（资料来源：百度文库）

学习情境 4　对外贸易政策

【学习目标】

能力目标：能够对不同贸易政策的类型做出判断；能够理解不同贸易政策对不同国家、企业进出口的影响及应采取的应对措施。

知识目标：掌握自由贸易政策、保护贸易政策、管理贸易政策的政策内容。了解不同国家的对外贸易政策的内容，重点掌握发达国家的对外贸易政策的主要内容。掌握当前中国对外贸易政策的特征，掌握当前中国对外贸易发展战略。

【工作任务】

1. 上网调查：目前欧盟、日本、美国对中国某类产品实行贸易保护的案例，了解其采取的措施。

2. 根据中国当前所处的国际经济环境和国内经济发展状况，分析理解中国实施"以质取胜"战略、市场多元化战略、科技兴贸战略的必要性及应采取的措施。

【知识结构图】

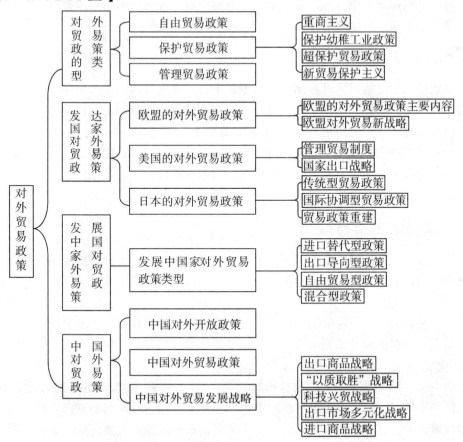

【引导问题】

1. 根据当前的国际经济形势，中国的对外贸易发展战略应进行怎样的调整？

2. 在国际金融危机背景下，欧、美、日国家等发达国家对中国的贸易保护主义加强，这对中国对外贸易的发展产生了什么影响？

【知识总汇】

4.1 对外贸易政策的类型

对外贸易政策是对各国在一定时期对进出口贸易进行管理的原则、方针和措施手段的总称。对外贸易政策是一国政府在其社会经济发展战略的总目标下，运用经济、法律和行政手段，对对外贸易活动进行的有组织的管理和调节的行为。它是一国对外经济和政治关系政策和措施的总体，属于上层建筑的一部分。对外，它服务于一国的对外经济和政治的总政策；对内，它为发展经济服务，并随着国内外的经济基础和政治关系的变化而变化。

通过考察世界市场经济发展的历程，贸易自由化与贸易保护主义一直交错存在，各个国家总会自觉或不自觉地采取保护本国贸易的措施，只不过两种力量对比的不同可能导致在一定时期更倾向于一个方面。以国家对外贸的干预与否为标准，可以把对外贸易政策归纳为三种基本类型：自由贸易政策、保护贸易政策和管理贸易政策。

4.1.1 自由贸易政策

自由贸易政策是指国家对商品进出口不加干预，对进口商品不加限制，不设障碍；对出口商品也不给以特权和优惠，放任自由，使商品在国内外市场上自由竞争。

自由贸易政策产生的历史背景是资本主义自由竞争时期（18～19世纪），主要在英国、荷兰等首先进入资本主义，在经济上和竞争上居优势的国家实行。

第二次世界大战后，资本主义世界出现了新的贸易自由化，其主要表现为：一方面是大幅度消减关税，另一方面是降低或取消非关税壁垒。

4.1.2 保护贸易政策

保护贸易政策是指国家对商品进出口积极加以干预，利用各种措施限制商品进口，保护国内市场和国内生产，使之免受国外商品竞争；对本国出口商品给予优待和补贴，鼓励扩大出口。

保护贸易政策，在不同的历史阶段，由于其所保护的对象、目的和手段不同，可以分为：重商主义，保护幼稚工业政策，超保护贸易政策，新贸易保护主义。

1. 重商主义

重商主义（Mercantilism），也称作"商业本位"。重商主义是18世纪在欧洲深受欢迎的政治经济体制。重商主义是在西欧资本原始积累时期，反映商业资产阶级利益的经济理论和政策体系。其主要内容是：一个国家的财富必不可少的是贵金属，如金银等；这个国家如果没有贵金属矿藏，就要通过贸易来取得；对外贸易必须保持顺差，即出口必须超过进口。

重商主义追求的是在国内积累货币财富，把贵重金属留在国内，具体可分为早期重商主义和晚期重商主义。

（1）早期重商主义被称为重金主义，即绝对禁止贵重金属的外流。执行重商主义政策的国家禁止货币出口，由国家垄断全部贸易，外国人来本国进行贸易时，必须将其销售货物所得到的全部款项，用于购买本国的货物。早期重商主义追求与每个贸易伙伴的贸易都是顺差。

（2）晚期重商主义也称贸易差额论。随着商品货币经济的发展，商业资产阶级更加需要货币，他们开始明白：一动不动地放在钱柜里的资本是死的，而流通中的资本却会不断增值。人们开始把自己的金币当做诱鸟放出去，以便把别人的金币引回来。因此，对货币的运动，就不应当过分地加以限制。于是，管理金银进出口的政策变为管制货物的进出口，力图通过奖励出口和限制进口的措施，保证和扩大贸易顺差，以达到金银流入的目的。晚期重商主义追求的是总的贸易顺差。

2. 保护幼稚工业政策

保护幼稚工业政策产生于自由资本主义时期，建立在三大理论基础上：国家经济学、社会经济发展五个阶段论及生产力理论，其中生产力理论是核心。具体内容如下。

（1）国民经济发展阶段论。每个国家都有其发展的特殊道路，从历史学的观点，各国的经济发展分为五个阶段：原始未开化时期、畜牧时期、农业时期、农工业时期、农工商业时期。各国在不同的发展阶段，应采取不同的贸易政策，在经济发展的前三个阶段必须实行自由贸易；当处于农工业时期时，必须将贸易政策转变为保护主义；而经济进入发展的最高阶段，即农工商业时期时，则应再次实行自由贸易政策。只有这样才可能有利于经济的发展，否则将不利于相对落后国家的经济发展。

（2）生产力论。生产力是创造财富的能力，一个国家的财富和力量来源于本国社会生产力的发展，提高生产力是国家强盛的基础。李斯特认为："财富的生产力，比之财富本身不知要重要多少倍；它不但可以使原有的和已经增加的财富获得保障，而且可以使已经消失的财富获得补偿"。正是从保护和发展生产力的角度出发，主张在农工业时期的国家必须采取保护贸易的政策。

（3）主张国家干预经济。要想发展生产力，必须借助国家力量，而不能听任经济自发地实现其转变和增长。主张通过保护关税政策发展生产力，特别是工业生产力。工业发展以后，农业自然跟着发展。因此，保护对象须满足条件：第一，幼稚工业才需保护；第二，在被保护的工业得到发展，其产品价格低于进口同类产品并能与外国竞争时，就无须再保护，或者被保护工业在适当时期（如 30 年）内还不能扶植起来时，也就不需再保护；第三，一国工业虽然幼稚，但如果没有强有力的竞争者，也不需要保护。第四，农业不需要保护。

基于李斯特主张保护的是幼稚工业，并且主要是通过关税保护，所以，人们把李斯特的保护贸易政策称作保护幼稚工业政策或关税保护贸易政策。

3. 超保护贸易政策

超保护贸易政策在第一次世界大战和第二次世界大战之间盛行。主要内容：对进出口贸易实行许可证制及外汇管制；对进出口商品规定进口限额，征收高额关税或禁止进口；对出口商品予以补贴或关税减免。

超保护贸易主义有以下特点：

（1）保护的对象扩大了。超保护贸易不但保护幼稚工业，而且更多地保护国内高度发达或出现衰落的垄断工业。

（2）保护的目的变了。超保护贸易不再是培养自由竞争的能力，而是巩固和加强对国内外市场的垄断。

（3）保护转入进攻性。以前贸易保护主义是防御性地限制进口，超保护贸易主义是要在垄断国内市场的基础上对国内外市场进行进攻性的扩张。

（4）保护的阶级利益从一般的工业资产阶级转向保护大垄断资产阶级。

（5）保护的措施多样化。保护的措施不仅有关税，还有其他各种各样的奖出限入的措施。

（6）组成货币集团，划分世界市场。1931年，英国放弃了金本位，引起了统一的世界货币体系的瓦解，主要资本主义国家各自组成了排他性的相互对立的货币集团。1931年后，资本主义世界的货币集团有英镑集团、美元集团、法郎集团、德国双边清算集团及日元集团等。

4. 新贸易保护主义

新贸易保护主义又被称为"超贸易保护主义"或"新重商主义"，是20世纪80年代初才兴起的，以绿色壁垒、技术壁垒、反倾销和知识产权保护等非关税壁垒措施为主要表现形式。其理论依据、政策手段、目标对象和实施效果都与传统的贸易保护主义有着显著的区别。表现形式如下：

（1）利用WTO规则，实行贸易保护。

总体来看，在WTO规则的约束下，大多数国家都在向自由贸易的方向迈进，但由于现行多边贸易体制并非无懈可击，因而保护主义总是千方百计从中寻找"合法"的生存土壤。WTO允许成员国利用其有关协议保护本国的利益，反击遭到的不公平待遇。这就为各国以"公平贸易"为口实实行贸易保护留下了空间。WTO规则并不排斥各成员国的经济自主性。目前，保留本国经济自主性的要求不仅来自发达国家，而且还来自发展中国家。因此，采取与WTO不直接冲突的各种保护措施，已成为经济全球化过程中贸易保护主义的普遍形态。

（2）依据国内法履行国际条约。

一般意义上讲，国际条约高于国内法。但现阶段由于各国对如何处理国际法与国内法的关系缺乏统一标准，因而，如何对待已承诺的国际条约及其在国内的适用程度，各国仍存在一定差异。一些国家只执行符合自己国家利益的国际条约，很多时候将国内法凌驾于国际条约之上。如根据美国贸易法案中的"301条款"，美国可以对来自国外的"不公平"和"不合理"的贸易活动采取单边贸易制裁。近年来，为维护本国的贸易利益，美国多次启动或威胁启动该条款处理贸易纠纷，公开向WTO的有关规则挑战，严重损害了WTO的权威性，并为其他国家处理国内法与国际法的关系产生了负面影响。

（3）利用区域贸易组织保护成员国利益。

区域一体化组织具有的排他性特征被视为对成员国的一种贸易保护。通过"内外有别"的政策和集体谈判的方式，区域一体化协定在为成员国创造更有利贸易条件的同时，却往往对非成员构成了歧视。区域一体化组织具有的这种排他性特征，实际上起到了对成员国进行贸易保护的作用。

(4) 保护手段更趋多样化。

首先，反倾销、反补贴、保障措施等传统保护手段仍被频繁应用。其次，技术壁垒、绿色壁垒、知识产权保护、劳工标准等贸易壁垒花样翻新，应用范围更加广泛。发达国家利用自身在环保和科技方面的优势，制定更高的环保、技术、商品和劳工标准，以削弱发展中国家凭借低廉的劳动力成本而获得的出口竞争力。由于这些新型贸易保护手段具有良好的定向性、隐蔽性和灵活性，其中一些技术和环保方面的要求以提升技术水平、维护消费者利益为出发点，甚至可以视为中性的贸易标准，加之 WTO 对这些贸易措施应用的限制并不统一，因而，其保护效果更为突出，进一步加剧了世界范围内的贸易摩擦。

(5) 制定实施战略性贸易政策。

所谓战略性贸易政策，是指国家从战略高度，运用关税、出口补贴等措施，对战略性部门、产业进行支持和资助，使其取得竞争优势，从而达到提高经济效益和增加国民福利的目标。战略性贸易政策强调了国际贸易中的国家利益，政府通过确立战略性产业（主要是高技术产业），并对这些产业实行适当的保护和促进，使其在较短时间内形成国际竞争力。随着国际竞争的加剧，特别是发达国家在高技术领域的较量不断升级，战略性贸易政策被越来越多的发达国家和新兴工业化国家的政府所接受，成为新贸易保护主义的核心政策。

4.1.3　管理贸易政策

管理贸易政策，又称协调贸易政策，是指国家对内制定一系列的贸易政策、法规，加强对外贸易的管理，实现一国对外贸易的有秩序、健康的发展；对外通过谈判签订双边、区域及多边贸易条约或协定，协调与其他贸易伙伴在经济贸易方面的权利与义务。

管理贸易政策是 20 世纪 80 年代以来，在国际经济联系日益加强而新贸易保护主义重新抬头的双重背景下逐步形成的。在这种背景下，为了既保护本国市场，又不伤害国际贸易秩序，保证世界经济的正常发展，各国政府纷纷加强了对外贸易的管理和协调，从而逐步形成了管理贸易政策或者说协调贸易政策。

管理贸易是介于自由贸易和保护贸易之间的一种对外贸易政策，是一种协调和管理兼顾的国际贸易体制，是各国对外贸易政策发展的方向。

4.2　发达国家对外贸易政策

对于发达国家的定义，有多种说法，但公认的标准是：较高的人均 GDP（不是 GDP 总量）和社会发展水平。联合国发展计划署采用人类发展指数作为发达国家的划分标准。计算人类发展指数的三个指标：一是健康长寿，用出生时预期寿命来衡量；二是教育获得，用成人识字率（2/3 权重）及小学、中学、大学综合入学率（1/3 权重）共同衡量；三是生活水平，用实际人均 GDP（购买力平价美元）来衡量。

按这个定义，发达国家名单如下。（括号里面的数字就是该国的"人类发展指数"，按照联合国开发计划署 2009 年公布的数据。）

欧洲（23 国）：挪威（0.971）；冰岛（0.969）；爱尔兰（0.965）；荷兰（0.964）；瑞

典（0.963）；法国（0.961）；瑞士（0.960）；卢森堡（0.960）；芬兰（0.959）；奥地利（0.955）；西班牙（0.955）；丹麦（0.955）；比利时（0.953）；意大利（0.951）；列支敦士登（0.951）；英国（0.947）；德国（0.947）；希腊（0.942）；安道尔（0.934）；斯洛文尼亚（0.929）；葡萄牙（0.909）；捷克（0.903）；马耳他（0.902）

美洲（3国）：加拿大（0.966）；美国（0.956）；巴巴多斯（0.903）

亚洲（4国）：日本（0.960）；新加坡（0.944）；韩国（0.937）；文莱（0.920）

中东（5国）：以色列（0.935）；科威特（0.916）；塞浦路斯（0.914）；卡塔尔（0.910）；阿联酋（0.903）

大洋洲（2国）：澳大利亚（0.970）；新西兰（0.950）

另外，已达到发达国家水平的非国家经济体还有中国香港、波多黎各、中国台湾、马提尼克岛、格陵兰、瓜德罗普岛等。

4.2.1 欧盟的对外贸易政策

1. 欧盟的对外贸易政策主要内容

（1）关税同盟。

关税同盟是欧洲联盟的基石。欧共体就是以关税同盟为基础建立起来的，关税同盟是欧盟对外贸易政策的一项重要内容。根据《罗马条约》的规定，关税同盟的主要内容是：对内在成员国之间分阶段消减直至全部取消工业品关税和其他进口限制，实现共同市场内部的工业品自由流通；对外则通过逐步拉平各成员国的关税率，实行对外统一关税。

（2）实行差别关税。

共同市场按进口产品的种类和来源国的不同，采用不同的税率。

在农产品方面，实行共同的农业政策，其要点是：

① 对非成员国的农产品进口征收差额税，即按非成员国农产品的进口价格同成员国农产品价格的差额征税；

② 成立各类农产品的共同市场组织，制定共同价格，使农产品在共同体内自由流通；

③ 对成员国农产品出口实行价格补贴，各成员国要把征收到的农产品进口差额税上缴共同体，建立农业共同基金以补贴农产品出口。

至1980年底，共同农业政策的实施范围已包括共同体各国生产的绝大部分农产品。

（3）非关税壁垒。

非关税壁垒是欧盟限制进口的主要措施。欧盟使用的非关税壁垒主要有：进口配额制、"自动"出口限额制和进口许可证制等。

（4）反倾销措施。

欧盟对一个进口商品征收反倾销税必须符合两个基本条件：

① 该产品对欧盟实行倾销；

② 倾销的产品对欧盟有关工业造成了损害，而且两者有因果关系，损害了欧盟的利益。

（5）欧盟的普遍优惠制方案。

① 关税削减幅度。关税削减幅度又称普惠制优惠幅度，即最惠国税率与普惠制税率的差额，欧盟将最惠国税称为协定税率。在欧盟的普惠制给惠方案中对关税削减幅度规定

为按产品敏感程度确定其普惠制税率。方案将受惠产品按敏感程度划分为四大类，并分别列入 4 个清单：

第一类为最敏感产品清单（清单一）。该清单主要涉及联合分类目录的 33 个章 204 个 4 位数品目项下的约 978 个 6 位数产品组的产品，主要是部分农产品、纺织品、个别品目的工业用油脂和铁合金等，其普惠制税率为协定税率的 85％，即优惠幅度为协定税率的 15％。

第二类为敏感产品清单（清单二）。该清单主要涉及联合分类目录的 52 个章 213 个 4 位数品目项下的约 800 个左右的 6 位数产品组的产品，主要是部分农产品、部分化工品、皮革、木制品、鞋类、陶瓷、玻璃制品、机电产品和玩具等，其普惠制税率为协定税率的 70％，即优惠幅度为协定税率的 30％。

第三类为半敏感产品清单（清单三）。该清单主要涉及联合分类目录的 40 个章 241 个 4 位数品目项下的近 800 个 6 位数产品组的产品。主要是部分农产品、部分化工品、皮革、草柳编制品、陶瓷、玻璃制品、钢铁制品和机电产品等，其普惠制税率为协定税率的 35％，即优惠幅度为协定税的 65％。

第四类为不敏感产品清单（清单四），该清单主要涉及联合分类目录的 53 个章 505 个 4 位数品目项下的近 2000 个左右的 6 位数产品组的产品。主要是未列入前三个清单的产品，其普惠制税率“0”，即优惠幅度为协定税的 100％。

② 保护措施。保护措施是各给惠国为了保护本国生产者的利益而在普惠制方案中制定的一系列保护性措施。毕业制度就是其中之一，即：当给惠国优惠进口的某个受惠国的某项产品其数量已显示出较强的竞争力时，就取消该受惠国某项产品乃至全部产品享受优惠的资格。

欧盟在 1995 年 1 月 1 日起实施的普惠制方案中取消了以前对敏感性工业产品所采用的最高限额、固定免税额度和关税配额等保护措施，首次提出建立"毕业制度"，作为保护措施的一项重要机制。欧盟所实行的毕业制度是指对特定受惠国的特定行业产品实施毕业。在 1999 年 7 月 1 日起实施的最新普惠制方案中继续实行"毕业制度"。

③ 原产地规则。原产地规则是给惠国的普惠制给惠方案中主要组成部分和核心，欧盟于 1999 年 1 月 15 日在第 L10 期官方公报上发布了第 46/1999 号条例，对原产地规则的部分条款作了补充和修改，欧盟现行原产地规则中有以下主要内容：

第一项为原产地标准。实行加工标准，并附有一张《加工清单》，其中规定了一些使含有非原产成分的产品取得原产资格的附加加工条件。

第二项为加工清单。加工清单将 HS 编码第 1～97 章的所有产品对非原产原材料的加工要求全部列出。加工清单有四个栏目：第一栏为产品的 HS 税目号；第二栏为产品的描述，即品名；第三栏列入了该税目号项下产品对非原产原材料的加工要求，在这一栏一般都规定了不得使用同一税目号下的非原产原材料；第四栏是对加工要求的选择项目，这一栏对使用进口成分所规定的比例要低于第三栏，这种同时列出两个加工标准的栏目供选择的方法，对出口受惠国选择进口原材料留有了选择的余地，只需满足其中任何一栏的要求，产品即可获得原产资格。

第三项为给惠国成分。欧盟实施给惠国成分，即产品中使用了从欧盟进口的原材料、零部件加工或装配成产品后，再出口到欧盟时可作为受惠国的本国成分对待。在使用给惠国成分时，受惠国的有关签证当局在签发普惠制证书时应参考流动证书 EUR1 或发票申明。

第四项为原产地累计。实行有关区域性原产地累计的具体做法。

④ 受惠国家和地区。将受惠国和地区的总数为 171 个，另加最不发达国家 49 个。

2. 欧盟对外贸易新战略

2010 年 11 月 9 日，欧盟委员会公布了题为《贸易、增长与世界事务》的战略文件。这份文件勾勒了未来 5 年欧盟对外贸易新战略，分析了如何使贸易成为经济增长与创造就业的"发动机"，提出了减少贸易壁垒、打开世界市场等措施。其目的在于重振欧盟经济，并保证所有欧洲公民能够分享贸易利益。

欧委会认为欧洲可以从对外贸易中获得三大好处：更加强劲的经济增长；更多就业机会；为消费者提供更多价廉物美的选择。根据欧盟的调查，65% 的欧洲人认为，欧盟从国际贸易中获益匪浅；2/3 的欧洲人认为，欧洲商品和服务能在全球市场竞争中占上风；60% 的欧洲人认为，贸易政策必须能够促进就业。

欧洲历来是世界贸易的中心，贸易为欧洲带来了繁荣。全球化进程的深入以及新兴市场的兴起使全球贸易正在发生变化，欧盟国家 2/3 的进口是为了再加工和再出口，是为了促进经济增长和创造就业，因此，欧盟必须坚持实施开放性贸易政策，进一步打开全球市场的作用，使欧洲与全球共同分享经济增长的利益。

欧盟对外贸易新战略的主要内容为：

（1）最迟于 2011 年底结束世贸组织多哈回合谈判，并成立一个由发达国家与发展中国家名人组成的小组，负责提出独立建议，协助制定欧盟远景规划与后多哈时期世贸组织的运转。争取与印度、南方共同市场等贸易伙伴的贸易谈判取得重大进展，启动与东盟国家的新贸易谈判，建议与重要贸易伙伴展开自主投资谈判。继续与邻国开展关于建立自由贸易区的谈判，使这些国家逐渐与欧盟统一市场接近。一旦完成上述谈判，欧盟国内生产总值每年将增加 1%。

（2）深化与美国、中国、俄罗斯、日本、印度、巴西等战略伙伴的贸易关系，重点解决非关税贸易壁垒、解决对 21 世纪市场运转构成障碍的问题。

（3）帮助欧洲企业进入世界市场，在欧盟的开放市场与其贸易伙伴的封闭市场之间建立平衡矫正机制。为此，2011 年欧盟将提出立法建议，在反倾销和反补贴等传统贸易救济工具之外创设一种新的政策工具，对拒不向欧盟企业开放政府采购市场的国家实施限制，迫使对方对等开放。此举将有助于欧盟企业进入发达国家及新兴市场国家的政府采购市场。

（4）与一些重要贸易伙伴商谈有关保护与促进投资的协定。根据《里斯本条约》的规定，欧盟将实行统一的投资政策。欧盟将被赋予与第三国签署保护对外投资及改善投资条件协议的权力。

（5）确保贸易公平，铲除贸易保护主义。欧委会将于 2011 年初首次向欧盟首脑会议递交关于贸易与投资障碍的年度报告，并提出相应解决办法。

（6）确保贸易包容性，使尽可能多的人分享贸易带来的好处。

欧盟对外贸易新战略强调，将采取更加强硬的措施为欧洲企业营造所谓公平的竞争条件，建议创设新的政策工具迫使第三国向其开放政府采购市场，并在知识产权保护、获得关键性原材料和可靠的能源供应方面不遗余力地维护欧盟企业的权益。这一新战略在促进欧盟外贸的同时，不可避免地将带来新的贸易纠纷。

4.2.2　美国的对外贸易政策

美国的对外贸易政策是其经济政策中的一个重要组成部分，从第二次世界大战结束到20世纪70年代中期，美国对外贸易政策主要倾向是贸易自由化。20世纪70年代中期起开始出现新贸易保护主义。20世纪80年代在贸易自由化和新贸易保护主义的基础上，出现了管理贸易制度。进入20世纪90年代，特别是克林顿执政以后，提出了"国家出口战略"，将贸易提到了战略高度。

1. 管理贸易制度

（1）以立法形式强调单边协调管理，使外贸管理制度法律化。1984年10月30日，美国总统里根签署了一项规定美国以后10年贸易政策的法律《1984年关税与贸易法》。该法是适应美国加强对外贸管理的需要而制定的，其主要目的在于扩大出口，限制进口，改善美国大量贸易逆差的状况。1988年8月23日美国总统里根签署了保护贸易色彩十分浓厚的《1988年综合贸易法》，该法又称为"一揽子贸易法案"。该法确立了战后美国贸易政策，在新的历史条件下的基本格调与战略。《1988年综合贸易法》的实施则是以立法形式加强单边行动的具体表现。根据该法案"超级301条款"，美国可以对其出口产品实行"不公平贸易"行为的进口国家，实施报复措施，这表明美国将以单方面的政策手段来解决贸易争端或迫使对方开放市场。

（2）从加强国际多边合作转为更多地使用双边协调管理的方式。随着世界经济贸易区域集团化的加强，国际多边贸易体制的削弱，美国贸易政策的重心已由多边向双边转移，加强有针对性的双边贸易谈判，以解决贸易争端与冲突，同时寻求建立区域性贸易集团，以获取更大的贸易与经济利益。例如，美国以《1988年综合贸易法》为依据，加强针对性的双边贸易谈判，强调对等互惠条件，1989年生效的"美加自由贸易协定"，在10年内逐步实现商品的自由流动，给美国带来了更多的出口机会。

（3）突出对知识产权的管理。美国是世界上最大的知识产权贸易国，所以20世纪80年代以来，美国更加关心和加强其对知识产权的保护和管理。《1988年综合贸易法》针对外国对美国知识产权存在的保护问题而制定了"特殊301条款"，授权美国贸易代表将对知识产权没有提供保护的国家认定为"重点国家"，并可自行根据该条款对上述国家的"不公正"贸易做法进行调查和采取报复措施。

2. 国家出口战略

1993年9月，克林顿提出"国家出口战略"，确定半导体、电脑、通信、环境保护、咨询软件工业及服务业等高科技产业和知识密集型产业为6大重点出口产业，目的是强化美国企业的对外竞争能力，通过扩大出口带动经济的进一步增长，并创造出更多的就业机会。其政策主张主要有以下几点：

（1）"经济安全"与公平竞争。

目前，美国政府是一个高度介入国家贸易发展活动的政府，美国政府一方面强调维持开放型贸易体系，另一方面亦积极采用策略性贸易政策，帮助美国企业在国内外市场上获得优势。克林顿在阐述新政策的对外贸易取向和策略选择时，指出要把"促进美国的经济安全，赢得更大的国际市场"放在第一位，强调所谓的"经济安全"，即为了保护国内战略性高科技产业，政府应积极干预对外贸易，采取相应行动来惩罚损害国家产业的外国竞争者。并在此基础上提出了"开放市场与公开贸易"，试图建立一个更加开放自由的国际贸易体制，要求其贸易伙伴在进入美国市场的同时，必须对等地向美国的商品与劳务开放其市场。

（2）积极推行多边贸易、地区贸易和双边贸易。

① 致力于全球多边贸易。美国积极利用 WTO 与 GATT 的多边谈判来推动其全球贸易政策，并在 1995 年，最终与其他国家达成了全球自由贸易协议，使乌拉圭回合的全球贸易谈判圆满成功。在其后又致力于推行乌拉圭回合贸易协议的实施，以求在已达成的农业、服务业、知识产权保护等领域取得实质性进展。并在世贸组织成立之后，大力推讲该组织的发展，反映了美国对于多边贸易的重视。

② 大力推进区域贸易自由化。在区域层次上，其主要政策设想是：将东亚和拉美这两大地区作为未来发展的主要目标，以北美自由贸易协定为基础，积极推进亚太经合组织的进程，同时致力于大西洋市场，以达到将世界主要经济和贸易区纳入美国贸易体系之下的目标。

美国之所以积极提倡区域贸易，是因为美国政府看到，美国未来的出口及经济增长必须依靠这些发展中国家的快速成长及美国在这些地区商务的拓展，从而确保在这些新兴市场中保持一定的市场份额，以带动美国经济的持续增长。

③ 采用双边贸易协定方式。为了缓解巨大的贸易逆差的压力，克林顿在上台伊始就主要采用双边谈判、磋商或单方面采取行动的方式，努力消除美国产品进入各国市场的障碍，达到使美国商品与劳务顺利进入国际市场及削减贸易逆差的目的。其矛头主要对准日本和欧洲，分别就钢铁、飞机、汽车、公共采购领域采取行动。仅 1993—1995 年间，美、日就签署了二十多个贸易协定，有力地促进了产品的出口。

（3）开拓"新兴市场"。

克林顿在 1993 年 9 月宣布制定美国第一个出口战略，其目标是到 2000 年使美国的出口额达到 12 000 万亿美元，该战略的核心之一就是"新兴市场"战略。这里所指的新兴市场是美国政府遴选出将导致未来世界进口量以压倒之势增长的十大潜在市场，认为美国在这些市场中有着巨大的经济利害关系。据美国商务部对发达国家市场和发展中国家市场的统计，20 世纪 90 年代以来美国对发达国家出口年均增长 5%，而对发展中国家的出口则年均增长达到了 10%。发展中国家的进口对美经济日益产生重要的影响。1990—2010年新兴大市场在美国增加的出口增长额中至少达到 10 000 亿美元。在今后的 20 年中，这些新兴市场的进口将占全球进口的 1/4。美国政府正努力抓住这一机遇，采取措施，提高美国商品与服务在这些市场中的占有率，以使这些新兴市场成为美国未来经济增长的动力。

（4）进行全球网络贸易战略。

现代社会处于计算机网络的时代，或者说是信息时代，信息和网络已日益显示出其强大的市场潜力和魅力。1993 年美国政府就把以信息产业为基础的信息高速公路建设作为优先项目发展，要在十几年内建成覆盖美国的信息高速公路，将全美的企业、大学、研究机构、政府部门和私人住宅联系起来，使各方面能以最快的速度分享彼此的科研成果，使科研发明能尽快由实验室走向市场，转化为现实的商品与劳务。在政府的积极扶持与推动下，美国在信息、生物工程、新材料、宇航等高科技产业方面居世界领先地位，这为增强国际竞争力及企业参与国内外市场的竞争奠定了坚实的基础。同时实行商贸信息的公开化与社会化，强化信息服务，建立终端遍及全国的"全国贸易数据库"，用户可以免费查询到各国的商业信息，以便出口厂商及时掌握该信息并及时调整生产与经营决策。

4.2.3　日本的对外贸易政策

战后日本贸易政策经历了传统型贸易政策、国际协调型贸易政策和贸易政策重建三个主要阶段。目前来看，日本贸易政策依然处在重建之中，"构建主义"战略是这一阶段贸易政策的主要特点。

1. 传统型贸易政策

日本传统型贸易政策继承和发展了明治维新以后"富国强兵"、"殖产兴业"的"产业立国"战略，确立了以"贸易立国"为基础的经济发展战略。通过采取促进出口、抑制进口，控制资本和货币自由流动的政府干预政策来培育国内产业竞争力，促进经济发展。日本传统型贸易政策的主要内容如下：

(1) 保护贸易政策。

战后初期，为了恢复生产、遏制通货膨胀，日本政府实施了"倾斜生产方式"。尽管这是一种改善经济的产业调整政策，但进口贸易在其中发挥了不可替代的作用。因此，倾斜生产方式实为日本政府在不具有独立对外经济主导权下的一种"进口替代政策"。朝鲜战争以后，日本渡过了战后初期的经济危机，确立了实现经济现代化的目标。为此，日本政府以《外汇法》为主要手段，实施了限制外汇兑换和限制进口的保护贸易政策。贸易保护政策对日本新兴重化工业的快速发展起到了决定性作用。

(2) 贸易自由化政策。

到了20世纪50年代末，由于受到世界各国普遍实施贸易自由化政策以及日本重化工业进一步发展需要的双重压力，日本政府不得不放弃保护贸易政策，采取了贸易自由化政策。1960年6月，以《贸易、汇兑自由化大纲》为基础，日本政府提出了分阶段自由化的原则。在此期间，为了保护国内"幼稚产业"，日本政府还通过调整关税政策和运用行政指导手段，继续发挥贸易政策的经济战略作用。

(3) 出口扩张的多元化贸易政策。

日本经济经过战后十几年的高速增长，重化工业的生产水平提高很快，对外贸易的比较优势出现了结构性变化。为了促进经济的进一步发展，日本政府采取了出口扩张的多元化贸易政策。除鼓励日本企业扩大海外销售、争夺海外市场以外，日本政府还通过对外援助和促进对外直接投资等政策措施帮助日本企业进军海外市场。

(4) 强化贸易政策。

1969年以后，一直对日本有利的各种贸易条件先后发生了转变，为了稳固和发展经济，日本政府采取了强化贸易政策。强化贸易政策共分两个阶段：

① 消极强化阶段。随着日本国内通胀压力越来越大以及布雷顿体系崩溃，为继续执行外需主导的经济发展模式，日本政府采取了金融紧缩政策和稳定汇率政策。然而，由于消极强化政策无视日本经济和世界经济的现实，反而给日本经济造成了负面影响，导致了

经济危机。

② 积极强化阶段。随着石油危机的不断加剧，为了提高产业竞争力和优化经济结构，日本政府开始对贸易政策和其他宏观经济政策进行调整。在成本方面，采取了降低生产成本和减量经营的措施。同时，日本政府还积极推进产业结构调整，结果，消耗资源较多的钢铁和化工等"重厚长大"产业的产品生产和出口逐渐降了下来，知识密集型产业的产品生产和出口比重则开始逐年增加，日本产业比较优势在积极政策调整下又一次实现了转变。

2. 国际协调型贸易政策

20 世纪 80 年代以后，随着日本逐渐成为世界经济大国，与世界其他发达资本主义国家的经济冲突和贸易摩擦也开始扩大。在经济增长模式方面，日本逐渐放弃了外需主导的传统经济增长模式，开始向内需主导型的经济增长模式转变；在贸易政策方面，则采取了国际协调型贸易政策。日本国际协调型贸易政策的主要内容如下：

(1) 金融自由化。

为了缓和日美贸易摩擦，经过日美协商，日本政府采取了金融自由化政策。在推动金融自由化的过程中，日本政府放弃了对外汇交易的"实际需求原则"和"外币换为日元"两条规则。按照新规定，日本的企业和个人都可以自由地在外汇市场上进行外汇买卖。由此，日本的货币市场便直接的跟国际货币市场连接了起来。

(2)《广场协议》。

作为日美协调政策的日本金融自由化并没有产生预期的效果，日美贸易摩擦问题并没有解决。为了防止美国对外收支不平衡危害世界经济，1985 年 9 月，美国、日本、前联邦德国、英国和法国的财政部长和各国央行行长共同签署了《广场协议》。协议签署后，为缓解美国收支不平衡，日本政府采取了日元升值措施。日本政府的国际协调政策在这一时期开始出现。

(3) 两次《前川报告》。

金融自由化和签订《广场协议》之后，日美经济发展不平衡的问题并没有得到根本性解决，反而是日本经济出现了"日元升值萧条"的现象。为了日本经济的健康发展和解决国际经济冲突，日本政府采取了一个更加开放和自由的贸易政策，即确定了把日本"外需主导型"的经济结构转变为"内需主导型"经济结构的指导思想。其主要内容体现在两次《前川报告》之中。在这两份报告中，日本政府分别就需求结构、供给结构和进出口贸易结构提出了具体措施，以确保日本内需主导型经济结构的最终实现。

3. 贸易政策重建

由于 20 世纪 90 年代的长期经济停滞，日本产业的竞争力优势开始弱化。从某种意义上说，正是由于日本的工业化发展已达到顶点，所以日本经济才会出现长期停滞，是工业危机导致了经济的低迷。由于失去了经济的有力支撑，日本政府不得不放弃国际协调型贸易政策，在进行贸易政策重建的基础上努力复苏经济。关于日本贸易政策重建，主要有以下三方面内容：

(1) 提高产业竞争力和重塑产业比较优势。

20 世纪 90 年代以来，日本的产业受到前后两面夹击：在高新技术和高附加值的领域，日本竞争不过美国，在某些方面甚至受到 NIES 的威胁；在纺织品、服装、家用电器等大众消费品方面，日本竞争不过 NIES，甚至竞争不过发展中国家和地区。尽管日本的产业竞争力本身并没有倒退甚至在一定程度上还有所增强，但是与美国和 NIES 等新兴工业化国家相比，日本的竞争力相对减弱了。为提高新兴产业的国际竞争力，再现传统产业的比较优势，日本政府不仅制定促进信息化发展的"IT 立国"战略和重塑传统产业优势的《国家产业技术战略》，而且采取了减税和产官学联合开发研究等措施。

（2）促进日元的国际化。

在开放的国际经济条件下，日元汇率的变化（升值）和其贸易政策之间存在直接的因果关系。日元的升值和剧烈波动不仅造成了日本产业竞争力下滑，而且因为成本上升，包括一些高新技术企业在内的日本企业开始大规模向海外转移生产，导致日本的国家竞争力下降，这些都不利于日本经济的复苏。特别是 20 世纪 90 年代中期的日元升值危机，使日本政府认识到在开放经济条件下只有捍卫和强化日元国际地位才能保证政策的有效实施和经济的稳定。为此，日本政府不仅加强了东亚区域金融合作，而且通过产官学三方共同努力来推进日元国际化。

（3）贸易政策的构建主义。

日本贸易政策演进的历史已经充分证明，国际协调型贸易政策之所以失败，从某种程度上说，就是经济战略的失败。战后日本贸易政策的演进历史明白无误的表明，日本中长期的基本国策以及在制定国家战略方面一直存在着体系性的欠缺。面对新的国际经济形势，日本政府一改以往只重视多边贸易，轻视区域和双边贸易的政策姿态积极寻求区域和双边合作的可能性，力争在区域合作中特别是东亚区域化合作中取得主导权，构建属于自己的经济圈。

4.3　发展中国家对外贸易政策

4.3.1　发展中国家对外贸易政策的类型

第二次世界大战后，发展中国家和地区的对外贸易政策基本上分为四种类型：进口替代型、出口导向型、自由贸易型和混合型。

1. 进口替代型政策

大多数发展中国家在工业化初期均选择了进口替代型贸易政策。其主要办法是利用高额关税和数量措施来限制基本消费口品的进口，保护国内市场；同时利用高估汇率鼓励基本消费品工业所需原材料和技术设备进口，达到扶持本国新兴消费品工业发展的目的，并最终实现基本消费品的进口替代。

（1）进口替代型政策的优点。

① 有利于奠定一国初步工业基础，增强自力更生能力，为以后经济发展创造有利条件；

② 有利于发挥本国资源、技术和经济等方面的优势；

③ 能保证把外汇用在最关键的地方，发挥最大的效益。

（2）进口替代型政策的缺点。

① 阻碍出口的发展，容易导致国际收支的恶化；

② 对非进口替代行业的排斥容易导致忽视其他经济部门的发展；

③ 进口设备过于便宜，容易造成浪费；

④ 过度限制进口，会排斥竞争机制，保护落后，降低国民经济的整体效率，妨碍比较利益的获得。

进口替代型政策只是在经济发展的一定阶段或在某种程度上有其合理性，超越经济发展的特定阶段和合理限度，该政策就是不可取的。

2. 出口导向型政策

一些发展中国家在基本消费品进口替代完成以后，实行了发展战略的转换，选择了出口导向型政策。其主要特征是高估汇率逐步向均衡汇率靠拢，有的还实行低估汇率，以鼓励出口；进口数量措施逐渐取消，主要靠常规性的关税和其他非关税手段来调节进口。

（1）出口导向型政策的优点。

① 保证进口的合理发展，有利于外贸比较利益的取得；

② 引进竞争机制，理顺资源配置关系，有利于经济效率的提高；

③ 促进出口发展，有利于改善一国经济发展的条件；

④ 符合国际贸易规范，遭到报复的可能性较小。

（2）出口导向型政策的缺点。

① 初级出口替代产业的进口需求较大，如果没有其他外汇来源，则容易出现外汇收支不平衡；

② 经济对外依赖性较大。

出口导向型政策比较适合小型经济。

3. 自由贸易型政策

典型的自由贸易型政策的特征是均衡汇率配上极低的进口关税，对进口的调节是中性的，既不鼓励也没有任何限制。随着经济实力的增强和国际竞争力的提高，不少新兴的工业化国家也都开始了贸易自由化的进程。

（1）自由贸易型政策的优点。

① 有利于获取最大的国际比较利益；

② 有利于消除各种价格信号的扭曲，有助于资源的最优配置和经济效益的提高；

③ 行政机制的作用被限制在最小范围内，有利于进口调节制度的规范化，避免引起贸易伙伴国的报复。

（2）自由贸易型政策的缺点。

对经济发展水平的要求较高，如不能满足就会出现诸如国际收支危机、经济脆弱等一系列问题。

自由贸易型政策比较适合起点较高的发展中国家和经济较为发达的国家。

4. 混合型政策

混合型政策是发展中国家实现经济现代化的另一种选择。其特征是融入了进口替代型政策和出口导向型政策的优点。主要是充分利用一国劳动力、资源、技术及经济的优势，在新兴产业选择进口替代型政策，通过关税和数量措施来保护国内市场，促进本国工业体系的建立。同时，在一些有一定国际竞争力的产业部门选择出口导向型政策，对同类产品的进口只进行常规性的关税调节，逐步取消数量措施，以鼓励出口。混合型政策要求选择均衡的汇率。

（1）混合型政策的优点。

① 进口发展既与比较利益原则一致，又与经济发展中长期目标一致，既有短期效益又兼顾经济发展的后劲；

② 可以充分利用本国的各种资源条件；

③ 可以保证一国经济的完整性和独立性。

（2）混合型政策的缺点。

价格信号的扭曲难以完全消除，宏观经济管理难度加大。

混合型政策比较适合资源条件较好的大国型经济。

4.3.2 发展中国家对外贸易政策的特征

虽然各个国家的资源条件有差异而且特定时期具体目标各不相同，但发展中国家的特殊的政治、经济状况，以及其在国际经济关系中的地位决定了其贸易政策倾向具有某些共同特征。

1. 以数量限制为基础的干预主义贸易政策

发展中国家贸易干预的核心是贸易保护，发展中国家是以保护本国市场和产品免受外国产品的竞争、建立民族工业为基本目标。

在 20 世纪 50 年代和 60 年代，新独立的发展中国家纷纷实行进口替代工业化战略。70 年代以后，部分发展中国家，特别是先行完成工业化的发展中国家，开始转向赞成贸易和发展制成品出口的战略。基本上所有较大的发展中国家均采取由关税保护作支柱的进口数量限制和外汇管制，如阿根廷、巴西、智利、哥伦比亚、埃及、印度、韩国、墨西哥等国。

2. 贸易政策自由化倾向

进入 20 世纪 80 年代，尤其是 80 年代后半期，当工业化国家的主要贸易政策是加强实施保护主义时，许多发展中国家的经济，却出现了引人注目的朝着外向型和贸易政策自由化转化的趋向，它们从自身的国民经济利益出发，采取单边的贸易自由化政策。

发展中国家这种贸易政策的转变主要表现在以下两个方面：

（1）从 20 世纪 60 年代末期开始的从进口替代向出口导向战略的转移。对于资源贫乏、国内市场相对狭小的经济体，以初级产品出口或进口替代为基础的贸易战略很难使经济持续发展。亚洲的韩国、新加坡、我国台湾和香港地区开始推行以出口导向（或出口替代）为主体的外向型战略，以此促进工业化和民族经济的发展。如亚洲"四小龙"的出口导向模式是以劳动密集的制成品和劳务（建筑、旅游、金融等）为基础的。不管是劳动密集型，还是土地密集型，是制成品，还是农产品或劳务，其共同的特点是出口流向具有潜在的比较利益的产品。

（2）自 20 世纪 80 年代以来的市场开放进程。随着出口导向工业化的发展，这些国家也出现了一些严重的问题，如对外国市场和资本的依赖性，经济发展的不平衡等。因此，发展中国家进一步认识到，在实行各自的对外贸易政策过程中，还必须加强发展中国家之间的团结，采取共同的行动和政策、为争取建立国际经济新秩序而斗争。发展中国家贸易政策向外向型和自由化转变的特征，在 20 世纪 60 年代中期表现为贸易战略的转变，在 20 世纪 80 年代自关贸总协定的"东京回合"以来，则主要表现为市场开放的贸易自由化趋势。例如，土耳其取消了 300 多项商品的进口配额、削减了 400 多项商品的关税，简化进口许可程序；墨西哥、巴拿马等大多数发展中国家，都相继实行了以进口税替代数量限制和降低关税的贸易政策调整。

3. 联合起来，协调一致的政策

发展中国家认识到只有发展中国家间加强团结、联合斗争并协调彼此立场，制定共同的对外经济与贸易政策，采取共同行动，才能促进合理的国际经济秩序的建立，维护发展中国家在世界经济中的权益，改善和发展发展中国家在国际贸易领域中的地位。

发展中国家在贸易政策方面的相互协调和联合行动的主要标志是：

① 通过国际商品协定维护初级产品出口国的利益。

为了反对国际垄断资本对发展中国家的控制，发展中国家联合起来，建立原料生产和出口国组织。例如，20 世纪 60 年代建立的石油输出国组织是发展中国家第一个原料生产和出口国组织，目的在于协调各国石油政策，商定原油产量和价格，采取共同行动反对西方国家对产油国的剥削和掠夺，保护本国资源，维护自身利益。

② 联合斗争要求发达国家取消对发展中国家工业制成品出口的贸易保护主义。

例如，在 1963 年，发展中国家组成了"77 国集团"，他们共同商讨在国际金融、贸易、关税、开发资源等经济领域的问题，协调彼此立场，争取共同的对策和行动。中国虽然不是 77 国集团的成员，但一贯支持其正义主张和合理要求。20 世纪 90 年代以来，中国同 77 国集团的关系在原有基础上有了较大的进展，并形成了"77 国集团＋中国"的新型合作模式。目前，中国已全面参与 77 国集团的所有会议和活动。截至 2008 年 6 月，77 国集团有正式成员 134 个。

③ 发展相互间的经济贸易合作，建立区域集团。

例如东非共同体，中美洲一体化体系，南部非洲发展共同体，非洲联盟，东南亚国家联盟等。其中特别值得一提的是近年来蓬勃发展的东南亚国家联盟。另外，在 2010 年全面建成的中国—东盟自由贸易区，创造了一个拥有 19 亿消费者、近 6 万亿美元国内生产总值、1.2 万亿美元贸易总量的经济区。按人口算，这是世界上最大的自由贸易区；从经济规模上看，是仅次于欧盟和北美自由贸易区的全球第三大自由贸易区，由中国和东盟 10 国共创的世界第三大自由贸易区，是发展中国家组成的最大的自由贸易区。这些联合起来的超国家的权力机构共同协调和干预经济，促进成员国相互支持，互通有无，充分利用区域内部现有的物力、财力及人力资源。

4.4 中国对外贸易政策

4.4.1 中国对外开放政策

实行对外开放，是以建设有中国特色社会主义理论为指导的"一个中心，两个基本点"的党的基本路线的重要组成部分；是党的十一届三中全会后坚持实事求是路线，依据马克思主义关于国际经济关系发展的原理和国际、国内的历史经验作出的重大战略决定。邓小平同志指出："我们总结了历史经验，中国长期处于停滞和落后状态的一个重要因素是闭关自守。经验证明，关起门来搞建设是不成功的，中国的发展离不开世界。"

　　实行对外开放是我国的一项长期基本国策。它是关系到我国能不能进一步发展和解放生产力，关系到国家繁荣富强、民族振兴的重大战略问题。对外开放与经济体制改革一起构成发展社会主义市场经济、实现社会主义现代化事业的两个轮子。它与经济体制改革相互促进、相辅相成，共同推动我国经济的发展。

　　1. 对外开放政策的基本含义

　　对外开放是与闭关锁国相对而言的。我国的对外开放是指在坚持社会主义制度和共产党领导地位的基础上，在独立自主、平等互利的前提下，根据生产社会化、国际化和社会主义市场经济发展的客观要求，利用国际分工的好处，积极发展与世界各国的经济贸易往来，以及科学、技术、文化、教育等方面的交流与合作，以促进社会主义物质文明的建设和发展。因此，它不仅仅限于对外经济贸易方面的交流与合作，而且包括科学技术、文化教育、宗教艺术等领域的广泛交流与合作。

　　但是，经济是基础。我国实行对外开放首先是经济上的对外开放，也就是要实行对外开放的经济政策。从这个角度上讲，对外开放的基本含义是：要大力发展和不断加强对外经济技术交流，积极参加国际交换和国际竞争，由封闭型经济转变为开放型经济，以加速四个现代化建设。

　　对外开放是向世界上所有国家和地区的开放：即不论是社会主义国家，还是资本主义国家，是发展中国家，还是经济发达国家，是穷国还是富国，是大国还是小国，我国都愿意在平等互利的基础上发展同它们的贸易经济联系。我国的对外开放，是要吸收世界上各个国家和地区的长处和优点，博采众长，尽为我用。因此，我们的对外开放是向世界开放。

　　2. 对外开放政策的主要内容

　　对外开放政策的主要内容是：大力发展对外贸易，特别是扩大出口贸易；积极引进先进技术和设备，特别是有助于企业技术改造的实用先进技术；积极有效地利用外资；积极开展对外工程承包和劳务合作；发展对外技术援助和多种形式的互利合作；设立经济特区和开放沿海城市，带动内地开放。其中，发展对外贸易，利用外国资金，引进先进技术设备这三项是对外开放政策的最主要内容。这三项内容中，发展出口贸易是利用外资和引进技术的物质基础，是对外开放政策的最根本内容。因此，实行对外开放政策，必然使对外经济贸易在国民经济中处于重要的战略地位。

　　3. 对外开放格局

　　我国的对外开放，经过二十多年的努力，在不断总结经验的基础上，由点到线、由线到面，由边缘向纵深，从南到北，从东到西，形成了全方位、多渠道、多层次的开放格局。

　　(1) 1992 年以前，重点开放沿海地区，逐步向内地开放。

　　实行对外开放，必须充分发挥沿海地区的优势，以沿海地区对外开放带动内地对外开放。因此，沿海地区是我国实行对外开放的前沿地带。

　　实行对外开放初期，党中央和国务院就确定了"重点开放沿海地区，逐步向内地开放"的经济发展战略。把我国经济发展进程划分为东部地区——沿海地区，中部地区——中部各省，西部地区——新疆、青海、西藏等边远省、区三个地区。先发展东部地区，带动中部和西部地区发展。按照此项战略，将我国地域的对外开放分为经济特区、沿海开放城市、沿海经济开放区、内地四个层次：

① 建立经济特区。经济特区是我国对外开放的第一个层次。1979 年 7 月，国务院确定在广东、福建两省实行特殊政策和灵活措施，主要是在对外经济活动方面授予两者以较多的自主权，并提出在深圳、珠海、汕头、厦门试办出口特区。1980 年 5 月，国务院决定把特区的名称正式定为经济特区。1987 年中央批准海南建省，1988 年 3 月作为全国最大的经济特区对外开放。1990 年中央又决定开发和开放上海浦东，实行某些经济特区的政策。

② 开放沿海港口城市。沿海开放城市是我国对外开放的第二个层次。在总结对外开放的实践经验的基础上，特别是经济特区发展经验的基础上，1984 年 5 月，中共中央、国务院决定进一步开放大连、秦皇岛、天津、烟台、青岛、连云港、南通、上海、宁波、温州、福州、广州、湛江、北海等 14 个沿海港口城市。

③ 开辟沿海经济开放区。沿海经济开放区是我国对外开放的第三个层次。1985 年 1 月，党中央和国务院又决定将长江三角洲、珠江三角洲、闽东南地区开辟为沿海经济开放区。1988 年初，又将山东半岛、辽东半岛列入沿海经济开放区。

④ 逐步向内地开放。内地是我国对外开放的第四个层次。按照党中央和国务院的指导思想，我国实行对外开放政策，就是从经济特区——沿海开放城市——沿海经济开放区——内地逐步推进，把沿海的发展和内地的开发结合起来，有效地解决我国经济建设中东部、中部、西部的有关问题，由沿海带动整个内地的发展，促进全国经济的振兴。

由此可见，沿海地区是我国实行对外开放的前沿地带，是对外开放的重点地区。沿海地区的经济发展制约着全国经济的发展，影响着现代化建设的规模和进程。

（2）1992 年以后逐步形成全方位的对外开放格局。

党的十四大报告为中国对外开放格局确定了发展目标：对外开放的地域要扩大，形成多层次、多渠道、全方位的对外开放格局。因此，1992 年以后，我国在继续开放经济特区、沿海开放城市和沿海经济开放区的基础上，进一步开放了陆地边境市、镇，开放了一些沿江（长江）城市和内陆省会城市，使我国形成了全方位对外开放的新格局。

① 开放陆地边境市、镇。1992 年年初，邓小平南方谈话的发表，加快了中西部地区的对外开放步伐。同年 3 月以后，国务院决定开放吉林的珲春，黑龙江的绥芬河、满洲里、黑河，内蒙古的二连浩特，新疆的伊宁、塔城、博乐，云南的瑞丽、畹町、河口，广西的凭祥、东兴共 13 个陆地边境市、镇。

进一步开放陆地边境市、镇，是全方位对外开放的重要步骤。我国对陆地边境市、镇，实行类似沿海开放城市的政策，以加速边境地区外向型经济发展为目的，形成了沿周边国家的东北、西北、西南三大开放地带。东北开放带，以俄罗斯、独联体其他国家、蒙古、东欧诸国为对象，以满洲里、黑河、绥芬河、珲春四个沿边开放城市为龙头，内蒙古、黑龙江、吉林等省区正在形成一个具有纵深背景的大开放区。西北开放带，以独联体诸国、东欧诸国、巴基斯坦、西亚诸国为对象，以新疆维吾尔自治区为主体，在 5400 多千米的边境线上开通了 8 个通商口岸。东起连云港，西经新疆至欧洲的大陆桥的开通，为我国的西北部开放提供了重要条件。西南开放地带，以印度、尼泊尔、缅甸、老挝、越南、孟加拉诸国为对象，以云南、广西为主体。云南拥有 17 个对外开放口岸，广西壮族自治区同越南边境开辟了 20 个贸易点。

沿边地区利用赋予的政策，逐步打开了封闭的门户，一种以贸易为先导，以内地为依托，以高层次经济技术合作为重点，以开拓周边国家市场为目标的沿边开放新态势已经形成。

② 开放沿江和内陆省会城市。继沿边开放后，1992 年 6—7 月，中央又决定以上海浦东为龙头，开放重庆、岳阳、武汉、九江、芜湖等 5 个沿长江港口城市；开放太原、合肥、南昌、郑州、长沙、成都、贵州、西安、兰州、西宁、银川等 11 个内陆省会城市；开放昆明、乌鲁木齐、南宁、哈尔滨、长春、呼和浩特、石家庄 7 个边境、沿海省会城市。

沿江和内陆省会城市的开放，将使我国对外开放向纵深地域发展。我国通过该地区的开放，不仅促进了长江流域和大半个中国经济的发展，而且对于扩大和完善我国对外开放格局，缩小东、中、西部地区差距都将会产生积极影响。

由此可见，我国的对外开放并没有采取全国同步开放的方针，而是采取多层次、滚动式、逐步向广度和深度发展的方针。这是由我国的国情所决定的。我国地区经发展很不平衡，地理条件差异较大，特别是长期实行封闭型的高度集中的计划经济体制、价格体系和产业结构同世界经济割开的情况下，不可能采取一刀切的办法，而只能采取由点到线，由线到面，由东到西，由南到北，逐步展开的方针。

③ 进一步扩大西部地区的对外对内开放。20 世纪 80 年代，当我国改革开放和现代化建设全面展开后，邓小平同志先后提出了"沿海开发"、"长江开发"、"中西部开发"的三个战略构想。90 年代初，邓小平同志又明确提出了"两个大局"的构想：一个大局是，东部沿海地区加快对外开放，使之较快地发展起来，中西部要顾全这个大局。另一个大局是，东部地区发展到一定时期，就要拿出更多的力量帮助中西部地区加快发展，东部沿海地区也要顾全这个大局。

加快西部地区的发展，是邓小平同志"两个大局"战略思想的重要组成部分。而西部大开发战略的具体提出，则是我国新一代领导人根据现实情况和经济建设的具体实践作出的选择。1999 年党的十五届四中全会明确提出国家要实施西部大开发战略。

实施西部大开发战略，加快西部地区发展，是我国现代化战略的重要组成部分，是党中央高瞻远瞩、总揽全局、面向新世纪作出的重大决策。为体现国家对西部地区的重点支持，国务院制定了实施西部大开发的若干规定。加快西部对外开放成为西部大开发的主要内容，以开放促开发、促发展，积极引导和推动西部地区参与国际经济合作与交流，以加快中西部地区发展。为了推动西部地区的对外开放，国家给予了许多政策支持。

在吸引外资方面：一是进一步扩大外商投资领域。鼓励外商投资于西部地区的农业、水利、生态、交通、能源、市政、环保、矿产等基础设施建设和资源开发，以及建立技术研究开发中心；扩大西部地区服务贸易领域对外开放；一些领域的对外开放，允许在西部地区先行试点。二是进一步拓宽利用外资渠道。在西部地区可以进行以 BOT（Build-Operate-Transfer）方式利用外资的试点；允许外商投资项目开展包括人民币在内的项目融资；支持符合条件的西部地区外商投资企业在境内外股票市场上市；支持西部地区属于国家鼓励和允许类产业的企业通过转让经营权、出让股权、兼并重组等方式吸引外商投资；鼓励在华外商合资企业到西部地区再投资等。

在发展对外经济贸易合作方面：进一步扩大西部地区生产企业对外贸易经营自主权，

鼓励发展优势产品出口、对外工程承包和劳务合作、到境外特别是周边国家投资办厂，放宽人员出入境限制；实行更加优惠的边境贸易政策，在出口退税、进出口商品经营范围、进出口商品配额、许可证管理、人员往来等方面，放宽限制，推动我国西部地区同毗邻国家地区相互开放市场，促进与周边国家区域经济技术合作健康发展。

4.4.2 中国对外贸易政策

中国的对外贸易战略以改革开放前后作为分水岭，经历了由主要实施保护幼稚工业政策为主的进口替代战略向循序渐进地实施贸易自由化战略的转变。而在中国贸易自由化战略实施的过程中，体现出了明显的多层次特征，即以WTO（GATT）为核心的多边贸易体制下的贸易自由化为第一层次，以亚太经济合作组织（APEC）框架内的贸易自由化为第二层次，以中国—东盟自由贸易区（FTA）框架内的贸易自由化为第三层次。三个层次可以说相互补充，相互推动，共同推动了中国贸易自由化的过程。

中国多层次贸易自由化战略的建立与实施，充分体现了中国现阶段经济发展的必然要求，反映了目前中国具体国情的实际需要，同时也在一定程度上顺应了当前世界经济发展的潮流与趋势。概括起来，这种多层次的贸易自由化战略有以下的特征：

1. 层层递推，循序渐进

中国的贸易自由化战略实施之初，就确立了循序渐进的实施原则，这是中国经济尚处于发展中阶段的现实所决定的。任何一个发展中国家，在决定其贸易发展战略时总是面临着两难的选择。一方面，只有不断对外开放，积极参与经济全球化的进程，才能充分获得贸易利益，加速本国经济的发展；另一方面，在开放之初，由于其国内产业的国际竞争力不强，如果在对外开放进程中急于求成，贸易自由化步伐过快，反而对本国经济的稳定发展带来隐患。因此，循序渐进是中国贸易自由化战略的一个重要原则。而中国贸易自由化战略的多层次性也正反映了这一原则。

2. 层层紧扣，相互补充

中国贸易自由化战略的各层次在实施进度上各有先后，在各个层次之间的相互关系上也可以说是相互补充的。如前所述，以WTO为核心的全球多边贸易体制发展到今天，极大地促进了全球贸易自由化的进程，促进了战后世界经济的恢复与发展。但是WTO由于成员众多，成员内部发达国家之间、发达国家与发展中国家之间利益难免发生冲突，从而有时难以在短期内达成协议，此时区域贸易集团的建立就能作为WTO的必要补充，及时推动了各国间贸易自由化的进程。

3. 多边为主，区域为辅

中国实施贸易自由化战略的三个层次虽然在最终目标上有一致性，并且三者之间相互联系、相互补充，但是，需要指出的，中国目前仍将以WTO为核心的多边贸易体制下的贸易自由化进程作为主导层次，而区域贸易自由化进程仅仅是必要补充。中国现有的国情以及WTO的特点决定了三个层次在地位上高低之分。首先，中国是一个发展中国家，WTO法律体系中的发展中国家特殊待遇与例外原则无疑会使中国在今后取得有利的谈判地位。只要我们坚持这项原则，就可以在取得众多发达国家的贸易优惠的同时，对本国某些重要产业实施适当的有期限的保护与扶植，以达到在贸易自由化进程中能够趋利避害的目的。

4. "有管理的贸易自由化"（2002 年至今）

我国现行的是有管理的贸易自由化政策，表现在三个方面：

（1）随世界潮流，按 WTO 的要求，不断地开放。

随着中国的入世时间的延伸，我国逐步实现对世界贸易组织的承诺，将贸易壁垒关税化、透明化，加速贸易自由化的进程。

（2）按特殊的国际格局需求，实行有战略意义的政策。

① 对区域自由一体化逐步重视。中央国务院以最快的速度，以最大的诚意，建立了中国—东盟自由贸易区。我们政府还在不断和日韩谋求合作，将建立一个 10＋3 自由贸易体。这个举措符合这 13 国的利益，符合东亚利益，在长远来看也符合这个地区的广义经济利益；

② 我国政府还注意与其他特殊利益国谋求合作。比如伊朗、委瑞内拉等国。与这些特殊利益国的外贸政策是不太符合短期经济利益最大化，但是符合双方政治、外交发展要求。如为了孤立台独分子，大陆在贸易政策方面向某些国家和地区倾斜。

（3）对不同行业的政策不同。

这一做法是以民族经济的利益为前提。中国经济要想发展必须引入竞争，但在我国经济实力、经济结构远远落后于发达国家的情况下，却不能在所有的行业与部门都完全开放。对高科技行业出口我们要鼓励，对某些资源的出口我们却要限制，我们还在政策上鼓励企业"走出去"参与国际竞争，培育中国的跨国企业，实现我国国际竞争力的全面提升。

4.4.3　中国对外贸易发展战略

中国改革开放以来对外贸易的发展取得的巨大成就，是中国实行对外开放政策的结果，是成功实施对外贸易发展战略的结果。对外贸易已逐渐从国民经济的"调剂余缺"的辅助地位，上升到重要的战略地位。国家对对外贸易的战略规划，在把握国际经济和技术进步发展趋势的基础上，重视发挥我国的比较优势，营建我国的竞争优势，对我国对外贸易的快速发展和结构升级，起到了不可替代的作用。

1. 出口商品战略

出口商品战略是我国根据本国在一定时期内比较优势与竞争优势的状况，对出口商品构成所做出的战略性安排。

一国的出口商品结构不仅受国际经济环境的影响，而且也受国内经济发展水平、产业结构和发展政策的制约。因此，我国在不同的历史时期，制定了不同的出口商品战略。

（1）"六五"计划时期（1981—1985 年）的出口商品战略。

"六五"计划时期，我国制定的出口商品战略是：发挥我国资源丰富的优势，增加矿产品和农副土特产品的出口；发挥我国传统技艺精湛的优势，发展工艺品和传统的轻纺产品出口；发挥我国劳动力众多的优势，发展进料加工；发挥我国现有工业基础的作用，发展各种机电产品和多种有色金属、稀有金属加工品的出口。

（2）"七五"计划时期（1986—1990 年）的出口商品战略。

我国在"七五"计划时期提出了以实现"两个转变"为核心内容的出口商品战略，即我国出口商品构成要实现逐步由主要出口初级产品向主要出口工业制成品的转变，由主要出口粗加工制成品为主向主要出口精加工制成品的转变。到"七五"计划末，我国实现了第一个结构转变目标，即由主要出口初级产品向主要出口工业制成品的转变，出口产品中，工业制成品的比重已大大超过初级产品，约占三分之二。

（3）"八五"计划时期（1991—1995年）的出口商品战略。

"八五"计划时期我国制定的出口商品战略是：逐步实现出口商品结构的第二个转变，即由粗加工制成品出口为主向精加工制成品出口为主的转变，努力增加附加价值高的机电产品、轻纺产品和高新技术产品的出口，鼓励那些在国际市场有发展前景、竞争力强的拳头产品出口。根据这一战略方针，我国确立了以机电产品为主导、以轻纺产品为骨干，以高新技术产品为发展方向，同时继续保持某些矿产品和农副产品出口的结构目标。到"八五"计划末，机电产品已取代轻纺产品，成为我国出口的最大宗商品。

（4）"九五"计划时期（1996—2000年）的出口商品战略。

"九五"计划时期，根据国家"九五"计划中提出的实现经济增长方式从粗放型向集约型转变的方针，我国在该时期制定了"以质取胜"为核心的出口商品战略，努力实现外贸出口增长由主要依靠数量和速度转向依靠质量和效益。

优化出口商品结构是贯彻"以质取胜"战略，转换外贸增长方式的关键，是实现外贸质量、效益型增长的根本途径。为此，国务院《中华人民共和国国民经济和社会发展"九五"计划和2010年远景目标纲要》指出：进一步优化出口商品结构，着重提高轻纺产品的质量、档次，加快产品升级换代，扩大花色品种，创立名牌，提高产品附加值。进一步扩大机电产品出口，特别是成套设备出口。发展附加值高和综合利用农业资源的创汇农业。

（5）"十五"计划时期（2001—2005年）的出口商品战略。

21世纪是知识经济时代，以信息技术为核心的科学技术的发展，技术密集型的高科技产业和产品进一步快速发展。与此相适应，在国际贸易中，高附加值、高技术含量的产品增长更加强劲，所占比重进一步提高。

我国经过改革开放以来的经济发展，产业结构和出口商品结构都有较大的提升，特别是高科技产业发展迅速、产品出口快速增长，但是我国出口商品结构总体上尚未实现第二个转变，即由粗加工制成品出口为主向精加工制成品为主的转变，出口产品中低技术、低附加值产品仍占主导地位。因此，《国民经济和社会发展第十个五年计划纲要》提出要继续贯彻以质取胜战略，重视科技兴贸，优化出口商品结构，不断提高出口商品的技术含量和附加值，增加高新技术产品和高附加值产品出口。

（6）"十一五"规划时期（2006—2010年）的出口商品战略。

《中共中央关于制定国民经济和社会发展第十一个五年规划》强调要加快转变对外贸易增长方式，优化进出口商品结构，着力提高对外贸易的质量和效益，扩大具有自主知识产权、自主品牌的商品出口，控制高能耗、高污染产品出口，鼓励进口先进技术设备和国内短缺资源，完善大宗商品进出口协调机制。继续发展加工贸易，着重提高产业层次和加工深度，增加国内配套能力，促进国内产业升级。大力发展服务贸易，不断提高层次和水平。完善公平贸易政策，健全外贸运行监控体系，增强处置贸易争端能力，维护企业合法权益和国家利益。积极参与多边贸易谈判，推动区域和双边经济合作，促进全球贸易和投资自由化、便利化。

（7）"十二五"规划时期（2011—2015 年）的出口商品战略。

《中华人民共和国国民经济和社会发展第十二个五年规划纲要》提出要优化对外贸易结构。继续稳定和拓展外需，保持现有出口竞争优势，加快培育以技术、品牌、质量、服务为核心竞争力的新优势，延长加工贸易国内增值链，推进市场多元化，大力发展服务贸易，促进出口结构转型升级。发挥进口对宏观经济平衡和结构调整的重要作用，促进贸易收支基本平衡。

2. "以质取胜"战略

实施"以质取胜"战略，必须正确认识并处理好质量和数量、效益和速度、内在质量与外观质量、样品质量和批量质量，以及质量和档次等方面的关系，把出口商品本身的质量同国际市场的需要有机结合起来。"以质取胜"战略包括三个方面的内容：

（1）提高出口商品的质量和信誉。

通过提高出口商品生产者和外贸企业经营者对商品质量和信誉的认识，加强对生产过程、产品品质以及包装储运的质量管理，加大对我国出口商品质量的监督检查和执法力度，提高我国出口商品的质量和信誉。

（2）优化出口商品结构。

《质量振兴纲要（1996—2010）》提出"经过 5～15 年的努力，从根本上提高我国主要产业的整体素质和企业的质量管理水平，使我国的产品质量、工程质量和服务质量跃上一个新台阶"，强调"必须加快两个根本性转变"。实施"以质取胜"战略，要提高出口的总体结构水平，加大高附加值、高技术含量产品及大型成套设备的出口比重；提高传统出口商品的质量、档次和水平，以适应不断变化的国际市场需求。

（3）创名牌出口商品。

名牌出口商品的多少，反映一个国家的综合实力、经济竞争能力和科技发展水平。创立名牌，也是提高产品附加值的有效途径。实施"以质取胜"战略，要加快培育和创立在国际市场上有影响和竞争力的系列化名牌出口商品。

3. 科技兴贸战略

科技兴贸战略是以提高我国出口产业和产品的国际竞争力、加强体制创新和技术创新、提高我国高新技术产业国际化水平为基本指导思想，以"有限目标、突出重点、面向市场、发挥优势"为发展思路，进一步转变政府职能，通过面向国际市场的科研开发、技术改造、市场开拓、社会化服务等部署，提高企业出口竞争力和自主创新能力，加快出口商品结构的战略性调整，实现我国由贸易大国向贸易强国的跨越。

科技兴贸是以市场为导向，以企业为主体，以创新为动力的贸易发展战略，政府的作用主要体现在提供服务保障方面：建立较为完善的政策、法律、知识产权保护和出口促进服务体系；为高新技术产品和传统出口产品的优势领域形成高新技术研究、开发与应用提供有力支撑，提高高新技术产品出口持续发展能力和传统出口产品的技术含量和附加值，取得全球市场的战略性突破。

科技兴贸战略主要包括两个方面的内容：

（1）大力推动高新技术产品出口，在我国优势领域培育一批国际竞争力强、附加值高、出口规模较大的高新技术出口产品和企业。

（2）运用高新技术成果改造传统出口产业，提高传统出口产品的技术含量和附加值。

选择出口额最大的机电产品和纺织品作为高新技术改造传统产业重点，初步完成我国出口商品结构由以低附加值、低技术含量产品为主向以高新技术产品为主的转变。

4. 出口市场多元化战略

扩大出口规模、优化出口结构，必须有市场拓展作保证。任何市场的容量都是有限的，市场的分散和多元化成为市场扩展的主要方面。我国从"七五"计划提出实施出口市场多元化战略，并于"八五"计划正式启动出口市场多元化战略。"九五"和"十五"计划都进一步强调了"八五"计划制定并实施的出口市场多元化战略。

出口市场多元化战略是根据国际政治经济条件的变化，有重点、有计划地调整出口市场结构，在巩固传统市场的基础上努力开拓新市场，改变出口市场过于集中的状况，逐步建立起出口市场多元化的总体格局。

出口市场多元化的重点是：深度开发发达国家传统出口市场；稳定和扩大东南亚市场；开拓非洲、拉美发展中国家市场；积极扩大独联体、东欧国家市场。

5. 进口商品战略

进口商品战略是指根据国内生产、消费的需要，对一定时期进口商品的构成所作的战略性规划。进口商品战略是以国民经济的发展目标为依据的。我国各个五年计划都对进口结构进行了规划。

（1）"六五"计划时期进口商品结构规划是：引进先进技术和关键设备；确保生产和建设所需的短缺物资的进口；组织好国内市场所需物资和"以进养出"物资的进口；对本国能够制造和供应的设备，特别是日用消费品，不要盲目进口，以保护和促进民族工业的发展。

（2）"七五"计划时期进口商品结构规划是：进口重点是引进软件、先进技术和关键设备，以及必要的、国内急需的短缺生产资料。

（3）"八五"计划时期进口商品结构规划是：按照有利于技术进步、增加出口创汇能力和节约使用外汇的原则合理安排进口，把有限的外汇集中用于先进技术和关键设备的进口，用于国家重点生产建设所需物资以及农用物资的进口；防止盲目引进和不必要的引进；发展替代进口产品的生产，促进民族工业的发展；国内能够生产供应的原材料和机电设备争取少进口或不进口；严格控制奢侈品、高档消费品和烟、酒、水果等商品的进口。

（4）"九五"计划时期进口商品结构规划是：积极引进先进技术、适当提高高新技术、设备及原材料产品的进口比例，努力发展技术贸易和服务贸易。

（5）"十五"计划时期进口商品结构规划强调增加国内急需的关键技术设备和重要资源的进口，弥补国内资源的不足，促进产业结构和技术水平的升级。进口商品结构的重点是：引进先进技术和关键设备；保证重要资源和加工贸易物资的进口；按照我国对国际社会承诺的市场开放进程和国内市场的需求，扩大消费品进口。

【基础知识训练】

一、单项选择题

1. 李斯特保护幼稚工业学说所制定的贸易政策的目的是（　　　）。

    A. 发展生产力　　　　B. 保护国内市场　　　　C. 垄断国内市场

2. 李斯特认为，处于农工阶段的国家应当采取的贸易政策是（　　　）。

    A. 自由贸易政策　　　B. 保护贸易政策　　　　C. 管理贸易政策

3. 超保护贸易政策的保护对象包括（　　　）。

    A. 幼稚工业　　　　　　　B. 成熟工业　　　　　　　C. 衰落工业

    D. 以上三项都包括

4. 中国对外开放的第一个层次是（　　　）。

    A. 建立经济特区　　　　B. 开放沿海港口城市　　　C. 建立沿海经济开放区

5. 我国现行出口商品战略的核心是（　　　）。

    A. 以量取胜　　　　　　B. 以质取胜　　　　　　　C. 以效益取胜

6. 我国对外开放政策的最根本内容是（　　　）。

    A. 发展出口贸易　　　　B. 引进技术　　　　　　　C. 利用外资

二、多项选择题

1. 自对外贸易产生以来，各国大体有如下几类对外贸易政策，这些是（　　　）。

    A. 自由贸易政策　　　　B. 保护贸易政策　　　　　C. 政府对汇率的干预政策

    D. 协调管理贸易政策　　E. 政府的科技发展政策

2. 超保护贸易政策的特点如下（　　　）。

    A. 保护的对象扩大了，既保护本国幼稚工业，也保护高度发展或衰落的垄断工业

    B. 保护的目的是为了加强对国内外市场的垄断

    C. 从消极的保护转向对外进攻性扩张

    D. 保护的阶级利益为大垄断资产阶级利益

    E. 保护的手段主要是实行高关税政策

3. 李斯特的保护贸易政策理论观点包括（　　　）。

    A. 国家干预对外贸易　　B. 强调生产力的发展

    C. 不同经济发展阶段国家应采取不同贸易政策

    D. 拥护比较成本说　　　E. 提倡贸易顺差，反对贸易逆差

4. 20 世纪 70 年代以后出现的新贸易保护主义的主要特点是（　　　）。

    A. 被保护的商品不断增加

    B. 贸易保护措施多样化，非关税壁垒不断增多

    C. 各国奖出限入的重点逐步从奖励出口转向限制进口

    D. 从贸易保护制度逐步转向更系统化的管理贸易制度

    E. 组成货币集团，划分世界市场

5. 中国对外开放政策的最主要内容包括（　　　）。

    A. 发展对外贸易　　　　B. 引进技术　　　　　　　C. 利用外资

    D. 发展对外工程承包　　E. 发展劳务输出

6. 我国沿海地区的对外开放的前三个层次依次是（　　　）。

    A. 建立经济特区　　　　　B. 建立沿海经济开放区　　C. 沿边开放

    D. 开放沿海港口城市　　E. 中西部地区

7. "以质取胜"战略的内涵包括三个方面的内容（　　　）。

    A. 提高出口商品质量和信誉

    B. 优化出口商品结构　　C. 创名牌出口产品

    D. 提高出口商品档次　　E. 增加花色品种

8. 科技兴贸战略包括两个方面的内容（　　）。

 A. 发展机电产品出口 B. 发展高新技术产品出口

 C. 发展航空航天技术

 D. 用高新技术成果改造传统出口产业

 E. 发展现代农业

9. 我国进口商品战略的内容是（　　）。

 A. 加工贸易所需物资 B. 先进技术   C. 关键设备

 D. 消费品   E. 大型成套设备

10. 发展中国家对外贸易政策的类型有（　　）。

 A. 自由贸易政策   B. 保护贸易政策   C. 进口替代政策

 D. 出口导向政策   E. 管理贸易政策

【技能训练】

训练 1

要求：阅读资料 1，判断新贸易保护主义给中国贸易发展带来的影响，并从外贸企业的角度提出应对策略。

资料 1：新贸易保护主义对中国外贸发展的影响

新贸易保护主义的盛行加大了中国企业拓展国际市场的难度，一定程度上导致了中国外贸发展外部环境的恶化。

1. 中国企业频繁遭受贸易限制，蒙受巨额损失

随着中国产品占国际市场份额的不断扩大，中国企业频繁遭受反倾销、反补贴、各种保障措施以及技术、环境、劳工等贸易壁垒的限制，涉案金额猛增，国内企业蒙受了巨额损失，贸易摩擦进入了高发期。1995—2005 年间，WTO 成员向中国发起的反倾销、反补贴、保障措施和特保措施调查达到 716 件。中国已连续 10 年成为遭受反倾销调查最多的国家，涉案损失每年高达 300～400 亿美元。目前，发达国家和发展中国家与中国的贸易摩擦有不同特点。发达国家更倾向于使用技术壁垒。近年来，美国对中国出口产品频频进行知识产权调查（即 337 调查）。1996—2004 年，美国对中国发起 337 调查 36 起，占美国 337 调查总数的 13%。发展中国家则主要采用反倾销等传统手段。其中，印度、阿根廷、南非、土耳其等国家对中国的反倾销调查数增长较快。1995 年以来，这 4 个国家共对中国发起反倾销调查 178 起，占中国遭受反倾销调查总数的 41%。2005 年，美国和欧盟对中国纺织品实施的特保措施使中国与发达国家的贸易摩擦达到了高峰。尽管通过反复磋商谈判，最终中国采取主动配额暂时平息了这场争端，但在配额时代结束的第一年，中国纺织品出口未能充分享受到纺织品自由贸易释放的市场空间，却仍要受主动配额的约束。贸易摩擦频发不仅使企业蒙受了巨额损失，而且损害了"中国制造"的国际形象，不利于中国出口的可持续增长。

2. 外部经济风险开始向宏观层面渗透

随着贸易摩擦不断加剧，中国外部经济风险开始向宏观层面渗透。从中国与主要贸易伙伴的关系来看，中美贸易的巨额顺差已成为影响中美政治经济关系的重要因素。2005 年，中国对美贸易顺差达到了 1 141 亿美元。美国由对中国产品实施贸易制裁开始向人民

币汇率、对华投资、技术出口等领域全面施压；在欧盟政府对中国产品频繁设限的同时，当地企业与中国厂商的矛盾出现了激化的趋势，"砸店"、"烧货"的事件时有发生，不仅危及中国厂商的正常经营和中国公民的人身安全，而且开始形成针对中国产品的"民间壁垒"；中日"政冷"的常态化对两国经贸关系产生了负面影响，两国对东亚区域合作主导权的竞争一定程度上加大了东亚经济一体化的难度。随着宏观层面利益冲突的凸现，国际上"中国威胁论"泛滥，并开始由发达国家向发展中国家扩散，由贸易领域向经济、政治、军事领域扩散。（资料来源：百度百科）

训练 2

要求：阅读资料 2，了解不同国家的管理贸易政策的差别。

资料 2：管理贸易政策的国际比较

一、美国：一个典型的范式

美国是奉行管理贸易最为突出的国家，是管理贸易的一个典型范式。美国的管理贸易具有以下的特点：

1. 管理贸易法律化、制度化

这一特点要体现在美国的两个贸易法中：《1974 年贸易法》和《1988 年综合贸易与竞争法》。第一个法案的通过标志着美国管理贸易正式开始运转，第二个法案的通过标志着美国管理贸易已走上了成熟，另外，美国管理贸易的法律化与制度化体现在美国的反倾销法中。美国的这些法案一方面强化其贸易的立法作用，另一方面扩大了美国贸易立法的域外管辖范围。这充分显示了美国单边协调管理贸易的加强。

2. 管理贸易手段采取单边、双边、多边协调管理齐头并举的方式

美国管理贸易的手段具有多样性，除采取单边协调管理的措施外，还积极采取多边及双边的形式。

在多边协调管理方面，美国积极参加 GATT 的乌拉圭回合多边贸易谈判并尽可能地发挥其巨大的影响力；美国在北美自由贸易区的基础上，提出"泛美自由贸易区"的设想；美国甚至还提出"新大西洋主义"，即以北约为主，以欧共体和欧安会为辅的三环结构。这样美国既可协调世界格局变动所引起的美欧矛盾，还可使"新欧洲"发挥重要作用，促使美国在"新欧洲"的利益；除此之外，美国还对环太平洋经济区的设想持积极态度。

在双边协调管理方面，美国加强具有针对性的双边贸易谈判，强调"对等"及"公平"贸易的互惠条件。并在此条件下，迫使日本、德国甚至"亚洲四小龙"等对美国有大量贸易顺差的贸易伙伴作出了一些让步。比如有限度地开放市场、扩大内需及实行出口多元化乃至货币升值等来调整与美国的贸易关系；美国还积极活动，与加拿大和墨西哥成立北美自由贸易区。这些都是美国管理贸易的重要组成部分。

3. 管理贸易措施以非关税为主

由于 GATT 多年的不懈努力，关税在国际贸易中限制进口的作用已明显降低。美国在限制进口方面已经转入隐蔽性较强的非关税壁垒，出现了绕过 GATT 的"灰色区域"措施，其中，"自动出口限制"是"灰色区域"措施中最重要方式。

20 世纪 70 年代中期以来，美国对来自日本的汽车，来自亚洲其他国家或地区的纺织品、服装、鞋帽、食品、旅游箱包等实行"自动出口限额"，这大大降低了这些国家这类

商品在世界出口份额中的增长速度。

4. 突出对服务贸易及知识产权的管理

美国管理贸易的重点主要是劳动密集型的制造业、农产品及劳务产品等服务贸易。美国是世界上最大的劳务贸易国，其以智力服务为主的劳务出口使美国的劳务贸易存在大量顺差。而其他国家也竭力发展其劳务出口。因此，服务贸易领域的摩擦与争端激增。另外，随着国际技术贸易的迅猛发展，知识产权成为当今国际贸易的重要方面。作为世界上最大的知识产权贸易国，美国更关心，也更加强其对知识产权的保护和管理。因此，美国的贸易政策中对服务贸易与知识产权的管理更为突出。

5. 美国政府对贸易的强有力干预

美国的国际经济地位下降及其竞争力的削弱促使美国改变其贸易政策，更多的是运用政府干预的手段来实现。克林顿上台后，美国国内更出现了一种"战略贸易理论"。

该理论认为：一国政府能运用产业政策发展该国经济的动态比较优势，一旦比较优势被确立就必须、继续掌握并随经济的发展随时调整拥有比较优势的产业结构，从而提高其国际竞争力和国际地位。美国政府在此理论影响下，制定了一个产业政策与对外贸易相结合的贸易政策，即在公平贸易的思想指导下，"积极保护"与"主动出击"并举，在政府强有力的干预下增强经济竞争力，开拓国外市场。具体做法是：选择一些高科技产业予以保护和资助；不靠多边贸易谈判，而是靠采取单方面的行动来惩罚损害美国产业的外国竞争者。

由上分析可见，美国的管理贸易实质是"披自由贸易外衣，行保护贸易之实"。

二、日本：有选择的管理贸易

日本的经济在战后几近崩溃的边缘，为迅速恢复日本经济，日本政府确立"贸易立国"的思想，通过政府政策的培育、扶持来发展其出口产业，参与国际分工与国际贸易。因此，日本的贸易政策从战后初期即体现出政府干预的特色来，其最显著的特点就是将外贸政策与整个国家的产业政策结合起来，通过扶持本国的产业，提高国际竞争力以振兴出口，使外贸的扩大能动地促进本国经济的发展和产业结构的优化。

战后，日本在很长时期内采取广泛的进口限制政策，同时也积极鼓励出口。这主要体现在日本1949年12月制定的《外汇与外贸管理法》和《进口贸易管理令》以及1959年12月制定的《出口贸易管理令》中。

20世纪60年代以后，随着日本经济的迅速恢复和高速发展，以及受外部力量所迫，日本政府着手推进贸易自由化。在这一自由化过程中，日本具有鲜明的特点，即根据产业和国际竞争力的状况，精心地、有步骤地制订各种计划和选择实行自由化的商品。即所谓有选择、有节制、渐进式的贸易自由化。通过这一方式，促进了日本产业合理化和劳动生产率的提高。

20世纪70年代以后，日本为缓和因大量顺差而引起的贸易摩擦，又采取了进一步政策，主要包括：进一步开放日本市场；"自动限制出口"；扩大内需，增加制成品进口；同其他发达国家进行合作，扩大对外直接投资和加强与发展中国家的经济合作。

日本管理贸易的特点：

1. 政府干预的色彩极为浓厚，程度较强且周密。

2. 管理贸易超法律化和制度化，但其性质是防御性的。

3. 贸易自由化具有选择性，是以实行贸易自由化的产业作掩护来保护需扶持的产业。

4. 更多的是采取单边、双边协调管理的方式。

三、发展中国家：防御性的管理贸易

对于发展中国家来说，管理贸易是一个较为新鲜的名词。但实际上，大多数国家都已自觉不自觉地实行一种单边的管理贸易政策。

战后，世界贸易政策均有利于工业发达国家。发展中国家经过长期的奋斗，在整个世界贸易自由化进程中获得了一块偏向于自己的贸易优惠待遇，包括关税保护、数量限制、一定的紧急保障、享受普惠制、单方面获得优惠等一系列待遇。发展中国家在这些优惠待遇的蔽护下，长期采取一种较高关税的、管制严格的外贸与外汇政策。正是在这种政策下，长期以来，发展中国家的"管理贸易"是一种严重偏向保护贸易的政策。

20 世纪 80 年代中期以来，越来越多的发展中国家单方面放宽了对其贸易体制的限制，对其贸易政策进行了改革。到 20 世纪 90 年代初期，贸易自由化在发展中国家的进程更为迅速，包括南亚、拉美及东亚的一些发展中国家都在走向贸易自由化的道路，其范围之广、幅度之大引人瞩目。

在所有的发展中国家中，拉美的发展最为"激进"。拉美国家（主要是墨西哥、智利、哥伦比亚等国）在大幅度取消数量限制的同时，对贸易壁垒也大举放宽，降低出口税额，间接地扶持扩大出口。因此，拉美属于降低政府干预程度以增加自由度的一种"激进的贸易自由化改革"。

对于南亚国家（主要是印度、巴基斯坦、斯里兰卡等国）则采取了一种"中立的贸易自由化改革"方式。这种改革一方面保留进口贸易壁垒如高关税、数量限制等；另一方面又进一步促进出口，如减轻对生产出口产品所需的中间商品进口的直接限制，实行税收减免等。

东亚国家或地区（主要指中国、韩国、马来西亚、印尼、泰国、越南等）实行的是一种"温和的贸易自由化"改革方式。其改革的第一阶段是消除出口障碍，主要做法是统一汇率，取消进口中间商品及资本商品的数量限制，实行关税退税等直接鼓励出口；第二阶段是在国际收支平衡得以巩固后，进一步取消数量限制，并逐步降低关税。目前，中国台湾省、韩国、马来西亚、印尼、泰国已先后于 20 世纪七八十年代进入了第二阶段的改革。而中国、越南及菲律宾还未进入第二阶段，但在扩大出口方面已取得很大改革成效。

可见，发展中国家的管理贸易已向自由化方向发展。

发展中国家的管理贸易特点：

1. 主要是防御性的，是为保护本国的幼稚工业及脆弱的国民经济体系。

2. 具有单边性和持续性。发展中国家更侧重于单边协调管理贸易，且其单边的协调持续时间较长。

3. 总体是保护主义的。发展中国家由于本身的历史发展所决定，其管理贸易总体上是保护主义的。

4. 具有不平衡性。发展中国家由于经济发展状况各不相同，所经历的社会发展历史也不尽相同，因此在管理贸易方面也具有不平衡性。

5. 以降低贸易障碍为主要方向。发展中国家几乎都在致力于降低数量限制及进行关税合理化改革。这标志着其管理贸易具有自由化的特点与趋势。

四、美国、日本及发展中国家的管理贸易比较

从美国、日本及发展中国家所实行的管理贸易来看，都是既有保护又有自由的成分。但一般的都具有偏保护主义色彩，都是通过单边、双边或多边的协调方式来管理各国贸易关系及世界贸易体系的，其本质都是有组织的自由和有协调的保护。

但是，各国的管理贸易又有差别：

1. 美国、日本的管理贸易都已法律化和制度化，而发展中国家的管理贸易只是一种国家干预措施。美国、日本显得更为成熟，而发展中国家还只是刚刚起步不久。

2. 美国的管理贸易咄咄逼人，其手段具有侵略性和强加性；日本的管理贸易是为了保护本国国内成熟的市场；而发展中国家是为了保护本国的幼稚工业及脆弱的国民经济体系和市场体系。

3. 美国更注意双边和多边协调，日本注意双边管理，而发展中国家主要是单边的管制。尽管美国利用其"301 条款"进行单边协调，但总的来说美国更注意双边与多边的协调，它对 GATT（WTO）、区域经济一体化及具有针对性的双边贸易协定更为关注。日本则对双边协调情有独钟，因为这种协调具有针对性和灵活性，易于操作。发展中国家则主要是政府单边的贸易管理和干预，而同时又对双边和多边协调积极参与。

4. 美国的管理贸易范围更广。美国管理贸易已突破商品贸易的范围，扩大到了服务贸易、知识产权、与贸易有关的投资措施甚至环境保护；日本的管理贸易主要是商品贸易，有时也涉及服务贸易与知识产权；发展中国家的管理贸易还只局限在商品贸易范围内。

5. 美国的管理贸易更具隐蔽性。美国利用其"301 条款"对各有关国家进行调查与制裁，具有很强的隐蔽性。日本及发展中国家的管理贸易较之明晰，便于判别。

6. 美国的管理贸易最具典型，日本的管理贸易具有选择性，较为温和，发展中国家的管理贸易较为原始。管理贸易首先创立于美国，美国的管理贸易措施也最为缜密、严厉，实施的范围最广，手段最全面，对世界经济的影响最大。日本的管理贸易则较为平和，手段上也不像美国那样具有攻击性。发展中国家的管理贸易还处于起步阶段，更多的只是政府的强制性干预而已，对国际经济的影响很小。（资料来源：《江苏社会科学》2001 年 05 期）

学习情境5 关税措施

【学习目标】

能力目标：能够对不同关税税种进行分析比较并进行实际应用；能够对倾销与反倾销的原因和影响进行实际分析，为政府和企业提供应对策略建议；学会货物关税的征收及通关方法。

知识目标：掌握关税的基本概念、属性和关税的类型，重点掌握进口附加税和优惠关税的类型和征收条件，了解海关税则、关税的计征及通关程序。

【工作任务】

1. 上网调查一个反倾销的实例，并对其进行分析。
2. 上网调查中国利用普惠制的现状，并分析中国利用普惠制的效果。
3. 利用实训中心仿真操作和海关实地见习了解进出口通关做法。

【知识结构图】

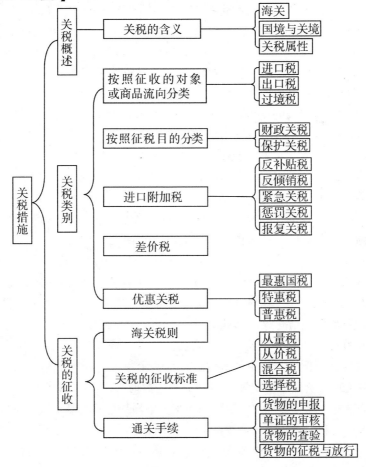

【引导问题】

1. 改革开放以来，中国对外贸易长期保持高速增长，中国成为世界第一大加工厂，"中国制造"走向了世界，随之而来的是欧盟、美国等发达国家频繁对中国产品实行反倾销，其原因是什么？依据是什么？我们应该如何应对？

2. 中国作为发展中国家，利用普惠制对我国出口贸易有哪些影响？

3. 我国海关计征关税的依据是什么？货物进出口通关程序有哪些？

【知识总汇】

5.1 关税概述

关税（Customs Duties Tariff）是指进出口商品经过一国关境时，由政府所设置的海关向其进出口商所征收的一种税。

1. 海关

海关是设在关税境域上的国家行政管理机构，是贯彻执行本国有关进出口政策、法令和规章的重要工具。其任务是根据这些政策、法令和规章对进出口货物、货币、金属、行李、邮件、运输工具等实行监督管理、征收关税、查禁走私货物、临时保管通关货物和统计进出口商品等。海关还有权对不符合国家规定的进出口货物不予放行、罚款，甚至没收或销毁。

2. 国境与关境

国境是指一个国家行使全部主权的国家空间，包括领陆、领海、领空。关境是海关征收关税的领域，也称为关税领域。

通常关境和国境是一致的。第二次世界大战后，关税同盟和自由区、自由港大量出现，国境等于关境的原则被突破，国家政治国境和关境有时不完全一致。

（1）几个国家结成关税同盟，组成一个共同关境，实施统一的海关法规和关税制度，其成员国的货物在彼此之间的国境进出不征收关税，此时关境大于其成员国的各自国境。例如：欧洲联盟关境由 25 个成员国关境的总和构成，其关境大于每个成员国的国境。

（2）自由港、自由区虽在国境之内，但从征收关税看，它可以被视为在该国关境之外，进出自由港（区）可以免征关税，此时关境小于国境。

（3）单独关境。针对原为殖民地的国家或地区，《关税及贸易总协定》第 24 条规定，经其宗主国的同意并用发表声明和证实等方法，可以单独成为《关税及贸易总协定》的一个成员。此条对关境定义为：在对外贸易方面独立实行关税和贸易管理制度的地区，即所谓的单独关境。香港便是通过这种形式，于 1986 年由英国发表声明，作为单独关境地区为《关税及贸易总协定》的一个成员。中国也同时发表声明，承诺在 1997 年 7 月 1 日恢复对香港行使主权后，保持其自由港地位，成为一个单独关税地区，可以"中国香港"的名义继续成为《关税及贸易总协定》的一个成员。此时，中国的国境大于关境。从 1981 年起，有关文件或教材中陆续出现"关境"的概念。中国现行关境是适用《中华人民共和国海关法》的中华人民共和国行政管辖区域，不包括中国香港、澳门和台湾 3 个单独关境地区。

（4）自由关税区。在所在国或地区管辖下，以对外贸易为主，并进行存储货物、出口加工、旅游服务等多种功能，免办海关手续和免征关税的地区、自由贸易区和自由经济区等。在自由关税区与自由关税区交界处设置海关机关，主要监管区内货物运住内地时，办理征税手续。允许区内储存、挑选、改装、修理、加工和销毁输入货物。规定所有产品均可自由进出的，又称为完全自由关税区；规定禁止、限制某些产品进出的，又称为限制自由关税区。世界上极大多数为有限自由区。1993 年 1 月 1 日启动的欧洲共同体（今欧洲联盟）一体化大市场是迄今世界上最大的联合关境自由关税区，即除运入欧共体关境的货物需照章征税外，欧共体成员国之间的货物流动均不征收关税。新加坡是世界上唯一的主权国家全境自由关税区，中国香港特别行政区是世界上经济最发达的地区性单独关境自由关税区。

3. 关税属性

关税是一种间接税。间接税是指由纳税人依法纳税，但可通过契约关系或交易过程将税负一部分或全部转嫁给他人。关税属于间接税，因为关税主要是对进出口商品征税，其税负可以由进出口商垫付税款，然后把它作为成本的一部分加在货价上，在货物出售给买方时收回这笔垫款。这样，关税负担最后便转而由买方或消费者承担。

5.2　关税类别

5.2.1　按照征收的对象或商品流向分类

1. 进口税

（1）进口税的概念。

进口税是进口国家的海关在外国商品输入时，根据海关税则对本国进口商所征收的关税。通常所说的关税壁垒，就是指对进口商品征收高额的进口税。

（2）进口关税结构。

进口国家并不是对所有进口的商品都一律征收高关税。一般说来：

① 对工业制成品的进口征收较高关税；

② 对半制成品的进口税率次之；

③ 对原料的进口税率最低甚至免税。

2. 出口税

（1）出口税概念。

出口税是出口国家的海关在本国产品输往国外时，对出口商所征收的关税。

（2）征收出口税的一般情况与主要目的是：

① 为了增加本国财政收入；

② 为了保护本国生产；

③ 作为同跨国公司斗争的手段。

3. 过境税

（1）过境税概念。

过境税又称通过税，它是一国对于通过其关境的外国货物所征收的关税。

（2）征收过境税的一般情况。

大多数国家都不征收这种税。目前一些国家在外国商品通过其关境时仅征收少量的准许费、印花费、登记费和统计费等。

5.2.2 按照征税目的的分类

1. 财政关税

（1）财政关税概念。

财政关税又称收入关税，是以增加国家财政收入为主要目的而征收的关税。

（2）征收财政关税必须具备以下三个条件：

① 征税的进口货物必须是国内不能生产或无代用品而必须从国外输入的商品；

② 征税的进口货物，在国内必须有大量消费；

③ 关税税率要适中或较低，如税率过高，将阻碍进口，达不到增加财政收入的目的。

随着经济发展和其他税源增加，财政关税在财政收入中的重要性已相对降低，关税收入在各国的财政收入中所占的比重普遍呈下降的趋势。

2. 保护关税

保护关税是指以保护本国工业、农业和服务业以及科学技术发展为主要目的而征收的关税。保护关税税率比财政关税要高，而且随产品的加工程度递增，通常是将进口商品纳税后的价格高出国内同类产品价格的部分作为保护关税的低限。但如果保护关税超过此限过多，反而会影响被保护企业竞争力的提高。

5.2.3 进口附加税

进口附加税又称特别关税，是指进口国海关对进口的外国商品在征收进口正常关税外，出于某种特定的目的而额外加征的关税。其目的是为了防止外国商品倾销和非法补贴，保持公平竞争，对歧视和违规进行惩罚和应对国际收支危机等。进口附加税通常是临时性的，实施目的达到以后就撤销。进口附加税主要有以下几种：

1. 反补贴税

反补贴税又称抵消或补偿税，是对于直接或间接地接受奖金或补贴的外国商品进口所征收的一种进口附加税。

（1）征收反补贴税的条件、税额及其目的。

① 条件：进口商品在生产、制造、加工、买卖和输出过程中接受了直接或间接的奖金或补贴，并使进口国生产的同类产品遭受重大损害；

② 税额：一般按"补贴数额"征收；

③ 目的：在于提高进口商品价格，抵消其所享受的贴补金额，削弱其竞争能力，使它不能在进口国家的市场上进行低价竞争。

（2）关贸总协定的《补贴与反补贴协议》的主要规定。

① 补贴的定义。补贴是指政府或任何公共机构对企业提供的财政捐助和政府对收入或价格的支持。其范围包括：政府直接转让资金，即赠与、贷款、资产注入；潜在的直接转让资金或债务，即贷款担保；政府财政收入的放弃或不收缴；政府提供货物或服务，或购买货物；政府向基金机构拨款，或委托、指令私人机构履行前述前三项的职能；构成1994年《关贸总协定》第16条含义的任何形式的收入或价格支持。

② 补贴的主要分类。

A. 禁止使用的补贴：又称禁止的补贴，包括在法律上或事实上与出口履行相关的补贴，即出口补贴；其他由公共开支的项目；国内含量补贴，即指前面述及补贴只与使用国产货物相联系，而对进口货物不给补贴。

B. 可申诉的补贴：指政府通过直接转让资金、放弃财政收入、提供货物或服务和各种收入支持和价格支持对某些特定企业提供特殊补贴。这种特殊补贴实际上就是指一国政府实施有选择的、有差别的或带有歧视性的补贴。如果这种特殊补贴造成其他缔约方国内有关工业的重大损害时，该国可诉诸争端解决机制加以解决。

C. 不可申诉的补贴：指普遍性实施的补贴和在事实上并没有向某些特定企业提供的补贴。包括：不属于特殊补贴的补贴，即属于普遍性的补贴；扶植企业的科研活动、更高水平地教育或建立科研设施所提供的补贴，但属于工业科研项目的扶植不得超过其成本的75％或其竞争开发活动成本的50％；扶植落后地区的经济补贴；为适应新的环境保护要求，扶植改进现有设备所提供的补贴。但这种补贴仅限于改造成本的20％。

③ 对发展中国家的特殊优惠规定。主要包括：对禁止使用的出口补贴对最不发达国家以及那些人均国民生产总值不足 1 000 美元的发展中国家（如印度、巴基斯坦等）不适用；其他发展中国家则应在 8 年内逐步取消这类出口补贴；发展中国家达到出口竞争标准的产品，在两年内逐步取消补贴；原产于发展中国家的产品，其总补贴额不超过单位产品金额的 2％；或者该产品不足同类产品进口总额的 4％；或所有发展中国家的所有该种产品加起来不足同类产品进口总额的 9％，则对该产品的补贴调查应立即终止。

2. 反倾销税

反倾销税是对于实行商品倾销的进口商品所征收的一种进口附加税。

(1) 征收反倾销税的条件、税额及其目的。

① 条件：进口商品以低于正常价值的价格进行倾销，并对进口国的同类产品造成重大损害；

② 税额：一般按倾销差额征收；

③ 目的：抵制商品倾销，保护本国的市场与产业。

(2)《关税及贸易总协定》关于倾销与反倾销税的主要规定。

① 用倾销手段将一国产品以低于正常的价格挤入另一国市场时，如因此对某一缔约方领土内已建立的某项工业造成重大损害或产生重大威胁，或者对某一国内工业的新建产生严重阻碍，这种倾销应受到谴责。

② 缔约方为了抵消或防止倾销，可以对倾销的产品征收数量不超过这一产品倾销差额的反倾销税。

③ "正常价格" 是指相同产品在出口国用于国内消费时在正常情况下的可比价格。如果没有这种国内价格，则是相同产品在正常贸易情况下向第三国出口的最高可比价格，或产品在原产国的生产成本加合理的推销费用和利润。

④ 不得因抵消倾销或出口补贴，而同时对它既征收反倾销税又征收反补贴税。

⑤ 为了稳定初级产品价格而建立的制度，即使它有时会使出口商品的售价低于相同产品在国内市场销售的可比价格，也不应认为造成了重大损害。

3. 紧急关税

紧急关税是为消除外国商品在短期内大量进口，对国内同类产品生产造成重大损害或产生重大威胁而征收的一种进口附加税。当短期内外国商品大量涌入时，一般正常关税已难以起到有效的保护作用，因此需借助生产率较高的特别关税来限制进口，保护国内生产。由于紧急关税是在紧急情况下征收的，是一种临时性关税，因此，当紧急情况缓解后，紧急关税必须撤除，否则会受到别国的关税报复。

4. 惩罚关税

惩罚关税是指出口国出口某商品违反了与进口国之间的协议，或者未按进口国海关规定办理进口手续时，由进口国海关向该进口商品征收的一种临时性的进口附加税。当前，经济全球化趋势日益加强，惩罚关税越来越容易招致别国的报复。

5. 报复关税

报复关税是指一国为报复他国对本国商品、船舶、企业、投资或知识产权等方面的不公正待遇，对从该国进口的商品所课征的进口附加税。通常在对方取消不公正待遇时，报复关税也会相应取消。报复关税也像惩罚关税一样容易引起他国的反报复，最终导致关税战。

5.2.4 差价税

差价税又称差额税，是指当某种本国生产的产品国内价格高于同类的进口商品价格时，为了削弱进口商品的竞争能力，保护国内生产和国内市场，按国内价格与进口价格之间的差额征收关税。

由于差价税是随着国内外价格差额的变动而变动的，因此它是一种滑动关税。

欧盟为了实行共同的农业政策，建立农畜产品统一市场、统一价格，对进口的谷物、猪肉、食品、家禽、乳制品等农畜产品，征收差价税。

欧盟征收的差价税有两种：

(1) 对非成员国征收，其目的在于排斥这些国家的农畜产品大量进入欧盟市场；

(2) 对成员国征收，其目的在于实现统一价格。

欧洲联盟征收差价税的办法比较复杂，例如对谷物进口差价税分为以下三个步骤：

(1) 确定指标价格。指标价格是欧盟市场内部以生产效率最低而价格最高的内地中心市场的价格为标准而制定的价格。

(2) 确定门槛价格。即从指标价格中扣除把有关谷物从进口港运到内地中心市场所付一切开支的余额。这种价格是差价税估价的基础。

(3) 确定差价税额。它是由有关产品的进口价格与门槛价格的差额所决定的，其差额的大小决定差价税的高低。

5.2.5 优惠关税

优惠关税是指对来自特定国家的进口货物在关税方面给予优惠待遇。一般是在签订有友好协定、贸易协定等国际协定或条约的国家之间实施的，目的是增加签约国之间的友好贸易往来，加强经济合作。

1. 最惠国税

最惠国税适用于从与该国签订有最惠国待遇条款的国家或地区所进口的商品。最惠国待遇是指缔约国各方实行互惠，凡缔约国一方现在和将来给予任何第三方的一切特权、优惠和豁免，也同样给予对方。最惠国待遇的内容很广，但主要是关税待遇，最惠国税率是互惠的，且比普通税率低，有时甚至差别很大。例如，美国对进口玩具征税的普通税率为70%，而最惠国税率仅为6.8%。

由于世界上大多数国家都加入了签订有多边最惠国待遇条款的世界贸易组织，或者通过个别谈判签订了双边最惠国待遇条约，因而这种关税税率实际上已成为正常的关税税率。

2. 特惠税

特惠税是指对从某个国家或地区进口的全部商品或部分商品，给予特别优惠的低关税或免税待遇，其他国家不得根据最惠国待遇条款要求享受这种优惠关税。使用特惠税的目的是为了增进与受惠国之间的友好贸易往来。特惠税有的是互惠的，有的是非互惠的，税率一般低于最惠国税率。

在国际上最有影响的特惠税是《洛美协定》的特惠税，它是欧盟向参加协定的非洲、加勒比和太平洋地区的发展中国家单方面提供的特惠税。其主要内容包括以下三点：

(1) 西欧共同市场国家将在免税、不限量的条件下，接受这些发展中国家全部工业品和96%农产品进入西欧共同市场，而不要求这些发展中国家给予"反向优惠"。

(2) 西欧共同市场对从这些国家进口的牛肉、甜酒和香蕉等作了特殊安排。对这些商品进口每年给予一定数量的免税进口配额，超过配额的进口要征收关税。

(3) 在原产地规定中，确定了"充分累积"制度，即来源于这些发展中国家或西欧共同市场国家的产品，如这项产品在这些发展国家中的任何其他国家内进一步制作或加工时，将被视为原产国的产品。

3. 普惠税

普惠税是普遍优惠制下的关税。普遍优惠制简称普惠制。是发达国家承诺对从发展国家或地区输入的商品，特别是制成品和半制成品，给予普遍的、非歧视的和非互惠的优惠关税待遇的一种制度。

(1) 普惠制的主要原则和目的。

① 普惠制的主要原则是普遍的、非歧视的、非互惠的。所谓普遍的，是指发达国家应对发展中国家或地区出口的制成品和半制成品给予普遍的优惠待遇；所谓非歧视的，是指应使所有发展中国家或地区都不受歧视、无例外地享受普惠制的待遇；所谓非互惠的，是指发达国家应单方面给予发展中国家或地区关税优惠，而不要求发展中国家或地区提供反向优惠政策；

② 普惠制的目的是：增加发展中国家或地区的外汇收入；促进发展中国家或地区的工业化；加速发展中国家或地区的经济增长率。

(2) 普惠制方案中对给惠国保护措施的规定。

各给惠国一般都在其方案中规定保护措施，以保护本国某些产品的生产和销售。保护措施有：免责条款、预定限额、竞争需要标准和毕业条款。

① 免责条款：又称例外条款，是指受惠国产品的进口量增加到对其本国同类产品或

有直接竞争关系的产品的生产者造成或即将造成严重损害时，给惠国保留对该产品完全取消或部分取消关税优惠待遇的权利。

② 预定限额：是指在一定的时期内某项受惠产品的关税优惠进口限额，对超过限额的进口按规定恢复征收最惠国税率。

③ 竞争需要标准：又称竞争需要排除，美国采用此标准。其规定在一个日历年内，对来自受惠国的某项进口产品，如超过竞争需要限额或超过美国进口该项产品总额的一半，则取消下一年度该受惠国或地区该项产品的关税优惠待遇。如该项产品在以后年进口额下降至上述限额内，则下一年仍可恢复关税优惠待遇。

④ 毕业条款：美国和欧盟都实施这种办法。是指当一些受惠国或地区的某些产品或经济发展到较高的程度，使它在世界市场上显示出较强的竞争力时，则取消该项产品或全部产品享受关税优惠待遇的资格。这项条款按适用范围的不同分为：

A. "产品毕业"，即取消从受惠国或地区进口的部分产品的关税优惠待遇；

B. "国家毕业"，即取消从受惠国或地区进口的全部产品的关税优惠待遇，也就是取消其受惠国或地区的资格。

（3）对原产地的规定。

原产地的规定：又称原产地规则，是各国（地区）为了确定商品原产国和地区而采取的法律、法规和行政管理决定，也是衡量受惠国出口产品是否取得原产地资格、能否享受优惠的标准。其目的是确保发展中国家或地区的产品利用普惠制扩大出口，防止非受惠国的产品利用普惠制的优惠扰乱普惠制下的贸易秩序。

原产地的规定包括：原产地标准、直接运输规则和原产地证书。

① 原产地标准：普惠制的原产地标准分为两大类：

A. 完全原产地标准：是指完全用受惠国的原料、零部件并完全由其生产或制造的产品。完全原产品是一个非常严格的概念，稍微含有一点进口或来源不明的原料、零部件的产品，都不能视为完全的原产品。

B. 非完全原产地产品：又称含有进口成分的产品，是指全部或部分地使用进口（包括来源不明的）原料或零部件制成的产品。

这些原料或零部件经过受惠国或地区充分加工制造后，其性质和特征达到了"实质性变化"的程度，变成了另一种完全不同的产品，才可享受关税优惠待遇。所谓实质性变化有两个标准。

A. 加工标准：一般规定进口原料或零部件的税则税号和利用这些原料或零部件加工后的制成品的税则税号不同，其税号发生了变化，就可认为经过充分加工，发生了实质性的变化，该种产品就符合原产地标准，具有了原产地资格。欧洲联盟、日本等采用这项标准。

B. 增值标准：又称百分比标准，它规定，使用进口成分（或本国成分）占制成品价值的百分比来确定其是否达到实质性变化的标准。澳大利亚、新西兰、加拿大、美国等采用这项标准。

② 直接运输规则：是指受惠产品必须从该受惠国直接运到进口给惠国。由于地理原因或运输需要，受惠产品也可通过第三国或地区的领土运往进口给惠国。但必须置于海关监管之下，并向进口给惠国海关提交过境提单、过境海关签发的过境证明书等，才能享受普惠税待遇。

③ 原产地证明书：出口商要获得给惠国的普惠制的关税优惠待遇，必须向进口给惠国提交出口受惠国政府授权的签证机构签发的普惠制原产地证书格式 A（Form A）和符合直运规则的证明文件，作为享受普惠税待遇的有效凭证。

格式 A 的全称是《普遍优惠制原产地证明书（申报与证明联合）格式 A》，它是受惠产品享受普惠税待遇的官方凭证，是受惠产品获得受惠资格必不可少的重要证明文件。一般有效期 10 个月。

5.3　关税的征收

关税征收是指海关依据海关税则，向进出口贸易商征收关税。

5.3.1　海关税则

1. 海关税则的概念与构成

（1）海关税则又称关税税则，是一国对进出口商品计征关税的规章和对进出口的应税与免税加以系统分类的一览表。海关凭以征收关税，是关税政策的具体体现。

（2）海关税则的构成，一般包括两个部分。

① 海关课征关税的规章条例及说明；

② 关税税率表，主要包括三个部分：税则号列与简称税号、货物分类目录、税率。

2. 海关税则的货物分类方法

（1）按货物的自然属性分类，如动物、植物、矿物等。

（2）按货物的加工程度或制造阶段分类，如原料、半制成品和制成品等。

（3）按货物的成分分类或按同一工业部门的产品分类，如钢铁制品、塑料制品、化工产品等。

（4）按货物的用途分类，食品、药品、染料、仪器、乐器等。

（5）按货物的自然属性分成大类，再按加工程度分成小类。

3. 海关合作理事会税则目录

（1）海关合作理事会税则目录的产生和采用。

① 产生：为了减少资本主义各国在海关税则商品分类上的矛盾，欧洲关税同盟研究小组于 1952 年 12 月拟定了"关税税则商品分类公约"并设立了海关合作理事会。它制定了"海关合作理事会税则目录"。因该税则目录是在布鲁塞尔制定的，故又称"布鲁塞尔税则目录"。

② 采用：除去美国、加拿大，已有一百多个国家或地区采用。

（2）海关合作理事会税则目录的构成。

海关合作理事会税则目录的商品分类的划分原则，是以商品的自然属性为主，结合加工程度来划分的。它把全部商品共分为 21 类、99 章、1015 项税目号。且由英法两种文字合并而成。

4. 商品名称及编码协调制度

（1）商品名称及编码协调制度的产生与采用。

① 产生：为了使海关合作理事会税则目录和国际贸易标准分类目录这两种国际贸易

商品分类体系进一步协调和统一，以兼顾海关税则、贸易统计与运输等方面的共同需要，20世纪70年代初海关合作理事会设立一个协调制度委员会，研究并制定了《商品名称及编码协调制度》，简称《协调制度》（缩写为 HS）。

② 采用：截止到1990年11月1日，该公约的缔约国总数已达61个，其中包括所有的发达国家。我国于1992年1月1日起正式实施以《协调制度》为基础的新的海关税则。

（2）商品名称及编码协调制度的含义与构成。

① 含义：《协调制度》是一个新型的、系统的、多用途的国际贸易商品分类体系。它除了用于海关税则和贸易统计外，对运输商品的计费与统计、计算机数据传递、国际贸易单证简化以及普遍优惠制的利用等方面，都提供了一套可使用的国际贸易商品分类体系。

② 构成：《协调制度》将商品分为21类97章，第97章留空备用，章以下设有1241个四位数的税目，5019个六位数的子目。四位数的税目中，前两位数表示项目所在的章，后两位数表示该项目在有关章节的排列次序。

5．海关税则的主要种类

（1）按税率的繁简划分。

① 单式税则：又称一栏税则，这种税则，一个税目只有一个税率，适用于来自任何国家的商品，没有差别待遇。

② 复式税则：又称多栏税则，这种税则，在一税目下订有两个或两个以上的税率。对来自不同国家的进口商品，适用不同的税率。

（2）按制定税率的权限划分。

① 自主税则：又称国定税则，是指一国立法机构根据关税自主原则单独制定而不受对外签订的贸易条约或协定约束的一种税则。

② 协定税则：是指一国与其他国家或地区通过贸易与关税谈判，以贸易条约或协定的方式确定的关税率。它是在本国原有的国家税则以外，另行规定一种税率。是两国通过关税减让谈判的结果，因此要比国定税率低。协定税则不仅适用该条约或协定的签字国，而且某些协定税率也适用于享有最惠国待遇的国家。

5.3.2　关税的征收标准

1．从量税

从量税是以商品的重量、数量、容量、长度和面积等计算单位为标准，以每一计量单位应纳的关税金额为税率征收的关税。计算公式：

从量税额＝商品数量每单位从量税率

（1）从量税的优点。

① 税额便于计算。以货物计量单位作为征税标准，不必审定货物的规格、品质和价格。

② 对低档的进口商品保护作用比较大。单位税额固定，对低档商品进口与高档商品进口征收同样的税。

③ 税额固定。国外价格降低时进口，财政收入不受影响。

（2）从量税的缺点。

① 税率不公平。同一税目的货物，不论质量好坏，均按同一税率征税，显然不公平；

② 对高档货保护作用相对较小，因高档货与低档货征收税率相同；

③ 税额不能随物价变动而变动，当国内物价上涨时，税收相对减少，保护作用降低。

2. 从价税

从价税是以进口商品的价格为标准计征一定比率的关税，税率表现为货物价格的百分比。公式：

从价税额＝商品总值从价税率

（1）从价税的优点。

① 从价税的征收比较简单。对于同种商品，可以不必因其品质的不同，再详加分类。

② 税率明确，便于比较各国税率。

③ 税收负担较为公平，从价税额随商品价格与品质的高低而增减，较符合税收的公平原则。

④ 在税率不变时，税额随商品价格上涨而增加，既可以增加财政收入，又可以起到关税保护作用。

（2）从价税的缺点主要是完税价格难以审定。它受纳税人诚信度、进出口货物价格信息能否及时获取、国际贸易条件变化等的影响，要确定进出口货物价格的真实性、合理性十分困难。由于货物价格难以审定，海关需要一套复杂的海关估价制度和稽查制度来确定货品价格，所以会延缓通关，增加关税计征的成本。

3. 混合税

混合税又称复合税，是对某种进口商品，采用从量税和从价税同时征收的一种方法。公式：

混合税＝从量税额＋从价税额

4. 选择税

选择税是指对于一种进口商品同时订有从价税和从量税两种税率。在贸易保护主义情况下，征税时选择其税额较高的一种征税。有时为了鼓励某种商品进口，也会选择其中税额低者征收。

5.3.3　通关手续

通关手续又称报关手续，是指出口商或进口商向海关申报出口或进口，接受海关的监督与检查，履行海关规定的手续。通关包括以下基本环节：

1. 货物的申报

货物的申报是指货物运抵进口国的港口、车站或机场时，进口商向海关提交有关单证和填写由海关发出的表格，向海关申报进口。

2. 单证的审核

当进口商填写和提交有关单证后，海关按照海关法令与规定，审查核对有关单证。具体要求是：

（1）应交验的单证必须齐全、有效；

（2）报关单填报的内容必须正确、全面；

（3）所报货物必须符合有关政策与法规的规定。

审核单证发现有不符合上述各项规定时，海关通知申报人及时补充或更正。

3. 货物的查验

货物的查验是通过对进口货物的检查、核实单货是否相符，防止非法进口。查验货物一般在码头、车站、机场的仓库、场院等海关监管场所内进行。

4. 货物的征税与放行

海关在审核单证、查验货物后，照章办理收缴税款等费用。进口税款用本国货币缴纳，如使用外币，则应按本国当时汇率折算缴纳。货物到达时，如发现货物"缺失"一部分，可扣除缺失部分的进口税。当一切海关手续办妥以后，海关即在提单上盖上海关放行章以示放行，进口货物即此通关。

【基础知识训练】

一、单项选择题

1. 关税的税收主体是（　　）。

　　A. 外国进出口商　　　　B. 本国进出口商　　　　C. 进口货物

2. 关税的税收客体是（　　）。

　　A. 进出口货物　　　　B. 进出口企业　　　　C. 进口商

3. 关税的基本特点是（　　）。

　　A. 直接税　　　　B. 间接税　　　　C. 所得税

4. 美国对羽毛制品的进口税为：普通税率 60%，最惠国税率 4.7%。这种关税是（　　）。

　　A. 从量税　　　　B. 从价税　　　　C. 混合税　　　　D. 选择税

5. 日本对手表的进口征收 15% 的关税，每块再加征 150 日元，这种征税方法是（　　）。

　　A. 从量税　　　　B. 从价税　　　　C. 混合税　　　　D. 选择税

6. 选择税是（　　）。

　　A. 从量税和从价税择其高者征之

　　B. 反倾销税和反补贴税择其高者征之

　　C. 财政关税和保护关税择其高者征之

7. 我某公司向美国出口产品，查阅美国的海关税则有四种税率，适合我国出口产品的税率是（　　）。

　　A. 普通税率　　　　B. 最惠国税率　　　　C. 普惠制税率　　　　D. 协定税率

8. 我国目前在中国海关税则中使用的税则分类方法是（　　）。

　　A. 布鲁塞尔税则目录　　　　　　B. 海关合作理事会税则目录

　　C. 协调编码制度　　　　　　　　D. 联合国标准货物分类方法

9. 在普遍优惠制的保护措施中，如果受惠的产品的进口量增加到对给惠国国内同类产品造成或即将造成严重损害时，给惠国保留对该产品完全取消或部分取消关税优惠的权利，这种措施是（　　）。

　　A. 免责条款　　　　B. 预定限额　　　　C. 竞争需要标准　　　　D. 毕业条款

10. 在普遍优惠制的保护措施中，如果在一定时期内来自受惠国的某项产品超过给惠国规定的标准，给惠国则取消下一年度该受惠这项产品的关税优惠待遇，这种措施是（　　）。

A. 免责条款　　　　　B. 预定限额　　　　　C. 竞争需要标准　　　　D. 毕业条款

11. 欧洲联盟对农产品进口征收差价税的方法是（　　）。

A. 按国内价格和进口价格之间的差额征收

B. 按国内价格和国际市场价格之间的差额征收

C. 按指标价格和门槛价格之间的差额征收

D. 按指标价格和欧洲联盟制定的干预价格之间的差额征收

12. 最惠国税率一般属于（　　）。

A. 最优惠的税率　　B. 特别关税　　　C. 进口附加税　　　D. 正常关税

13. 构成反倾销的条件之一是进口价格（　　）。

A. 低于正常价值　　　　　　　　　　B. 低于国际价值

C. 低于国别价值　　　　　　　　　　D. 低于进口国国内市场价格

14. 欧洲联盟征收的差价税是一种（　　）。

A. 报复关税　　　　B. 滑动关税　　　C. 惩罚关税　　　　D. 财政关税

15. 普遍优惠制有关原产地规定的加工标准一般是指（　　）。

A. 利用进口原材料或零部件加工后的商品税目发生了变化

B. 利用进口原材料或零部件加工后的商品用途发生了变化

C. 利用进口原材料或零部件加工后的商品价值发生了变化

D. 利用进口原材料或零部件加工后的商品外观发生了变化

16. 发达国家承诺对来自发展中国家或地区输入的产品普遍给予单向的关税优惠制度，这种关税被称为（　　）。

A. 特惠税　　　　　B. 差价税　　　　C. 普惠制　　　　　D. 最惠国税率

二、多项选择题

1. 按照商品的流动方向划分，关税可以分为（　　）。

A. 进口税　　　　　B. 出口税　　　　C. 过境税　　　　　D. 财政关税

E. 保护关税

2. 征收财政关税必须具备的条件是（　　）。

A. 征税的进口货物必须是国内不能生产的或无代用的商品

B. 征税的进口货物在国内有大量消费

C. 关税税率要适中或较低

D. 关税税率应该较高

E. 征税的货物必须是国内能够大量生产的产品

3. 征收进口附加税的目的主要有（　　）。

A. 应付国际收支危机，维持进出口平衡

B. 实行关税升级政策

C. 增加国家的财政收入

D. 防止外国低价商品的倾销

E. 对某些国家实行歧视和报复

4. 普遍优惠制的基本原则是（　　）。

A. 普遍的　　　　　B. 非歧视的　　　C. 歧视性的　　　　D. 互惠的

E. 非互惠的

5. 世界贸易组织认为下列补贴为不可申述补贴，进口国不得对其征收反补贴税（　　）。

    A. 出口国退还本国厂商缴纳的间接税

    B. 纺织品补贴　　　　C. 矿产品补贴　　　　D. 农产品补贴

    E. 最不发达国家实行的补贴

6. 一个国家对进口商品征收反倾销税必须根据下列事实（　　）。

    A. 进口产品低于正常价格

    B. 对进口国同类产业造成严重损害

    C. 对进口国消费者造成严重损害

    D. 进口产品是否接受政府补贴

    E. 进口产品是否低于进口国国内同类产品价格

7. 普惠制的特点和实施情况是（　　）。

    A. 是发达国家给予发展中国家的关税互惠制度

    B. 是普遍的、非互惠的、非歧视的

    C. 所有发展中国家均已享受这一待遇

    D. 受惠国只是部分产品享受这一待遇，而且工业品居多

    E. 没有出口国提交的原产地和托运证书不得享受这一待遇

8. 1992 年我国实行了新的海关税则，这一税则的特点是（　　）。

    A. 单式税则　　　　B. 复式税则　　　　C. 协调编码制度

    D. 海关合作理事会税则目录

    E. 布鲁塞尔税则目录

9. 一个国家对某种进口产品征收关税以后，对该国的经济影响是（　　）。

    A. 会导致该国国内这种商品的价格上升

    B. 会导致该国国内这种商品的价格下降

    C. 会使进口数量增加

    D. 会使进口数量减少

    E. 会使进口国该种商品生产增加

10. 普遍优惠制的原产地规则包括下列规定（　　）。

    A. 原产地标准中的加工标准　　　　B. 原产地标准中的增值标准

    C. 直接运输规则　　D. 竞争需要标准　　E. 原产地证书

【技能训练】

训练 1

要求：阅读案例 1，判断中国企业对欧盟是否存在商品倾销，欧盟实施的反倾销对我国出口有什么影响？中国应如何应对反倾销？

案例 1：温州打火机反倾销案例

近年来，世界打火机产业在逐步向我国转移，而浙江省也渐渐成为全国最大的打火机出口生产基地。但在其出口的强劲势头下，打火机行业可谓劫难重重：2002 年欧盟对我

国打火机进行反倾销调查。温州打火机生产商经过一年多努力，成功应对了欧盟的反倾销诉讼。该次事件是中国正式加入 WTO 之后遭遇的第一起反倾销诉讼，引起各界高度关注。温州烟具协会作为自治组织，既要克服制度不完善之累，又要解决集体行动中的搭便车问题，与政府合作，领导会员打了一个漂亮仗。

温州企业于 20 世纪 80 年代中后期进入世界金属外壳打火机市场后，迅速改变了该市场主要由日本、韩国和中国台湾地区垄断的格局。到 2002 年，温州金属外壳打火机生产企业已达到 500 多家，年产金属外壳打火机 5 亿多只，年产值为 25 亿元人民币，出口数量占总产量的 80%，占有世界市场的份额为 70%，占有国内市场份额为 95%，温州已成为世界金属外壳打火机的生产中心，而与此同时，日本和韩国原来的打火机企业 90% 以上已经停止生产。

2002 年 6 月 28 日，欧盟发出公告，决定对中国出口欧盟的打火机（包括一次性打火机、金属外壳打火机和汽油打火机）进行反倾销立案调查。按照 WTO 的规定，反倾销所涉及的出口商必须在 15 天内做出应诉反应，否则将作为自动放弃，这可能导致我国出口到欧盟各国的打火机被征收高额反倾销税。

经过紧急磋商，温州烟具协会决定选取 15 家打火机企业进行损害抗辩，1 家进行市场经济地位抗辩（即低于成本价）。2002 年 9 月 11 日，欧盟反倾销委员会的几位官员两次到温州进行实地调查，对温州应诉企业的产品、销售、财务等方面进行了严格的核查，对应诉企业提出的意见和事实予以理解和认可。2002 年 10 月 8 日，温州东方打火机厂获得欧盟的市场经济地位确认；2003 年 2 月，欧盟有关方面决定不进行初裁，2003 年 7 月 14 日，欧洲打火机制造商联合会撤回了对产自中国打火机的反倾销诉讼，反倾销程序自动终止。

历时 1 年零 1 个月的温州烟具协会应对欧盟打火机反倾销诉讼事件是中国正式加入 WTO 之后遭遇的第一起反倾销诉讼，引起各界高度关注。该事件的意义不仅在于为中国企业应对反倾销诉讼提供了宝贵的经验，而且在于中国的民间组织第一次充当了处理国际贸易纠纷的主角，为我们考察中国转轨时期行业协会的治理机制、协调机制及其发展提供了一个非常好的案例。

温州烟具协会在这场反倾销诉讼中将集体行动的优势发挥得淋漓尽致，对最终的胜利起到了关键的作用。

第一，烟具协会在整个案件过程中，自始至终承担了大量的公共服务：统一聘请应诉代理律师；成立应诉小组，为各应诉企业提供应诉所需要的行业材料；与立场一致的欧洲进口商协会进行信息的沟通和交换意见；在欧盟官员来华现场调查期间，代表打火机行业进行游说和说服工作；代表本行业与包括中国政府在内的其他各利益关系方进行联络、信息传递和磋商。在这些服务中，协会所具有的信息优势非常明显。

第二，综合行业的利益要求并向政府进行表达，以争取政府支持。尽管烟具协会在本次反倾销案例中充分体现了作为一种自治性治理组织的优势，但是，它也并没有选择孤军作战，而是尽量与政府有关部门沟通，力争取得政府的支持与配合，甚至通过媒体来表达自己的利益诉求，以便于日后能够更有效地应对类似的反倾销事件。

从理论上说，在集体行动中如果不克服成员坐享其成、搭顺风车的现象，将无法取得成功。事实也证明了这一点：欧盟在 1995 年和 1999 年两次对进口打火机加了反倾销税，而温州打火机企业没有提起相应的诉讼；这次反倾销诉讼费用预算高达200万人民币，历时1年零1个月，无论由哪一家企业单独承担，都将是以一笔巨大的负担。16家最大打火机企业的参与，不仅分摊了公共费用，而且引起了政府的足够重视，中国政府的协助有利于促进行业协会与欧盟的对话和协调，增加了反倾销胜利的筹码。这表明了形成集体行动对处理国际贸易纠纷的重要性。那么这次的反倾销案件中温州烟具协会是如何克服其会员搭便车行为的呢？

当时温州打火机对欧盟的出口比例高达60%，占据了80%的欧洲市场。如果不采取行动或者行动失败，加上之前刚刚通过的CR法案，温州打火机微薄的利润空间将会被无情打压，最终不得不退出欧洲市场，由此带来的损失是难以想象的。正是出于这个原因，协会副会长黄静发称，当时"大家对多出一点（钱），少出一点（钱）并不是很在意"。在反倾销一案中企业费用分摊比例方面，一般是规模大的企业捐得多，规模小的捐得少；至于一些规模很小的企业，在欧洲市场几乎没有出口，出不起也不愿出钱；在应诉启动后烟具协会建立的应对国外贸易壁垒专项基金筹措方面，则采取了按照各个成员企业出口份额进行分摊的办法。这种做法充分体现了能力与责任原则，将企业成员的成本和收益结合起来了，虽然温州500多家打火机企业中只有16家企业出钱，但最终还是促成了集体行动。
（资料来源：百度文库）

训练 2

要求：阅读案例2，分析理解利用普惠制对发展对外贸易的作用。

案例2："巧用"普惠制"

普惠制是发达国家（给惠国）给予发展中国家（受惠国）出口产品的一种普遍的、非歧视的、非互惠性的减免关税的优惠制度，是在最惠国税率基础上进一步减税或全部免税的优惠待遇。普惠制项下的出口产品关税比最惠国税率还要低约三分之一。可以说，普惠制是受惠国出口产品进入国际市场的"优惠卡"，普惠制 Form A 产地证书是有价证券，是受惠国出口创汇的重要工具。许多时候，我们可以从普惠制中受益。

1. 扩大出口——江苏机械进出口总公司的案例

同样的手工具，质量优良，价格低廉，为什么还是竞争不过其他发展中国家的产品，找不到销路呢？江苏省机械进出口公司的经理们一度愁眉不展。

享受普惠制待遇后，还是那些手工具，产品由每年出口几十万、上百万美元发展成为每年创汇五六千万美元。经理们笑了。他们找到了争取新客户的王牌：紧俏商品＋Form A 证书＋优质服务。

2. 提高价格——深圳某外贸公司的案例

酌情加价——深圳某外贸公司出口几种合成香料，最惠国税率平均为12%～16%，普惠制税率为免税。当公司认为这些商品已打开销路，即使适当提价，也不致影响销售时，就断然决定平均提价10%。买方也接受了。公司仅利用关税优惠提价，就多收入10余万美元。

3. 吸引投资——许多外商把取得普惠制原产地证书作为来华投资设厂的必要条件。香港某实业公司的王老板，得知在深圳投资办厂生产打火机，可以马上办到普惠制 Form A 产地证书时，立即签订协议办厂。

4. 促进旅游——一位加拿大旅游者来南京旅游，在金陵饭店购买了一批价值 3 000 美元的地毯，回到加拿大报关时要缴纳 17% 的进口关税。一位海关朋友告诉他，向中国检验检疫局申请一份普惠制 Form A 产地证书，就可获得 11%（341 美元）的关税减免。他得知后立即向江苏检验检疫局发信，并随信附上了购货发票。我国签证人员核实无误后，给他补签了 Form A 产地证书。

5. 减免关税——按照给惠国的规定，出国展品不受受惠产品范围的限制，只要在普惠制产地证书上注明是展品，就可享受的优惠待遇。江苏省外贸局曾组织各进出口公司参加在德国汉堡举办的国际博览会，有关公司对参展品都申领了普惠制产地证书，在德国报关时都获得了关税减免。唯有土产公司参展的一批地毯，没有办理普惠制产地证书，需交纳关税后才能入境参展。有关人员立刻急电国内申请补办了普惠制产地证书，在德国海关获得了原先交纳的 1 500 马克的退税。

6. 加速国产化——深圳中华自行车有限公司在深圳检验检疫局的帮助下，从原来进口零部件，改从江苏、广东、浙江的几家工厂采购十多种零部件，并在深圳建成了三角架、前叉的生产线，使产品的国产成分超过了 50%，将不符合给惠国原产地标准的自行车，变为符合原产地标准的自行车，获得了普惠制优惠待遇。（资料来源：新浪网）

学习情境 6　非关税措施

【学习目标】

能力目标：能够结合实际解释当前各国主要推行的非关税壁垒措施，并能针对我国外贸企业遇到的非关税措施提供解决的建议。

知识目标：掌握非关税措施的常见类别及不同类别的含义和影响。

【工作任务】

搜集我国主要贸易伙伴美国、欧盟及亚洲主要国家对我国主要出口商品实施非关税壁垒的具体情况及相关资料，并以小组为单位讨论这些非关税措施对我国的影响。

【知识结构图】

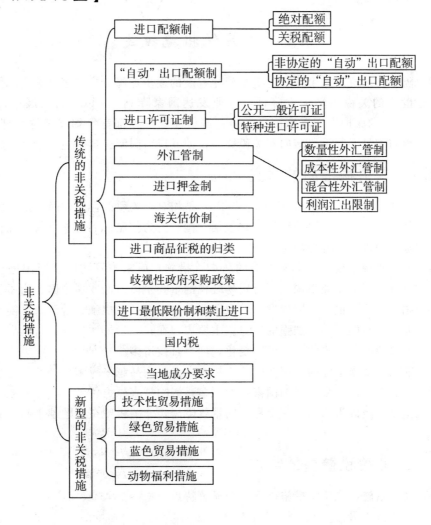

【引导问题】

在全球各国关税水平大幅降低，保护作用不断趋弱的背景下，面对新的经济金融危机，一些国家为拉动就业、促进国内主导产业发展，纷纷通过扩大出口、抑制进口来实现复苏，他们通常采取本币贬值、财政补贴、实施更严格的贸易限制和保护等非关税措施来保护本国产品与市场，非关税壁垒成为贸易保护的主要手段，成为阻碍世界经贸复苏的重大威胁。在 2009 年前 9 个月，国外对中国出口产品启动了 20 起反补贴调查、7 起特保调查、近百起贸易救济调查，涉案总额超过百亿美元，中国已连续三年成为全球反补贴调查最多的国家。而哥本哈根会议将强化碳减排的国际责任，碳关税也将由此变为贸易保护主义最新和最有效的武器，对我国出口环境十分不利。2010 年世界主要经济体将为抢占新一轮经济技术制高点加剧竞争，贸易保护主义也愈演愈烈。面对这种新的贸易保护特点，我国企业该如何应对……

问：非关税措施为何会成为新贸易保护主义最有效的武器？

【知识总汇】

6.1　非关税措施概述

战后，随着国际贸易自由化和经济全球化程度的逐步加深，历经多次关贸总协定的减税谈判，全世界的关税水平大大降低，工业发达国家降到 5% 以下，发展中国家降至 0%～13%，关税的保护作用逐渐削弱，但各国所面临的外部竞争却越来越激烈。为此，许多国家纷纷将贸易限制手段转向非关税壁垒，使其成为限制进口的主要措施。

6.1.1　非关税措施的含义

非关税壁垒（Non-Tariff Barriers，NTBs）是相对于关税而言的，简单来讲就是指除关税措施以外的一切限制进口的措施。它包括一国政府为控制本国对外贸易，保护本国利益而采取的除关税以外的各种法律、法规和行政性措施。

最初，非关税壁垒仅作为限制进口的防御性措施，后来被发达国家用作进行贸易谈判，迫使对方让步，对发展中国家实行贸易歧视的重要手段。而发展中国家为了发展民族经济，保护国内工业，也在不同程度上采取了非关税的保护性措施。近年来，随着各国竞争的加剧，非关税措施有不断加强的趋势。主要表现在：

第一，非关税壁垒措施的形式不断变化，项目日益增多。

第二，非关税壁垒措施的适用范围不断扩大，受限商品越来越多。

第三，受到非关税壁垒限制的国家日益增多，影响越来越大。

非关税措施已经成为当前国际贸易中的重要障碍，非关税壁垒问题越来越引起世界各国的普遍关注。

6.1.2　非关税壁垒的特点

相对于关税措施，非关税措施以下几个显著特点：

1. 非关税措施更灵活、更有针对性

关税的制定，往往要通过一定的立法程序，要调整或更改税率，也需要一定的法律程

序和手续，因此关税具有一定的延续性。而且其还受到最惠国待遇条款等双边、多边贸易条约的约束，在需要紧急限制进口时往往难以适应。而非关税壁垒措施的制定与实施，通常采用行政程序，制定手续简便，能随时针对某国的某种商品采取或更换相应的限制进口措施，较快地达到限制进口的目的

2. 非关税措施限制进口贸易的作用更直接

关税措施是通过征收高额关税来提高进口商品成本和价格，削弱其竞争能力，间接达到限制商品进口的目的。而一些非关税措施如进口配额等预先规定进口的数量和金额，超过限额就直接禁止进口，这样就能把超额的商品直接拒之门外，比起关税的限制作用更显著。

3. 非关税措施更隐蔽，更难以防范

关税措施，包括税率的确定和征收办法都是透明的，出口商可以比较容易获得有关信息，及早应对。而非关税措施往往不公开，或者规定极为烦琐复杂的标准和手续，美其名曰是为了保护环境和国民身体健康，披上合法合理的外衣，赢得消费者的支持，使得出口商难以在短时间内找到好的应对之策。

4. 非关税措施便于对不同国家实施差别待遇

关税措施往往要受到双边关系和国际多边贸易协定的制约，而非关税措施可以针对个别国家个别商品制订，实施差别待遇，因此，歧视性更强。

6.2　传统的非关税措施

6.2.1　进口配额制

进口配额制（Import Quotas）又称进口限额，是一国政府在一定期限（一般为一年）内对某些商品的进口数量或金额规定一个限额，超出限额即不准进口或征收高额关税。它是进口国实施数量限制的主要手段之一。

进口配额可分为绝对配额和关税配额两种类型，如图 6-1 所示。

1. 绝对配额

绝对配额（Absolute Quotas），即在一定时期内，对某些商品的进口数量或金额规定一个最高限额，达到这个数额后，便不准进口。如美国规定，我国每年出口到美国的纺织品是 100 万件粗纱，超过此数后，一件也不能进入美国，这就是绝对配额。现在世贸组织不允许使用绝对配额。绝对配额在具体实施过程中又有两种方式：

（1）全球配额（Global Quotas；Unallocated Quotas）又称总配额，是指对某种商品的进口规定一个总的限额，对来自任何国家或地区的商品一律适用。主管当局通常按进口商的申请先后或过去某一时期的进口实际额配给额度，直至总配额发放完为止，超过总配额就不许进口。

（2）国别配额（Country Quotas）是在总配额内按国别和地区分配给固定的配额，超过规定的配额便不准进口。实行国别配额可以使进口国家根据它与有关国家和地区的政治经济关系情况，分别给予不同的配额。

国别配额又分为单方面配额和协议配额。单方面配额又称自主配额，是由进口国单方

面规定在一定时期内从某个国家或地区进口某些商品的配额；协议配额是由进口国与出口国双方通过谈判达成协议规定的某种商品的进口配额。

如美国 2008 年共进口 100 万件粗纱，配额事先已经分好，中国承担 50%，俄罗斯承担 25%，墨西哥承担 25%，这是国别配额。如果美国进口同样的粗纱时，谁的价格低、质量好，美国就用谁的，就变成了全球配额。

2. 关税配额

关税配额（Tariff Quotas），即对商品的进口绝对数额不加限制，而对在一定时期内，在规定的配额以内的进口商品给予低税、减税或免税待遇，对超过配额的进口商品则征收较高的关税或附加税甚至罚款。如我国进口美国的大豆，会给美国一个绝对数量，在数量之内，给美国低关税；超过此数量之后还允许美国出口，但关税要提高。我国目前进口的大豆在配额之内关税是 4%，配额以外则为 47%。可见这种配额与征收关税直接结合起来了，具有一定的灵活性。

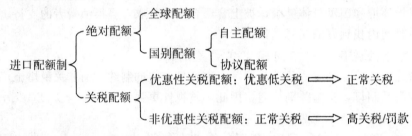

图 6-1　进口配额制

6.2.2 "自动"出口配额制

"自动"出口配额制（Voluntary Export Quotas）又称"自动"限制出口，是出口国家或地区迫于进口国的要求或压力，自己规定在一定时期内（一般为 3 年）某些商品对该国的出口限额，在规定的配额内自行控制出口。原来每年我国纺织品出口到美国，要有美国给我国的进口配额。2005 年 1 月 1 日之后，美国取消了对我国的进口配额，我国纺织品如潮水般涌入美国，美国和欧盟要求我国自己管理纺织品出口，进口配额就变成了"自动"出口配额。"自动"出口配额制有两种形式：

1. 非协定的"自动"出口配额

此类出口配额即不受国际协定的约束，而是出口国迫于进口国的压力，自行单方面规定出口配额，限制商品出口。这种配额有的是由政府有关机构规定配额，并予以公布，出口商必须向有关机构申请配额，领取出口授权书或出口许可证才能出口。有的是由本国大的出口厂商或协会"自动"控制出口。比如，1975 年，在日本政府的行政指导下，日本 6 大钢铁企业，将 1976 年对西欧的钢材出口量"自动"限制在 120 万吨以内，1977 年又限制在 122 万吨。

2. 协定的"自动"出口配额

此类出口配额即进出口双方通过谈判签订"自限协定"或"有秩序的销售协定"。在协定中规定有效期内的某些商品的出口配额，出口国应根据此配额实行出口许可证或出口配额签证制，自行限制这些商品的出口。进口国则根据海关统计进行检查，"自动"出口配额大多数属于这一种。目前最大的"自动"出口配额制是《多种纤维协议》。

知识拓展

法国战胜日本的"普瓦提埃之战"

日本录像机大量冲击法国市场：1981 年头 10 个月，进入法国的录像机每月清关 64 000 台。为了阻拦录像机进口，1982 年 10 月，法国政府下令所有进口录像机必须经过普瓦提埃海关办理清关手续。普瓦提埃是距离法国北部港口几百英里外的一个偏僻的内陆小镇，原来只有 4 个海关人员，后来增加到 8 人。日本录像机到达法国北部港口后，还要转用卡车运到普瓦提埃，并要办理繁杂的海关手续：所有的文件应为法文的，每一个集装箱必须开箱检查，每台录像机的原产地和序号要经过校对。这一措施出台后，每月清关的进口录像机不足 1 000 台。日本被迫实行对法国录像机出口的"自愿"出口限制。

分析提示：当日本录像机以每月清关 64 000 台冲击法国市场时，法国政府没有明确表态不准进口日本录像机，而是巧妙地改变清关的海关，这就增大了日本录像机的运输成本；由于普瓦提埃海关人手很少，再加上要办理繁杂的海关手续，使每月通过的清关量只有 1 000 台，这就延长了录像机的滞留时间和放慢了进入市场的速度，这必然增大了日本录像机的费用，使之无利可图。日本从经济利益考虑，自然会"自动"进行出口限制了。

6.2.3　进口许可证制

进口许可证制：是指进口国家规定某些商品进口必须事先领取许可证，才可进口，否则一律不准进口。例如，2002 年进口宝马 7 系列轿车的售价为 108 万～110 万元，其中就包括了 18 万～20 万元的许可证费。

1. 从进口许可证与进口配额的关系上划分

(1) 有定额的进口许可证。

国家有关机构预先规定有关商品的进口配额，然后在配额的限度内，根据进口商的申请对每一笔进口货物发给进口商一定数量或金额的进口许可证。如原西德对纺织品实行进口配额制，每年分 3 期公布配额数量，配额公布后，进口商可提出申请，获得进口许可证后即可进口。进口配额一旦用完，当局不再发给进口许可证。

(2) 无定额的进口许可证。

进口许可证不与进口配额相结合，国家有关政府机构预先不公布进口配额，有关商品的进口许可证只在个别考虑的基础上颁发。因为它是个别考虑的，没有公开的标准，因而给正常贸易带来更大的困难，起更大的限制进口的作用。

2. 按许可证有无限制划分

(1) 公开一般许可证。

公开一般许可证（Open General Licence）又称自动进口许可证，指凡是列入许可证项下的商品清单中的货物，进口商只要申请，就可进口。自动进口许可证通常用于统计目的，有时也用于监督目的，为政府提供可能损害国内工业的大量重要产品的进口情况。

(2) 特种进口许可证。

特种进口许可证（Specific Licence）也称非自动进口许可证，是指对列入特种进口许可证项下的商品，进口商必须向有关当局提出申请，经逐笔审核批准并发给许可证后，才能进口。通常情况下，非自动进口许可证是与数量限制结合使用的，即进口国主管当局或按照商品来源的国别和地区，或按进口商申请的先后，在总的进口限额中批准给予一定的额度，取得进口配额的进口商才能取得进口许可证，才能进口该类商品。

进口许可证制作为一种行政手段，具有简便易行、收效快、比关税保护手段更有力等特点，因而成为各国监督和管理进口贸易的有效手段。有的国家为了进一步阻碍商品进口，故意制定烦琐复杂的申领程序和手续，使得进口许可证制度成为一种拖延或限制进口的措施。

6.2.4　外汇管制

外汇管制（Foreign Exchange Control）也称外汇管理，是指一国政府通过法令对国际结算和外汇买卖加以限制，以平衡国际收支和维持本国货币汇价的一种制度。

负责外汇管理的通常是政府授权的中央银行、财政部或另设的其他专门机构，如外汇管理局。一般来说，实施外汇管理的国家，大多规定出口商必须把全部外汇收入按官方汇率结售给指定银行，而进口商只有得到管汇当局的批准，才能在指定银行购买一定数量的外汇。此外，外汇在该国禁止自由买卖，本国货币的携出入境也受到严格的限制。这样，政府就可以通过确定官方汇率、集中外汇收入、控制外汇支出、实行外汇分配等办法来控制进口商品的数量、品种和国别。例如，日本在分配外汇时趋向于鼓动进口高精尖产品和发明技术，而不是鼓励进口消费品。

外汇管制的方式较为复杂，一般可以分为以下几种：

1. 数量性外汇管制

外汇管理机构对外汇买卖的数量直接进行限制和分配。

2. 成本性外汇管制

外汇管理机构对外汇买卖实行复汇率制（System of Multiple Exchange Rates），利用外汇买卖成本的差异来间接影响不同商品的进出口，达到限制或鼓励某些商品进出口的目的。复汇率，也称多重汇率，是指一国货币对外汇率有两个或两个以上，分别适用于不同的进出口商品。

3. 混合性外汇管制

混合性外汇管制指同时采用数量性和成本性外汇管制，对外汇实行更为严格的控制，以影响商品进出口。

4. 利润汇出限制

国家对外国公司在本国经营获得的利润汇出加以管制。例如，德国对美国石油公司在德国赚钱后汇给其母公司的利润按累进税制征税，高达 60%。又比如有的国家通过拖延批准利润汇出时间表来限制利润汇出。

6.2.5　进口押金制

进口押金制（Advanced Deposit）进口商在进口商品时，必须预先按进口金额的一定比率和规定的时间，在指定的银行无息存入一笔现金，才能进口。这样就增加了进口商的资金负担，影响了资金的流转，从而起到限制进口的作用。

例如，第二次世界大战后意大利政府曾规定某些进口商品无论从任何一国进口，必须先向中央银行交纳相当于进口货值半数的现款押金，无息冻结 6 个月。据估计，这项措施相当于征收 5% 以上的进口附加税。

芬兰、新西兰、巴西等国也实行这种措施。巴西的进口押金制规定，进口商必须按进口商品船上交货价格交纳与合同金额相等的为期 360 天的存款，方能进口。

6.2.6　海关估价制

海关估价制（Customs Valuation）是指有些国家根据某些特殊规定，提高某些进口商品的海关估价，来增加进口商品的关税负担，阻碍商品的进口。用专断的海关估价来限制商品的进口，以美国最为突出。

知识拓展

长期以来，为防止外国商品与美国同类产品竞争，美国海关当局对煤焦油产品、胶底鞋类、蛤肉罐头、毛手套等商品，依"美国售价制"，即按照进口商品的外国价格（进口货在出口国国内销售市场的批发价）或出口价格（进口货在来源国市场供出口用的售价）两者之中较高的一种进行征税，使这些商品的进口税率大幅度地提高。例如，某种煤焦油产品的进口税率为从价 20%，它的进口价格为每磅 0.50 美元，应缴进口税每磅 0.10 美元。而这种商品的"美国售价"每磅为 1.00 美元，按同样税率，每磅应缴进口税为 0.20美元，其结果是实际的进口税率不是 20%，而是 40%，即增加了一倍。这就有效地限制了外国货的进口。"美国售价制"引起了其他国家的强烈反对，直到"东京回合"签订了《海关估价守则》后，美国才不得不废除这种制度。

乌拉圭回合达成了《海关估价协议》，该协议规定了主要以商品的成交价格为海关完税价格的新估价制度。其目的在于为签字国的海关提供一个公正、统一、中性的货物估价制度，不使海关估价成为国际贸易发展的障碍。这个协议规定了下列 6 种不同的依次采用的新估价法：

1. 进口商品的成交价格

"商品销售出口运往进口国的实际已付或应付的价格"，即进口商在正常情况下申报并在发票中所载明的价格。

2. 相同商品成交价格

与应估商品同时或几乎同时出口到同一进口国销售的相同商品的成交价格。相同商品指相同性质、质量和信誉的商品。当发现两个以上相同商品的成交价格时，应采用其中最低者来确定应估商品的关税价格。

3. 类似商品的成交价格

与应估商品同时或几乎同时出口到同一进口国销售的类似商品的成交价格。所谓类似商品是指与应估有相似的特征，使用同样的材料制造，具备同样的效用，在商业上可以互换的货物。

4. 倒扣法

以进口商品，或同类或类似进口商品在国内的销售价格为基础减去有关的税费（如代销佣金、销售的利润和一般费用，进口国内的运费、保险金、进口关税和国内税等）后所得的价格。倒扣法主要适用于寄售、代销性质的进口商品。

5. 计算价格法

计算价格法又称估算价格法，是以制造该种进口商品的原材料、部件、生产费用、运输和保险费用等成本费以及销售进口商品所发生的利润和一般费用为基础进行估算的完税价格。这种方法必须以进口商能否提供有关资料和单据，并保存所有必要的帐册等为条件，否则海关就不能采用这种办法确定其完税价格。这种估价方法一般适用于买卖双方有业务联系关系的进口商品。

6. 合理办法

如果上述各种办法都不能确定商品的海关估价，便使用第6种办法，即海关在确定应税商品的完税价格时，只要不违背协议的估价原理和总协定第7条的规定，并根据进口商品的现有资料，任何视为合理的估价办法都可行。

6.2.7 进口商品征税的归类

在海关税率已定的情况下，税额大小除取决于海关估价外，还取决于征税产品的归类。海关将进口商品归在哪一税号下征收关税，具有一定的灵活性。进口商品的具体税号必须在海关现场决定，在税率上一般就高不就低。这就增加了进口商品的税收负担和不确定性，从而起到限制进口的作用。例如，美国对一般打字机进口不征收关税，但如归为玩具打字机，则要征收35％的进口关税。

6.2.8 歧视性政府采购政策

歧视性政府采购是指国家制定法令，规定政府机构在采购时要优先购买本国产品的做法。歧视性的公共采购是一国政府根据国家有关法律制度，给予国内供应商优先获得政府采购订单的一种非关税壁垒措施。国际社会对此提出了一些约束措施，但在具体执行时，尚有许多困难。

6.2.9 进口最低限价制和禁止进口

进口最低限价制是指一国政府规定某种进口商品的最低价格，凡进口货价低于规定的最低价格则征收进口附加税或者禁止进口。

例如，1985年智利对绸坯布进口规定每公斤的最低限价为52美元，低于此限价，将征收进口附加税。

知识拓展

20世纪70年代，美国为了抵制欧洲国家和日本等国的低价钢材和钢制品进口，于1977年对这些产品进口实行所谓"启动价格制"（Trigger Price Mechanism，TPM）。这种价格制也是一种进口最低限价制。它规定了进口到美国的所有钢材和部分钢制品制定最低限价，当商品进口价格低于启动价格时，进口商必须对价格进行调整，否则就要接受调查，并有可能被裁决为倾销，征收反倾销税。

6.2.10 国内税

国内税（Internal Taxes）是指一国政府对本国境内生产、销售、使用或消费的物品所征收的各种捐税，如周转税、零售税、消费税、营业税等。在征收国内税时，对国内外产品实行不同的征税方法和税率，以增加进口商品纳税负担，削弱其与国内产品竞争的能力，从而达到限制进口的目的。例如，法国对引擎为 5 匹马力的汽车每年征收养路税 12.15 美元，对于引擎为 16 匹马力的汽车每年征收养路税高达 30 美元，当时法国生产的最大型汽车为 12 匹马力。

6.2.11　当地成分要求

实行当地成分要求是东道国政府迫使外国企业多购买本国产品而常采用的一种策略，以便为本国工业开拓市场销路。一些国家的政府对原材料、机器和零部件的进口有选择地实行限制。北美自由贸易区要求成员国的汽车当地含量至少为 62%，欧洲对装配企业的要求是本地含量达到 45%。

6.3　新型的非关税措施

6.3.1　技术性贸易措施

严格的技术标准，复杂的质量认证，名目繁多的在包装、标志、卫生及环保等方面的要求构成了目前国际贸易的主要壁垒，其中，技术性贸易措施在各种非关税措施中所占比重已升至 60% 左右，若将与其有关的其他限制性贸易措施考虑进来，这一比重则高达 80%。

1. 技术性贸易措施的概念

技术性贸易措施（Technical Barriers to Trade，TBT）是现代国际贸易中商品进口国在实施贸易进口管制时，通过颁布法律、法规，建立技术标准、认证制度、检验制度等方式，对外国进口商品制定过分严格的技术标准、卫生标准、商品包装和标签标准，从而提高产品技术要求，增加进口难度，最终达到限制进口的目的。

技术性贸易中的标准和规定往往以维护生产、消费者安全和人民健康的理由而制定，有些规定十分复杂，而且经常变化，往往使外国产品难以适应，从而起到限制外国商品进口和销售的作用。

2. 技术性贸易措施的表现形式

（1）技术标准。

发达国家对于许多制成品规定了极为严格、烦琐的技术标准。进口商品必须符合这些标准才能进口，其中有些规定往往是针对某些国家的。这些技术标准不仅在条文本身上限制了外国产品的销售，而且在实施过程中也为外国产品的销售设置了重重障碍。

以英、日汽车争端为例，英国方面规定：日本输往英国的小汽车可由英国派人到日本进行检验，如发现有不符合英国的技术安全规定，可在日本检修或更换零件，比较方便。但日本方面规定：英国输往日本的小汽车运到日本后，必须有日本人进行检验，如不合规定，则要英方由日本雇员进行检修。这就费时费工，加上日本有关技术标准公布迟缓，给英国小汽车输往日本带来了更大的困难。

（2）卫生检疫规定。

发达国家广泛地利用卫生检疫的规定限制商品的进口。它们对于要求卫生检疫的商品越来越多，卫生检疫规定越来越严。

例如，花生：日本、加拿大、英国等要求花生黄曲霉素含量不超过百万分之二十，花生酱不超过百万分之十，超过者不准进口。茶叶：日本对茶叶农药残留量规定不超过百万分之零点二至零点五。陶瓷制品：美国、加拿大规定含铅量不得超过百万分之七。澳大利亚规定的含铅量不得超过百万分之二十。

（3）商品包装和标签的规定。

许多国家对于在国内市场上销售的商品，规定了种种包装和标签条例。这些规定内容复杂，手续麻烦。进口商必须符合这些规定，否则不准进口或禁止在其市场上销售。

例如：根据欧盟的标签条例规定：标签上的内容必须与罐头里的内容物一致，而加拿大制造的贴有沙丁鱼标签的罐头，其内容物是鲱鱼，因此不符合欧盟的要求，被拒绝入境。

知识拓展

中国酱油遭遇欧盟高门槛

我国目前每年向欧盟出口酱油1.6万吨，产值800多万美元。美国、日本等国已经明确指认"氯丙醇4种异构体对人体可产生不同程度的致癌效应"。根据欧盟会员国的国家检查三氯丙醇含量在40%的干重的情况下，要求每千克酱油中三氯丙醇含量不超过0.02毫克的标准，1999年10月，欧盟对中国出口的部分酱油进行抽查，发现中国酱油氯丙醇严重超标，随即全面禁止了中国酱油进口经中国出入境检验检疫局检验证实，酿造的酱油不存在氯丙醇问题，只有配制酱油中才可能含有氯丙醇。

2001年5月12日欧盟代表团将来中国对14家生产的酱油进行抽查，其中有13家广式酱油都是配制生产的，只有河北石家庄珍极酿造集团有限责任公司的酱油是酿造的。配制酱油占我国出口量的50%，配制的酱油则不可避免地和氯丙醇挂上钩，氯丙醇超标就会使我国的酱油在欧洲市场被判死刑，几百万美元的市场份额将从此失去。

试问：中国配制酱油生产厂家该怎么办？

分析提示：（1）配制生产酱油的厂家要千方百计地把三氯丙醇的含量降到符合欧盟制定的标准；（2）如果配制酱油的三氯丙醇的含量无法降到达标的程度，若想出口欧盟市场，就必须将配制生产改为酿造生产；（3）配制酱油不向欧盟市场出口，扩大酿造酱油出口欧盟市场的量。

6.3.2 绿色贸易措施

1. 绿色贸易措施的含义

绿色贸易措施（Green Barriers to Trade，GBT）又称环境壁垒，是指一种以保护有限资源、环境和人民健康为名，通过立法或制定严格的强制性环保标准，对国外商品进行准入限制的贸易壁垒。这种环保措施由于看起来合理合法，容易为公众和世界各国认可，成为当前国际贸易中最有影响力的保护性措施。

2. 绿色贸易措施的表现形式

（1）绿色关税和市场准入。

发达国家以保护环境为名，对一些污染环境，影响生态环境的进口产品征收进口附加税、或者限制、禁止其进口，甚至实行贸易制裁。例如：1994 年美国环保署规定，进口汽油中硫、苯等有害物质必须低于有关标准，否则禁止进口。

（2）绿色技术标准。

一些国家在保护环境的名义下，通过立法手段，制定严格的强制性环保技术标准，限制国外商品进口。这些标准都是根据发达国家生产和技术水平制定的，对于发达国家来说，是可以达到的，但对于发展中国家来说，是很难达到的，因而导致发展中国家的产品被排斥在发达国家市场之外。

例如，欧盟启动的 ISO 14000 环境管理系统，要求进入欧盟国家的产品从生产准备到制造、销售、作用以及最后处理阶段都要达到规定的技术标准。据有媒体报道，我国最近有 30 万件夹克衫遭欧盟退货，原因就是金属拉链含镍量超标。

（3）绿色环境标志。

环境标志也称绿色标志、生态标志。它由政府管理部门或民间团体按照严格的程序和环境标准颁发给厂商，附印于产品及包装上，以向消费者表明：该产品从研制、开发到生产、使用直至回收利用的整个过程均符合生态和环境保护要求。绿色标志产生的时间不长，但发展十分迅速，发展中国家的产品只有得到"绿色环境标志"才能进入发达国家市场，因而绿色标志又有"绿色通行证"之称。

从 1978 年德国率先推出"蓝色天使"计划以来，许多发达国家纷纷效仿，如：北欧四国的"白天鹅制度"、欧洲联盟的"EU 制度"、加拿大的"环境选择制度"、日本的"生态标志制度"等。环境标志制度对环境保护的独特作用是毋庸置疑的，但其也为构成贸易壁垒提供了可能。

（4）绿色包装制度。

要求使用的商品包装必须能够回收再用或再生，易于自然分解，不污染环境。

目前，世界各国在环保包装方面采取的措施主要有：以立法形式规定啤酒、软性饮料和矿泉水一律使用可循环使用的容器，制定强制包装再循环或利用的法律，如日本的"再利用法"、"新废弃物处理法"等。

（5）绿色卫生检疫制度。

绿色贸易措施有很多是针对有毒有害物质的含量而设置的，为了达到限制进口的目的，进口国政府不惜耗费重力研究制定整套严密的检验制度和烦琐的检验程序，利用其先进的检验设备和条件对进口货物实施检验，使进口货物难以通过。

例如，中国出口到韩国的活鱼，就遭到长达 45 天的批批检验待遇，致使大量的活鱼死在码头，几乎无法再出口。

（6）绿色补贴。

一国怀疑进口产品的低价是由于接受了来自于出口国政府的环境补贴或未将生产过程中的环境成本内在化，对进口商品采取的一种限制措施或给予相应的制裁。

例如，发展中国家绝大部分企业本身无力承担治理环境污染的费用，政府有时只能为此给予一定的环境补贴，而发达国家则以这种"补贴"违反关贸总协定和世界贸易组织的规定为由，限制发展中国家向发达国家进口。

6.3.3 蓝色贸易措施

1. 蓝色贸易措施的含义

蓝色贸易措施（Blue Barriers）是指以劳动者劳动环境和生存权利为借口采取的贸易保护措施。蓝色贸易措施由社会条款（包括各种国际公约中有关社会保障、劳动者待遇、劳工权利、劳动技术标准等条款）构成，其核心是 SA 8000 标准，包括核心劳工标准（涉及童工、强迫性劳动、自由权、歧视、惩戒性措施等内容）、工时与工资、健康与安全、管理系统等方面。SA 8000 标准强调企业在赚取利润的同时，要承担保护劳工人权的社会责任。

社会条款的提出是为了保护劳动者的权益，本来不是什么贸易壁垒，但被贸易保护主义者利用为削弱或限制发展中国家企业产品低成本而成为变相的贸易限制措施。

2. 蓝色贸易措施的主要表现形式

（1）对违反国际公认劳工标准的国家的产品征收附加税。

（2）限制或禁止严重违反基本劳工标准的产品出口。

例如，2002 年 9 月，广东省中山市一家鞋厂因没有达到当地法律规定的最低工资标准，曾被客户停单两个月进行整顿。同年 7 月，因发生女工中毒事件，一家台资鞋厂曾一度陷入全部撤单的困境。

（3）以劳工标准为由实施贸易制裁。

（4）跨国公司的工厂审核（客户验厂）。

在劳工标准方面，据美国商会组织调查，目前有 50% 的跨国公司和外贸企业表示，如果 SA 8000 标准实施，将重新与中国企业签订新的采购合同。

（5）社会责任工厂认证。

（6）社会责任产品标志计划。

知识拓展

1997 年，总部设在美国的社会责任国际组织（SAI：Social Accountability International）发起并联合欧美跨国公司和其他国际组织，制定了 SA 8000 社会责任国际标准。它是全球首个道德规范国际标准。其宗旨是确保供应商所供应的产品皆符合社会责任标准的要求。SA 8000 标准适用于世界各地、任何行业、不同规模的公司。其依据与 ISO 9000 质量管理体系及 ISO 14000 环境管理体系一样，是一套可被第三方认证机构审核之国际标准。其主要内容包括：

1. 童工。公司不应使用或者支持使用童工，应与其他人员或利益团体采取必要的措施确保儿童和应受当地义务教育的青少年的教育，不得将其置于不安全或不健康的工作环境或条件下。

2. 强迫性劳动。公司不得使用或支持使用强迫性劳动，也不得要求员工在受雇起始时交纳"押金"或寄存身份证件。

3. 健康与安全。公司应具备避免各种工业与特定危害的知识，为员工提供健康、安全的工作环境，采取足够的措施，最大限度地降低工作中的危害隐患，尽量防止意外或伤害的发生；为所有员工提供安全卫生的生活环境，包括干净的浴室、厕所、可饮用的水；洁净安全的宿舍；卫生的食品存储设备等。

4. 结社自由和集体谈判权。公司应尊重所有员工自由组建和参加工会以及集体谈判的权利。

5. 歧视。公司不得因种族、社会等级、国籍、宗教、身体、残疾、性别、性取向、工会会员、政治归属或年龄等而对员工在聘用、报酬、培训机会、升迁、解职或退休等方面有歧视行为；公司不干涉员工行使信仰和风俗的权利和满足涉及种族、社会阶层、国籍、宗教、残疾、性别、性取向、工会会员和政治从属需要的权利；公司不能允许强迫性、虐待性或剥削性的性侵扰行为，包括姿势、语言和身体的接触。

6. 惩戒性措施。公司不得从事或支持体罚、精神或肉体胁迫以及言语侮辱。不得经常超过 48 小时，同时，员工每 7 天至少有一天休息时间。所有加班工作应支付额外津贴，任何情况下每员工每周加班时间不得超过 12 小时，且所有加班必须是自愿的。

7. 工资报酬。公司支付给员工的工资不应低于法律或行业的最低标准，并且必须足以满足员工的基本需求，以及提供一些可随意支配的收入并以员工方便的形式如现金或支票支付；对工资的扣除不能是惩罚性的，并应保证定期向员工清楚详细地列明工资、待遇构成；应保证不采取纯劳务性质的合约安排或虚假的学徒工制度以规避有关法律所规定的对员工应尽的义务。

8. 管理系统。高层管理阶层应根据本标准制定公开透明、各个层面都能了解并实施的符合社会责任与劳工条件的公司政策，要对此进行定期审核；委派专职的资深管理代表具体负责，同时让非管理阶层自选出代表与其沟通；建立并维持适当的程序，证明所选择的供应商与分包商符合本标准的规定。

6.3.4 动物福利措施

1. 动物福利措施的含义

动物福利措施是指在国际贸易活动中，一国将动物福利与国际贸易紧密挂钩，以保护动物或维护动物福利为由，制定一系列措施以限制甚至拒绝外国货物进口，从而达到保护本国产品和市场的目的。

如 2002 年乌克兰曾经有一批生猪经过 60 多个小时的长途跋涉运抵法国却被法国有关部门拒收，理由是运输过程没有考虑到猪的福利，中途未按规定时间休息。

2. 动物福利标准的内容

动物福利（Animal Welfare）是 1976 年美国人休斯（Hughes）提出的，强调人们应该合理、人道地利用动物，要尽量保证那些为人类做出贡献和牺牲的动物，享有最基本的权利，即要求在动物的饲养、运输和屠宰过程中，要尽可能减少其痛苦，不得虐待动物。

例如，早在 1974 年，欧盟对猪的福利规定如下：小猪出生要吃母乳；要睡在干燥的稻草上；拥有拱食泥土的权利；运输车须清洁并在途中按时喂食和供水，运输中要按时休息，运输超过 8 小时就要休息 24 小时；杀猪要快，须用电击且不被其他猪看到，要等猪完全昏迷后才能放血分割等等。

在 2004 年 3 月的世界卫生组织巴黎会议上，学者们将动物福利标准归纳为五个方面：
（1）生理福利。生理福利是指为动物提供充足清洁的饮水和保持健康所需的饲料，让动物无饥渴之忧虑。

（2）环境福利。环境福利是指为动物提供适当的居所，使其能够舒适地休息和睡眠。

（3）卫生福利。卫生福利是指为动物做好防疫和诊治，减少动物的伤病之苦。

（4）行为福利。行为福利是指为动物提供足够的空间，适当的设施，保证动物表达天性的自由。

（5）心理福利。心理福利是指减少动物免遭各种恐惧和焦虑的心情（包括宰杀过程）。

知识拓展

警惕动物福利成为农产品出口壁垒

2002 年 10 月 17 日，瑞典电视 4 台播放的《冷酷事实》展现了中国东北地区"虐待"动物，引起了瑞典社会的"极大反响"。瑞典议会议员要求中国立即制止这种不"人道"对待动物的方式，并就保护动物问题立法。一些动物组织的保护人士称将要求政府抵制进口中国相关产品。而在 2004 年哈尔滨经贸洽谈会上，欧盟国家的一个畜牧产品进口贸易商来到黑龙江正大实业公司，准备购买大量的活体肉鸡，但由于肉鸡未达到欧盟规定动物福利"标准"，一笔上亿元的肉鸡产品生意最终在所谓"不够宽敞舒适"的鸡舍旁流产。专家称这就是畜产品贸易中的"动物福利壁垒措施"。哈洽会期间，作为我国目前最大的畜产品出口商——黑龙江省正大实业有限公司，其出口畜产品，成为日本免检产品，在此次洽谈会上他们又再次获得了国外数千万元的订单。但其董事长姜鸿斌却不无担心地说，我们的畜产品刚刚打破了绿色贸易壁垒，应对动物福利壁垒刻不容缓。据了解，黑龙江省乃至全国的农业大省都在加快农业结构调整步伐，发展禽畜养殖已被各级政府确定为农产品出口的一个重大突破方向，我国禽畜产品出口将如何面对绿色贸易壁垒和动物福利壁垒？

分析提示：（1）各国对于环保和动物福利方面的标准有哪些？（2）我国禽畜产品在环保、动物福利方面的做法有哪些不足？（3）如何不断改善我国畜禽产品质量与饲养标准以符合国际标准？

【基础知识训练】

一、单项选择题

1. 某国政府规定，1998 年从中国进口布鞋不得超过 150 万双，这种限制措施属于（　　）。

    A. 关税配额　　　　B. 国别配额　　　　C. 全球配额

2. "自动"出口配额制实施的目的是（　　）。

    A. 为了维护出口国的利益

    B. 为了维护进口国的利益

    C. 为了维护世界贸易组织制定的自由贸易原则

3. 发达国家制定种种复杂苛刻的进口技术标准之所以能够有效限制进口，是因为（　　）。

    A. 各出口国技术标准不一，因此需要统一标准

    B. 外国产品不易达到其技术标准

C. 其技术标准是保密的

4. 法国对引擎为 5 马力的汽车每年征收养路税 12 美元，而对于引擎为 16 马力的汽车每年征收养路税高达 30 美元，当时法国生产的最大型的汽车为 12 马力，这种限制进口的措施属于（　　）。

　　A. 歧视性政府采购　　B. 歧视性国内税　　C. 专断性的海关估价

5. 日本政府曾对茶叶的农药残留量规定不得超过 $0.2\% \sim 0.6\%$，这种规定属于（　　）。

　　A. 技术标准　　　　　　B. 歧视性国内税　　　C. 卫生检疫标准

6. 进口配额制中的全球配额的分配原则是（　　）。

　　A. 按国别分配　　　　　B. 按申请先后分配　　C. 按申请先后也按国别地区分配

7. 利用海关估价限制进口的措施是指高估进口商品的（　　）。

　　A. 进口价格　　　　　　B. 入门价格　　　　　C. 国内价格

8. 歧视性政府采购是非关税措施的一种形式，其歧视的对象是（　　）。

　　A. 本国产品　　　　　　B. 外国产品　　　　　　C. 非世界贸易组织成员国的产品

9. 通过货币贬值来促进出口或抑制进口的措施称为（　　）。

　　A. 商品倾销　　　　　　B. 复汇率制度　　　　　C. 外汇倾销

10. 一国采取非关税壁垒措施限制进口，将导致进口国的国内价格（　　）。

　　A. 上涨　　　　　　　　B. 下降　　　　　　　　C. 不变

二、多项选择题

1. 非关税壁垒与关税相比较其特点有（　　）。

　　A. 灵活性　　　　　B. 针对性　　　　　C. 歧视性　　　　　D. 非歧视性

　　E. 隐蔽性

2. 美国药品食品管理局通过法规，规定进口中草药必须向该局申请许可，并通过严格的动物实验和临床人体实验，其过程长达数年并耗资上百万美元，这种限制进口的措施属于（　　）。

　　A. 关税壁垒　　　B. 非关税壁垒　　C. 歧视性政府采购

　　D. 进口许可证制　　E. 复杂苛刻的技术标准

3. 日本在进口我国的奶酪、肉类等食品时规定进口商必须先向日本国内有关部门申请进口许可，而且所进口的食品上的标签必须注明有关化学合成添加剂和非化学合成添加剂的内容，这种限制进口的措施属于（　　）。

　　A. 关税壁垒　　　B. 非关税壁垒　　C. 进口许可证　　D. 技术壁垒

　　E. 歧视性政府采购

4. 属于非关税壁垒措施的有（　　）。

　　A. 国内税　　　　B. 海关估计制度　　C. 普惠税　　　　D. 外汇管制

　　E. 动物福利

5. 美国政府为保护国内市场，规定 1994 年进口蜂蜜限额为 8 500 吨，并将此限额通过许可证分配出口，海关凭许可证查验放行，没有许可证不准进口，这是一种（　　）。

　　A. 进口许可证制度　　　　　　　　　B. 有定额进口许可证制度

C. 无定额进口许可证制度   D. 公开一般进口许可证制度

E. 特种进口许可证制度

6. 直接对进口起限制作用的非关税措施有（　　　）。

A. 进口配额制   B. "自动"出口配额制

C. 进口许可证制   D. 海关估价制

E. 国内税

7. 新型的非关税措施包括（　　　）。

A. 技术性贸易措施   B. 绿色贸易措施

C. 蓝色贸易措施   D. 动物福利措施

E. 国内税

8. 技术性贸易措施包括（　　　）。

A. 技术标准   B. 商品包装和标签规定

C. 卫生检疫   D. 绿色标志

E. 职工权利标准

9. 绿色贸易措施包括（　　　）。

A. 绿色环境标志 B. 绿色卫生检疫 C. 绿色包装 D. 绿色补贴

E. 绿色技术标准

10. 蓝色贸易措施包括（　　　）。

A. 劳工标准 B. 工时与工资 C. 健康与安全 D. 社会责任

E. 技术培训

【技能训练】

训练 1

要求：阅读案例，针对案例的背景资料，对周边的纺织服装企业进行调查，并进一步搜集相关的资料，提出我国纺织服装企业应对技术性贸易壁垒的相应对策。

案例：德国及欧盟禁止在纺织品中使用偶氮染料对我国服装出口的影响

随着全球纺织品配额的取消，发达国家更多地通过采取技术性贸易壁垒，颁布相关法令、制定严格的技本标准以达到保护消费者生命安全和限制进口的强的。

1994 年 7 月 15 日，德国联邦政府正式颁布法令，明确规定禁止生产和进口使用偶氮染料（这种染料可能被还原成 20 种对人体或动植物有致癌作用的芳香胺）的纺织品及其他日用消费品。接着，日本、法国、捷克、奥地利、荷兰等国也要求进口的纺织品和服装不使用偶氮染料。1999 年，欧盟委员会为了统一欧盟各成员国关于限制偶氮类染料使用的法规，提出了《关于禁止使用偶氮类染料指令》的立法建议，并于 2002 年 9 月 11 日正式公布。该指令主要禁止纺织品、服装和皮革制品生产使用偶氮染料，禁止使用偶氮染料且直接接触人体的纺织品、服装和皮革制品在欧盟市场销售，禁止这类商品从第三国进口。2004 年，欧盟又公布了有关有害偶氮染料测试方法的三项欧洲标准，作为实施上述指令的配套文件。欧盟各国必须采用这些标准检验进口纺织品及皮革制品，以及含有纺织品和皮革产品的其他产品（如玩具等）是否含有被禁的偶氮染料。欧盟该指令的颁布—我国纺织品出口产生了重大影响，使我国纺织品、服装的出口市场大大缩小。上海巢服装集

团对德国出口的内衣，因含有偶氮染料而被迫终止出口，减少外销额 500 万欧元。（资料来源：《环境保护法典型案例》）

训练 2

要求：阅读资料，了解 SA 8000 标准实施情况，深入企业调查，编制 SA 8000 调查表，拟写 "SA 8000 双重影响" 小论文。

资料：SA 8000 的实施情况

1. 全球实施情况

截至 2002 年 8 月 26 日，全世界共有 27 个国家的 150 家组织获得了 SA 8000 认证证书。这 150 家组织涉及 28 个行业，主要包括服装、纺织、玩具、化妆品、家用器皿、化工、食品等。这些组织中既有生产型企业、专业的贸易公司，也有提供咨询服务的机构以及政府部门。从企业的经营范围看，包括设计、研发、生产、加工、销售、安装、服务等各个方面。

从获证组织的洲际分布看：亚洲最多，有 14 个国家的 92 个组织，占总量的 61.3%；欧洲有 11 个国家的 43 个组织，占 28.7%；南美洲有 12 个组织（均在巴西），占 8%；北美洲有 2 个（均在美国），占 1.3%；非洲仅南非有 1 个，占 0.7%。

从获证组织的国别分布看，中国最多，10 个行业的 34 个组织获得认证，占总数的 22.7%；其次是意大利，14 个行业的 25 家组织获得认证，占 16.7%；印度位居第三，6 个行业的 14 家组织获得认证，占 9.3%。值得注意的是，欧美等在劳工标准方面呼声最高的发达国家获得认证的组织并不多，而中国、印度、巴西等发展中国家获得此项认证的组织占绝大多数比例。

截至 2003 年 8 月，全世界共有 36 个国家的 259 家企业组织获得了 SA 8000 认证证书。这 259 家组织涉及 35 个行业。

2. 中国实施情况

截至 2002 年 8 月 26 日，我国共有 34 家企业通过了 SA 8000 认证。这些企业主要分布在东南沿海贸易较发达的省份，其中广东最多，有 21 家，占我国通过认证的企业总量的 61.8%。

从获证企业的行业分布看，玩具行业最多，有 11 家企业，占总量的 32.4%；其次是服装行业，有 9 家企业，占总量的 26.5%；珠宝、钟表行业有 3 家，占总量的 8.8%；各种箱包、家用器皿、纺织品和房地产行业各有 2 家；电子、鞋类和包装行业分别有 1 家企业。获证企业以生产型企业为主。

截至 2003 年 8 月，全国通过 SA 8000 认证的 40 多家企业组织中，珠三角就占了 30 多家。

3. 受 SA 8000 影响的案例

2002 年 9 月，广东省中山市一家鞋厂因没有达到当地法律规定的最低工资标准，曾被客户停单两个月进行整顿。同年 7 月，因发生女工中毒事件，一家台资鞋厂曾一度陷入全部撤单的困境。（资料来源：中认网）

学习情境 7 鼓励出口措施

【学习目标】

能力目标：能够结合实际解释当前各国主要采用的鼓励出口措施，并根据各国的出口管理政策，特别是我国的出口管理政策为企业更好地做好出口贸易工作提供建议。

知识目标：掌握世界各国为鼓励出口而采取的措施，包括各种措施的含义、特点、形式和内容，了解经济特区的类型，理解我国的经济特区的特点。

【工作任务】

1. 借助实训室网络平台，搜集我国近 5 年利用出口信贷和出口信用保险促进产品出口的资料，分析这两种措施对我国出口贸易的作用。

2. 选择一个国家级的出口加工区，调查其实施的政策措施，并分析其对出口的鼓励作用。

【知识结构图】

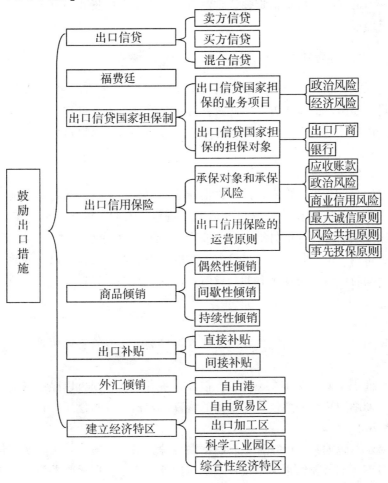

【引导问题】

1. 改革开放以来，中国大力发展对外贸易，我国采取了哪些措施鼓励出口？其作用机制是什么？

2. 中国建立经济特区的目的是什么？有什么特点？其作用如何？

【知识总汇】

鼓励出口的措施是指出口国家的政府通过经济、行政和组织等方面的措施，包括出口信贷、出口信贷国家担保制、出口补贴、经济特区等措施，以促进本国商品的出口，开拓和扩大国外市场。

出口鼓励措施主要有：出口信贷、出口信贷国家担保、出口补贴、商品倾销、外汇倾销等。

7.1 出口信贷

出口信贷（Export Credit）：是一个国家为了鼓励大型设备的出口，增强商品的竞争能力，通过本国出口信贷机构对本国出口商（卖方）或国外进口商或进口方银行（买方）提供的优惠利率的贷款。出口信贷按贷款对象可分为卖方信贷和买方信贷。目前在国际还存在混合信贷的形式。

7.1.1 卖方信贷

卖方信贷（Supplier's Credit）就是出口国银行向本国出口商提供的用于支持出口的优惠利率的贷款。出口商（卖方）以此贷款为垫付资金，允许进口商（买方）赊购自己的产品和设备。出口商（卖方）一般将利息等资金成本费用计入出口货价中，将贷款成本转移给进口商（买方）。

1. 卖方信贷是一种商业信用

卖方信贷实际上是出口厂商由出口方银行取得中、长期贷款后，再向进口方提供的一种商业信用。一般做法是在签订出口合同后，进口方支付 5％～10％ 的定金，在分批交货、验收和保证期满时再分期付给 10％～15％ 的货款，其余的 75％～85％ 的货款，则由出口厂商在设备制造或交货期间向出口方银行取得中、长期贷款，以便周转。在进口商按合同规定的延期付款时间付讫余款和利息时，出口厂商再向出口方银行偿还所借款项和应付的利息。

2. 程序

（1）出口商（卖方）以延期付款的方式与进口商（买方）签订贸易合同，出口大型机械设备。

（2）出口商（卖方）向所在地的银行借款，签订贷款合同，以融通资金。

（3）进口商随同利息分期偿还出口商的货款后，出口商再偿还银行贷款。

3. 特点和优势

（1）相对于打包放款、出口押汇、票据贴现等贸易融资方式，出口卖方信贷主要用于解决本国出口商延期付款销售大型设备或承包国外工程项目所面临的资金周转困难，是一种中长期贷款，通常贷款金额大，贷款期限长。如中国进出口银行发放的出口卖方信贷，根据项目不同，贷款期限可长达 10 年。

（2）出口卖方信贷的利率一般比较优惠。一国利用政府资金进行利息补贴，可以改善本国出口信贷条件，扩大本国产品的出口，增强本国出口商的国际市场竞争力，进而带动本国经济增长。所以，出口信贷的利率水平一般低于相同条件下资金贷放市场利率，利差由出口国政府补贴。

（3）出口卖方信贷的发放与出口信贷保险相结合。由于出口信贷贷款期限长、金额大，发放银行面临着较大的风险，所以一国政府为了鼓励本国银行或其他金融机构发放出口信贷贷款，一般都设有国家信贷保险机构，对银行发放的出口信贷给予担保，或对出口商履行合同所面临的商业风险和国家风险予以承保。在我国主要由中国出口信用保险公司承保此类风险。

7.1.2　买方信贷

买方信贷（Buyer's Credit）是出口国政府支持出口方银行直接向进口商或进口国银行提供信贷支持，以供进口商购买技术和设备，并支付有关费用。出口买方信贷一般由出口国出口信用保险机构提供出口买方信贷保险。

买方信贷主要有两种形式：一是出口国银行将贷款发放给进口国银行，再由进口国银行转贷给进口商；二是由出口国银行直接贷款给进口商，由进口商银行出具担保。贷款币种为美元或经银行同意的其他货币。贷款金额不超过贸易合同金额的 80%～85%。贷款期限根据实际情况而定，一般不超过 10 年。贷款利率参照"经济合作与发展组织"（OECD）确定的利率水平而定。

1. 买方信贷实际上是一种银行信用

出口方银行直接向进口商提供的贷款，而出口商与进口商所签订的成交合同中则规定为即期付款方式。出口方银行根据合同规定，凭出口商提供的交货单据，将货款付给出口商。同时记入进口商偿款账户内，然后由进口方按照与银行订立的交款时间，陆续将所借款项偿还出口方银行，并付给利息。

2. 直接贷款给进口商的买方信贷的程序

（1）进口商与出口商，签订贸易合同后，进口商先缴相当于货价 15% 的现汇定金。现汇定金在贸易合同生效日支付，也可在合同签订后的 60 天或 90 天支付。

（2）在贸易合同签订后，至预付定金前，进口商再与出口商所在地的银行签订贷款协议，这个协议是以上述贸易合同作为基础的，若进口商不购买出口国设备，则进口商不能从出口商所在地银行取得此项贷款。

（3）进口商用其借到的款项，以现汇付款形式向出口商支付货款。

（4）进口商对出口商所在地银行的欠款，按贷款协议的条件分期偿付。

3. 直接贷给进口商（买方）银行的买方信贷程序

（1）进口商（买方）与出口商（卖方）洽谈贸易，签订贸易合同后，买方先缴 15% 的现汇定金。

（2）签订合同至预付定金前，买方的银行与卖方所在地的银行签订贷款协议，该协议虽以前述贸易合同为基础，但在法律上具有相对独立性。

（3）买方银行以其借得的款项，转贷给买方，使买方以现汇向卖方支付货款。

（4）买方银行根据贷款协议分期向卖方所在地银行偿还贷款。

（5）买方与卖方银行间的债务按双方商定的办法在国内清偿结算。

4．买方信贷的贷款原则

（1）接受买方信贷的进口商所得贷款仅限于向提供买方信贷国家的出口商或在该国注册的外国出口公司进行支付，不得用于第三国。

（2）进口商利用买方信贷，仅限于进口资本货物，一般不能以贷款进口原料和消费品。

（3）提供买方信贷国家出口的资本货物限于本国制造的，若该项货物系由多国部件组装，本国部件应占 50％以上。

（4）贷款只提供贸易合同金额的 85％，船舶为 80％，其余部分需支付现汇，贸易合同签订后，买方可先付 5％的定金，一般须付足 15％或 20％现汇后才能使用买方信贷。

（5）贷款均为分期偿还，一般规定半年还本付息一次。还款期限根据贷款协议的具体规定执行。

（6）还款的期限对富裕国家为 5 年，中等发达国家为 8.5 年，相对贫穷的国家为 10 年。

7.1.3　混合信贷

混合信贷（Mixed Credit）是出口国银行发放卖方信贷或买方信贷的同时，从政府预算中提出一笔资金，作为政府贷款或给予部分赠款，连同卖方信贷或买方信贷一并发放。由于政府贷款收取的利率比一般出口信贷要低，这更有利于出口国设备的出口。卖方信贷或买方信贷与政府信贷或赠款混合贷放的方式，构成了混合信贷。

西方发达国家提供的混合信贷的形式大致有两种：

1．对一个项目的融资，同时提供一定比例的政府贷款（或赠款）和一定比例的买方信贷（或卖方信贷）。

2．对一个项目的融资，将一定比例的政府信贷（或赠款）和一定比例的买方信贷（或卖方信贷）混合在一起，然后根据赠与成分的比例计算出一个混合利率。如英国的ATP方式。

7.1.4　出口信贷的特点

1．利率较低

出口信贷的利率一般低于相同条件资金贷放的市场利率，由国家补贴利差。大型机械设备制造业在西方国家的经济中占有重要地位，其产品价值和交易金额都十分巨大。为了加强本国设备的竞争力，削弱竞争对手，许多国家的银行纷纷竞相以低于市场的利率对外国进口商或本国出口商提供中长期贷款即给予信贷支持，以扩大本国资本货物的国外销路，银行提供的低利率贷款与市场利率的差额由国家补贴。

2．与信贷保险相结合

由于中长期对外贸易信贷偿还期限长、金额大，发放贷款的银行存在着较大的风险，为了减缓出口国家银行的后顾之忧，保证其贷款资金的安全发放，国家一般设有信贷保险机构，对银行发放的中长期贷款给予担保。

3. 由专门机构进行管理

发达国家提供的对外贸易中长期信贷，一般直接由商业银行发放，若因为金额巨大，商业银行资金不足时，则由国家专设的出口信贷机构给予支持。不少国家还对一定类型的对外贸易中长期贷款，直接由出口信贷机构承担发放的责任。它的好处是利用国家资金支持对外贸易中长期信贷，可弥补私人商业银行资金的不足，改善本国的出口信贷条件，加强本国出口商夺取国外销售市场的力量。

4. 出口信贷必须联系出口项目

各国实行出口信贷的目的是为了扩大本国产品出口，尤其是大型成套设备的出口。所以，出口信贷只有与出口项目相结合才能达到扩大出口的目的。

7.2　福费廷

福费廷（Forfaiting）是指在延期付款的大型设备贸易中，出口商把经进口商承兑的、期限在半年以上到五六年的远期汇票、无追索权地售予出口商所在地的银行，提前取得现款的一种资金融通形式，它是由出口信贷发展而来的一个新型促进出口措施。

7.2.1　福费廷业务的程序

1. 签订进出口合同与福费廷合同，同时进口商申请银行担保。
2. 出口商发货，并将单据和汇票寄给进口商。
3. 进口商将自己承兑的汇票或开立的本票交给银行要求担保。银行同意担保后，担保函和承兑后的汇票或本票由担保行寄给出口商。
4. 出口商将全套出口单据（物权凭证）交给包买商，并提供进出口合同、营业执照、近期财务报表等材料。
5. 收到开证行有效承兑后，包买商扣除利息及相关费用后贴现票据，无追索权地将款项支付给出口商。
6. 包买商将包买票据经过担保行同意向进口商提示付款。
7. 进口商付款给担保行，担保行扣除费用后把剩余货款交给包买商。

7.2.2　福费廷对出口商的好处

1. 终局性融资便利

福费廷是一种无追索权的贸易融资便利，出口商一旦取得融资款项，就不必再对债务人偿债与否负责，同时不占用银行授信额度。

2. 改善现金流量

将远期收款变为当期现金流入，有利于出口商改善财务状况和清偿能力，从而避免资金占压，进一步提高筹资能力。

3. 节约管理费用

出口商不再承担资产管理和应收账款回收的工作及费用，从而大大降低管理费用。

4. 提前办理退税

办理福费廷业务后客户可立即办理外汇核销及出口退税手续。

5. 规避各类风险

办理福费廷业务后，出口商不再承担远期收款可能产生的利率、汇率、信用以及国家等方面的风险。

6. 增加贸易机会

出口商能以延期付款的条件促成与进口商的交易，避免了因进口商资金紧缺无法开展贸易的局面。

7. 实现价格转移

可以提前了解包买商的报价并将相应的成本转移到价格中去，从而规避融资成本。

7.3　出口信贷国家担保制

出口信贷国家担保制（Export Credit Guarantee System）是一国政府设立专门机构，对本国出口商和商业银行向国外进口商或银行提供的延期付款商业信用或银行信用进行担保，当国外债务人不能按期付款时，由这个专门机构按承保金额给予补偿。这是国家用承担出口风险的方法，鼓励扩大商品出口和争夺海外市场的一种措施。

7.3.1　出口信贷国家担保的业务项目

出口信贷国家担保的业务项目，一般都是商业保险公司所不承担的出口风险。主要有两类：

1. 政治风险

政治风险是指由于进口国发生政变、战争以及因特殊原因政府采取禁运、冻结资金、限制对外支付等政治原因造成的损失。

2. 经济风险

经济风险是指进口商或借款银行破产无力偿还、货币贬值或通货膨胀等原因所造成的损失。

承保金额一般为贸易合同金额的 75%～100%。出口信贷国家担保制是一种国家出面担保海外风险的保险制度，收取费用一般不高，随着出口信贷业务的扩大，国家担保制也日益加强。英国的出口信贷担保署，法国的对外贸易保险公司，日本官方有输出入银行，美国政府的进出口银行等都是这种专门机构。

7.3.2　出口信贷国家担保的担保对象

1. 对出口厂商的担保

出口厂商输出商品时提供的短期信贷或中、长期信贷可向国家担保机构申请担保。担保机构并没有向出口厂商提供出口信贷，但它可以为出口厂商取得出口信贷提供有利条件。

2. 对银行的直接担保

一般说来，只要出口国银行提供了出口信贷，都可以向国家担保机构申请担保。这种担保是担保机构直接对供款银行承担的一种责任。有些国家的担保待遇很优惠。

7.3.3 出口信贷国家担保的特点

1. 担保的项目具有广泛性。
2. 担保的金额的不等性。
3. 担保期限与出口信贷的对应性。
4. 保险费率低。
5. 各国或地区担保机构的性质具有多样性。

7.4 出口信用保险

出口信用保险（Export Credit Insurance），也叫出口信贷保险，是各国政府为提高本国产品的国际竞争力，推动本国的出口贸易，保障出口商的收汇安全和银行的信贷安全，促进经济发展，以国家财政为后盾，为企业在出口贸易、对外投资和对外工程承包等经济活动中提供风险保障的一项政策性支持措施，属于非营利性的保险业务，是政府对市场经济的一种间接调控手段和补充。

目前，全球贸易额的 12％～15％ 是在出口信用保险的支持下实现的，有的国家的出口信用保险机构提供的各种出口信用保险保额甚至超过其本国当年出口总额的 1/3。

通过国家设立的出口信用保险机构 Export Credit Insurance 承保企业的收汇风险、补偿企业的收汇损失，可以保障企业经营的稳定性，使企业可以运用更加灵活的贸易手段参与国际竞争，不断开拓新客户、占领新市场。

7.4.1 承保对象和承保风险

1. 承保的对象
出口信用保险承保的对象是出口企业的应收账款。

2. 承保的风险
承保的风险主要是人为原因造成的商业信用风险和政治风险。

商业信用风险主要包括：买方因破产而无力支付债务、买方拖欠货款、买方因自身原因而拒绝收货及付款等。

政治风险主要包括因买方所在国禁止或限制汇兑、实施进口管制、撤销进口许可证、发生战争、暴乱等卖方、买方均无法控制的情况，导致买方无法支付货款。而以上这些风险，是无法预计、难以计算发生概率的，因此也是商业保险无法承受的。

7.4.2 出口信用保险的运营原则

1. 最大诚信原则
最大诚信原则是指投保人必须如实提供项目情况，不得隐瞒和虚报。

2. 风险共担原则
风险共担原则是指出口信用保险不是全额赔偿，其赔偿比率一般为 90％ 左右。

3. 事先投保原则
事先投保原则是指出口信用保险必须在实际风险有可能发生之前办妥。

7.4.3 出口信用保险的作用

1. 提高市场竞争能力，扩大贸易规模

投保出口信用保险使企业能够采纳灵活的结算方式，接受银行信用方式之外的商业信用方式（如 D/P，D/A，O/A 等）。使企业给予其买家更低的交易成本，从而在竞争中最大程度抓住贸易机会，提高销售企业的竞争能力，扩大贸易规模。

2. 提升债权信用等级，获得融资便利

出口信用保险承保企业应收账款来自国外进口商的风险，从而变应收账款为安全性和流动性都比较高的资产，成为出口企业融资时对银行的一项有价值的"抵押品"，因此银行可以在有效控制风险的基础上降低企业融资门槛。

3. 建立风险防范机制，规避应收账款风险

借助专业的信用保险机构防范风险，可以获得单个企业无法实现的风险识别、判断能力，并获得改进内部风险管理流程的协助。另外，交易双方均无法控制的政治风险可以通过出口信用保险加以规避。

4. 通过损失补偿，确保经营安全

通过投保出口信用保险，信用保险机构将按合同规定在风险发生时对投保企业进行赔付，有效弥补企业财务损失，保障企业经营安全。同时，专业的信用保险机构能够通过其追偿能力实现企业无法实现的追偿效果。

7.5　商品倾销

商品倾销（Dumping），是指出口商以低于国内市场的价格，甚至低于商品生产成本的价格，在外国市场抛售倾销商品，打击竞争者以占领市场。

商品倾销通常由私人大企业进行，但随着国家垄断资本主义的发展，一些国家设立专门机构直接对外进行商品倾销。

7.5.1　构成商品倾销的条件

构成商品倾销的条件出口商的出口价格低于正常销售的价格。而正常销售价格通常指以下几种价格：

（1）出口商品在出口国国内市场的销售价格。

（2）出口商品向第三国销售时的出口价格。

（3）出口商品的成本价格。

7.5.2　商品倾销的类型

按照倾销的具体目的，商品倾销可以分为偶然性倾销、间歇性倾销和持续性倾销三种形式。

1. 偶然性倾销

偶然性倾销通常指因为本国市场销售旺季已过，或公司改营其他在国内市场上很难售出的积压库存，以较低的价格在国外市场上抛售。由于此类倾销持续时间短、数量小，对

进口国的同类产业没有特别大的不利影响，进口国消费者反而受益，获得廉价商品，因此，进口国对这种偶发性倾销一般不会采取反倾销措施。

2. 间歇性倾销

间歇性倾销是指以低于国内价格或低于成本价格在国外市场销售，达到打击竞争对手、形成垄断的目的。待击败所有或大部分竞争对手之后，再利用垄断力量抬高价格，以获取高额垄断利润。这种倾销违背公平竞争原则，破坏国际经贸秩序。

3. 持续性倾销

持续性倾销是指无期限地、持续地以低于国内市场的价格在国外市场销售商品，打击竞争对手，以占领并垄断市场。持续性的倾销往往都有国家的出口补贴做保证。

7.5.3 达到倾销目的的条件

为了使倾销达到目的，出口国应设法不使倾销的商品回流到本国市场，并设法不受到进口国家反倾销等报复措施。

7.6 出口补贴

出口补贴又称出口津贴（Export Subsidy），是一国政府为了降低出口商品的价格，增加其在国际市场的竞争力，在出口某商品时给予出口商的现金补贴或财政上的优惠待遇。

7.6.1 出口补贴的类型

出口补贴可分为直接补贴和间接补贴两种类型。

1. 直接补贴

直接补贴（Direct Subsidy）是指政府在商品出口时，直接付给出口商的现金补贴。

直接补贴的目的是为了弥补出口商品的国际市场价格低于国内市场价格所带来的损失。有时候，补贴金额还可能大大超过实际的差价，这已包含出口奖励的意味。这种补贴方式以欧盟对农产品的出口补贴最为典型。据统计，1994 年，欧盟对农民的补贴总计高达 800 亿美元。

2. 间接补贴

间接补贴（Indirect Subsidy）是指政府对某些商品的出口给予财政上的优惠。具体包括：

（1）退还或减免出口商品所缴纳的销售税、消费税、增值税、所得税等国内税。

（2）对进口原料或半制成品加工再出口给予暂时免税或退还已缴纳的进口税，免征出口税。

（3）对出口商品实行延期付税、减低运费、提供低息贷款、实行优惠汇率。

（4）对企业开拓出口市场提供补贴等。

间接补贴的目的仍然在于降低商品成本，提高国际竞争力。

7.6.2 出口补贴现状

补贴在很大程度上可以被利用为实行贸易保护主义的工具。在国内行政法律制度上，授予利益的行政行为不会构成违法受到追究，但在国际贸易中对国内相关人的利益行为可能构成对其他成员方贸易商的不利，补贴可以影响国际市场的货物流向，补贴经常被作为刺激出口或限制进口的一种手段。

1. 涉及国家及产品

共有 25 个 WTO 成员对 428 种农产品使用出口补贴。包括：澳大利亚、巴西、保加利亚、加拿大、哥伦比亚、塞普路斯、捷克、欧盟、匈牙利、冰岛、印度尼西亚、以色列、墨西哥、新西兰、挪威、巴拿马、波兰、罗马尼亚、斯洛伐克、南非、瑞士、土耳其、乌拉圭、美国、委内瑞拉。

欧盟的补贴几乎涉及所有产品分类；南非、土耳其次之；东欧国家的补贴范围也较广。从出口补贴使用的分布上看，使用国家较多的产品依次包括：水果和蔬菜、其他奶产品、牛肉、禽肉、粗粮、其他农产品、蔬菜油、乳酪、糖、小麦和面粉。

2. 出口补贴的最大使用者

（1）国家。

欧盟是全球最大的出口补贴使用者。1995—1998 年，欧盟年均出口补贴支出约 60 亿美元，占全球出口补贴支出的 90%。瑞士是第二大出口补贴使用者，补贴份额约占 5%。美国是第三大出口补贴国，补贴份额不到 2%。欧盟、瑞士、美国和挪威四个 OECD 成员的出口补贴占到了全球的 97%。

（2）产品。

从数量上看，出口补贴最多的产品是粮食。

从价值上看，出口补贴最多的产品是牛肉和奶产品。

从实际补贴数量上看，单项最大补贴产品是小麦和面粉以及粗粮，年均实际补贴量都在 1 000 万吨以上。以下实际补贴较多（100 万吨以上）的产品依次为：水果和蔬菜、糖、其他奶产品、牛肉。

从承诺完成情况看，较多依赖补贴（承诺完成率超过 50%）出口的产品主要是奶产品和肉蛋产品，包括：其他奶产品、乳酪、脱脂奶粉、蛋、牛肉、禽肉。其中 1998 年蛋和猪肉的补贴超过了承诺水平。粮食的补贴水平则依国际市场状况波动较大。

7.7 外汇倾销

外汇倾销（Exchange Dumping）就是利用本国货币对外贬值的机会扩大出口。

7.7.1 外汇倾销的双重作用

本国货币对外贬值，可以起到提高出口商品竞争能力和降低进口商品竞争能力的作用。因为，货币贬值意味着本国货币兑换外国货币比率的降低，在价格不变的情况下，出口商品用外国货币表示的价格降低，故提高了商品竞争能力；反之，进口商品用本国货币表示的价格则提高，故降低了进口商品的竞争能力。因此，可以起到扩大出口和限制进口的作用。

1. 降低本国出口产品的价格水平

外汇倾销的本币贬值会降低本国出口产品的价格水平，从而提高出口产品的国际竞争力，扩大出口。

如 1987 年 6 月至 1994 年 6 月美元与日元的比价由 1 美元＝150 日元下跌到 1 美元＝100 日元，美元贬值了 33.3％。假定一件在美国售价为 100 美元的商品出口到日本，按过去汇率折算，在日本市场售价为 15 000 日元，而美元贬值后售价为 10 000 日元。这时候出口商有三种均对自身有利的选择：一是把价格降至 10 000 日元，增强出口商品价格上的优势，在保持收益不变的情况下大大增加了出口额；二是继续按 15 000 日元的价格在日本市场出售该商品，按新汇率计算，每件商品可多收入 5 000 日元（合 50 美元）的外汇倾销利润，出口额不变；三是在 10 000～15 000 日元间酌量减价，既有一定的倾销利润，又会扩大出口额。

2. 提高外国商品的价格水平

外汇倾销使外国货币升值，提高了外国商品的价格水平，从而降低进口产品的国内市场竞争力，有利于控制进口规模。

仍以上述例子为证：如按过去 1 美元＝150 日元的比价，一件在日本售价为 15 000 日元的商品出口到美国值 100 美元，而美元贬值后同一商品在美国的售价就为 150 美元，这必然给日本厂商带来不利。

7.7.2　外汇倾销的条件

外汇倾销是有条件的：一是货币贬值的程度大于国内物价上涨的程度；二是他国不同时实行同等程度的货币贬值或采取其他报复措施。

1. 货币贬值的程度要大于国内物价上涨的程度

一国货币的对外贬值必然会引起货币对内也贬值，从而导致国内物价的上涨。当国内物价上涨的程度赶上或超过货币贬值的程度时，出口商品的外销价格就会回升到甚至超过原先的价格，即货币贬值前的价格，因而使外汇倾销不能实行。

2. 其他国家不同时实行同等程度的货币贬值

当一国货币对外实行贬值时，如果其他国家也实行同等程度的货币贬值，这就会使两国货币之间的汇率保持不变，从而使出口商品的外销价格也保持不变，以致外汇倾销不能实现。

3. 其他国家不同时采取另外的报复性措施

如果外国采取提高关税等报复性措施，就会提高出口商品在国外市场的价格，从而抵消外汇倾销的作用。

7.8　建立经济特区

经济特区（Special Economic Zone）是在一国境内划定一定范围，在对外经济活动中采取比国内其他地区更加开放和灵活的特殊政策的特定地区。

世界上经济特区名目繁多，各种经济特区经营内容、职能、性质、规模和面积等是不同的。按经济特区的经营方式将其分为：自由港、自由贸易区、出口加工区和科学工业园区。

7.8.1　自由港

自由港是世界上最早出现的经济特区。

1. 自由港的定义

自由港是指不属于一国海关管辖的港口或海港地区。在这里外国货物可免税进口，外国商品可以在此装卸、贮藏、分级挑选、改装、维修，以及再出口或在港区内销售。

2. 自由港的设置

自由港必须设在港口或港口地区，必须设在世界主要贸易通道，主要航海线、航空线上，从而保证了国际间定期班轮、班机的进出。港口本身还必须是深水良港，不冻不淤，吞吐量大，必须有完善的、先进的基础设施，包括铁路、高速公路、机场，先进的装卸设备、仓库设备、供水、供电等，以及良好的生活服务设施。唯有如此，自由港才能成为发展对外贸易和转口贸易的基地，成为展销该国及世界各地商品的橱窗。

3. 自由港的类型

自由港以其开放地区范围来划分有两类：一是将港口及其所在城市完全划为自由港；二是限定在港口或毗邻港口的一小块区域。

7.8.2　自由贸易区

1. 自由贸易区的定义

自由贸易区是划在关境以外的一个区域，对外国商品可以免税进口，在该区内自由储存、分类、包装和简单再加工，然后免税出口，借以吸引外国船只和商品进港区，发展贸易和转口贸易。目前这些自由贸易区也准许经营出口加工，开设工厂企业。但如自由贸易区商品运入所在国海关管制区，则仍要缴纳关税。

2. 自由港与自由贸易区的相同点

由于自由港和自由贸易区设立的目的都是为了发展贸易与转口贸易，特别是有些自由贸易区还是在自由港的基础上发展而来，因此它们有着很多共同的特点，如自由港和自由贸易区都设在关境以外，外国商品可免缴关税，外国货船可自由出入；商品在未出售前可以在区内储存，并根据需要进行分类、包装、简单装配；进入区内的商品一般不受品种和数量限制；除豁免有关关税和进口管制外，自由港和自由贸易区的货物在运往设区国其他地区时应办理进口手续，并征收关税；设区国或地区的民法及政府的法令，包括市政、治安、外汇管制法等。

3. 自由贸易区与自由边境区的区别

自由边境区和自由贸易区的主要差别在于：自由边境区的进口商品大多数是为了区内使用，只有少数用于再出口；而自由贸易区的进口商品一般主要用于再出口，面向国际市场。此外，沿海某些国家为了便利邻国的进出口货运，根据双边或多边协定，指定某些海港、河港或国境城市，作为过境货物的自由区，即所谓的过境区，对来自和运往内陆邻国的过境货物，简化海关手续，免征关税或只征小额过境税；过境货物一般可以在过境区作短期储存，重新包装，但不得进行加工。

7.8.3　出口加工区

1. 出口加工区的定义

出口加工区是指一个国家在港口、机场附近等交通枢纽地方，划出一定区域，搞好水电、道路、通信、厂房等基础设施，用优惠方法吸引外资，并准许外国企业在区域内设立拥有国际市场竞争力的加工工业，享受关税优惠待遇；外国企业可以免税或减税进口加工制造所需要的机器、零件和原材料，生产的产品也可以免税或减税全部出口，从而达到利用外资、引进技术、增加就业、扩大出口、赚取外汇等目的特定的经济性区域。

2. 加工区设置、发展必须具备的条件

（1）稳定的政治局势、政策具连续性是吸引外资的前提条件，而完善的法规、有法可依、有章可循是吸引外资的重要保证。

（2）优惠的经济政策是使外商有利可图的重要保证，且经济优惠政策只有在能保证投资者能获得高于国际平均投资利润时，才具有对外资的吸引力。

（3）加工区的生产是面向国际市场的，为了适应国际市场竞争的需要，独立的、精干高效的出口加工区管理机构，是加工区顺利发展必备条件之一。

（4）优越的经济地理位置和完善的基础设施是出口加工区设置成败的关键因素。

（5）丰富而廉价的劳动力资源是出口加工区吸引外资的魅力之一。

7.8.4　科学工业园区

1. 科学工业园区的定义

科学工业园区是指在科研机构和名牌科技大学比较集中、居住环境和教育环境比较优越的大城市或城市近郊辟出一块地方，提供比出口加工区更大的租税优惠，吸引外国资金和高级技术人才，研究和发展尖端技术产品，培训高级科技人才，促进科技和经济发展，将智力、资金高度聚集的特定区域，是从事高科技研究，并对其成果进行中试、生产的新兴开发区。这种科学工业园区是使投资者和研究人员紧密结合，使教育、科研和生产融为一体，发展技术密集型产业的"窗口"，是高级技术的聚焦点。

2. 科学工业园区的特征

目前世界上的科学工业园区一般都以知名大学和研究所作为核心，它是揭示新的科学领域和开发新产业的生力区。这里交通发达，信息灵通，特别是有比其他地区更好的居住和教育环境；有成群结队的企业群在专业基础上协作攻关，产业集成经济效益颇佳。因此，若从尖端科学作为引导整个世界前进的动力角度来看，科学工业园区是较高层次的经济特区，它从创立时就采用了知识和资本密集型的产业结构。以大学和科研机构为依托的科研、教育、产业三位一体是科学工业园区的突出特征。

3. 科学工业园区的类型

发展中国家科学工业园区和美、日等发达国家利用自己的科技力量和科研成果开发新兴的工业领域不同。发展中国家只是采用提供各种优惠措施和创造完美的投资环境，吸引外资和国外先进技术，开发出口导向型工业，保持了工贸型特区的某些特征，正因为科学工业园区的这种表现特征，可以将其分为3种类型：

（1）内向型。即资金、技术、劳力等主要依靠本国，办园区的目的主要是为了开拓高科技及其成果的商品化，以及竞争在高科技领域中的领先地位，这在发达国家中常见，因其技术先进、资金充裕，科学工业园区的基础和环境较好。

（2）外向型。以引进和利用外国先进科技、设备、资金、智力为主，注重对外开放，逐步揉进自己的新兴产业，并以消化的先进成果带动传统产业进步，这种类型的科学工业园区设区的主要目的在于：加强国际间经济的广泛合作，并以扩大贸易为基础，以制造工业为中心，以科研开发为先导，发挥各行各业的整体功能，创立技术密集与知识密集的新兴产业，发展高精尖出口产品，打入国际市场，取得贸易、生产、科研相结合的综合经济效益，并注重本国人才的培养和资金的积累，进而促进本国或本地区的科技发展和国民经济现代化，赶超世界先进水平，这在发展中国家常被采用。

（3）两者兼蓄的双向型。

4．科学工业园区的开发模式

由于不同的国家和地区，内外部环境及开发的动因不同，形成了科学工业园区不同的开发模式，从管理体制上看，大致有3类：

（1）市场机制调节型（也称"民办"）。

以美国的"硅谷"为代表，它以民间自发组合、风险投资为基础，以市场经济为动力，各种关系均由价值规律自行调节，就连政府的干预也是以采购订货及相应的研究开发费用资助等市场经济的间接形式来进行，这种体制对搞活微观有积极作用，但难于进行总体规划和协调。

（2）中央集中计划型。

前些年，前苏联的"新西伯利亚科学城"是其典型的代表，它是完全由中央投资组建，按中央指令性计划统一规划、统一建设、统一管理，这种体制能有效地进行宏观控制，有利于各方面的合理协调，但从竞争和长远角度看，容易统死，束缚自身活力而影响发展。

（3）政府经济指导型（也称"官民结合"）。

突出代表为日本的"筑波科学城"，在此种科学园中，政府以颁布立法，设立专门机构，入股投资等措施，指导、协调并直接参与民间资本的经济活动，它有利于调动政府和民间的积极性，能将宏观控制同微观搞活较好地结合起来。但不论采用何种模式，科学工业园区从管理体制上看，总的发展趋势是，中央或地方政府通过规划、投资、资助、管理、立法、政策等方面的作用，对园区予以更直接、更有力的干预，从而加速科学工业园区高科技的开发和新兴产业的发展，并使之纳入政府经济发展的全局轨道。正是由于科学工业园区有着强大的生命力和对高科技开发具有强大推动力，因此，许多国家、特别是许多发展中国家正在把兴办科学工业园区作为发展本国新兴产业的一项重要措施和迎接世界新技术革命挑战的基本对策。

7.8.5　综合型经济特区

综合型经济特区是指一国在其港口或港口附近等地划出一定的范围，新建或扩建基础设施和提供减免税收等优惠待遇，吸引外国或区外企业在区内从事外贸、加工工业、农牧业、金融保险和旅游业等多种经营活动的区域。中国设立的经济特区就属于这一种。

中国经济特区具有以下特点：

（1）国家统一领导。

（2）综合性多种经营。经营范围包括工业、农业、商业、房地产、旅游、金融、保险和运输等行业。

（3）经济特区的经济发展资金主要靠利用外资，产品主要供出口。

（4）对前来投资的外商，在税收和利润汇出等方面给予特殊的优惠和方便，并努力改善投资环境，以便吸引更多外资，促进特区的对外贸易和经济的发展。

（5）实行外引内联，加强特区与非特区之间的协调与合作，共同促进社会主义市场经济建设与发展。

【基础知识训练】

一、单项选择题

1. 出口方银行向国外大型设备进口商或进口国银行提供的优惠贷款是（　　）。

　　A. 卖方信贷　　　　　B. 买方信贷　　　　　C. 优惠信贷

2. 出口信贷中的买方信贷的贷款（　　）。

　　A. 只能购买世界贸易组织成员国的产品

　　B. 只能购买债权国的产品

　　C. 只能购买债务国的产品

3. 因为销售季节已过或公司改营其他业务，出口国低价向国外抛售剩余货物，这是（　　）。

　　A. 偶然性倾销　　　B. 间歇性倾销　　　　C. 长期性倾销

4. 一个国家通过低价向国外抛售商品，目的是为了占领、垄断和掠夺国外市场，获取高额利润，这种行为属于（　　）。

　　A. 偶然性倾销　　　B. 间歇性倾销　　　　C. 长期性倾销

5. 本国货币对外币实行升值后，在对该国出口与对外直接投资上产生的影响是（　　）。

　　A. 有利于前者但不利于后者　　　　　B. 有利于后者但不利于前者

　　C. 无法判断

6. 外汇倾销是（　　）。

　　A. 利用本国货币对外币升值的有利机会扩大出口

　　B. 利用本国货币对外币贬值的机会扩大出口

　　C. 在国际金融市场低价大量销售本国储存的外汇

7. 出口信贷国家担保制担保的对象是（　　）。

　　A. 进出口货物　　　B. 大型成套设备和技术

　　C. 出口信贷项下的贷款

8. 一国货币对外贬值的结果是（　　）。

　　A. 可以长期刺激本国产品的出口

　　B. 因必然会引起国内物价的上涨而不利于本国的出口

　　C. 虽然会引起国内物价上涨，但在物价上涨前的一段时期仍会刺激出口

9. 我国设立的深圳、珠海等经济特区属于（　　）。

　　A. 自由贸易区　　　B. 出口加工区　　　　C. 多种经营的经济特区

10. 出口信用保险的承保对象是（　　）。

  A. 出口企业的应收账款　　　　　　　B. 进口企业的应付账款

  C. 出口企业向银行的贷款

二、多项选择题

1. 买方信贷的特点有（　　）。

  A. 出口国银行向出口商直接贷款

  B. 出口国银行直接向进口商贷款

  C. 出口国银行直接向进口国银行贷款

  D. 是约束性贷款

  E. 是非约束性贷款

2. 出口信贷国家担保制所承保的经济风险是（　　）。

  A. 进口商倒闭　　　　　B. 进口国银行倒闭　　　　　C. 进口国货币贬值

  D. 进口国通货膨胀　　　E. 运货轮船由于沉没而使货物遭到损失

3. 出口信贷按借贷关系可以分为（　　）。

  A. 短期信贷　　　　　　B. 中期信贷　　　　　　C. 长期信贷

  D. 买方信贷　　　　　　E. 卖方信贷

4. 出口信贷国家担保制所担保的对象是（　　）。

  A. 对出口商担保　　　　B. 对进口商担保　　　　C. 对出口国银行担保

  D. 对进口国银行担保　　E. 对保险公司担保

5. 国际贸易通行规则认为合法的出口补贴有（　　）。

  A. 出口退税　　　　　　B. 对出口加工所需要的原材料暂时免税进口

  C. 外汇留成　　　　　　D. 免征出口税

  E. 出口加工产品出口时退还进口税

6. 按照倾销的目的和时间划分倾销可以分为（　　）。

  A. 社会倾销　　　　　　B. 外汇倾销　　　　　　C. 偶然性倾销

  D. 间歇性倾销　　　　　E. 长期性倾销

7. 促进对外贸易发展的经济特区有（　　）。

  A. 自由贸易区　　　　　B. 自由港　　　　　　　C. 保税区

  D. 出口加工区　　　　　E. 多种经营的经济特区

8. 一个国家鼓励出口的措施很多，主要有（　　）。

  A. 出口信贷　　　　　　B. 出口补贴　　　　　　C. 商品倾销

  D. 外汇倾销　　　　　　E. 出口"自动"限额制

9. 外汇倾销必须具备的条件有（　　）。

  A. 本币贬值幅度必须大于国内物价上涨程度

  B. 本币贬值幅度必须小于国内物价上涨程度

  C. 对方国家货币必须实行同等程度贬值

  D. 对方国家货币不能实行同等程度的贬值

  E. 对方国家不能采取报复行动

10. 中国经济特区的特点是（　　　）。

　　A. 国家统一领导　　　B. 资金主要来自国外，产品主要用于出口

　　C. 实行多种经营　　　D. 实行税收等方面的优惠政策

　　E. 实行内引外联

【技能训练】

训练

要求：阅读资料，熟悉我国出口鼓励的措施有哪些，并分析其作用机制。

资料：我国出口鼓励政策及其作用机制

目前，我国已经形成了一整套较为完整的出口鼓励政策体系。包含财政、金融等各个方面的出口鼓励措施。

可以将各种出口鼓励措施分为三个类型：其一，直接影响进、出口汇率的因素；其二，政策本身不直接涉及进、出口汇率中的变量，但却能够间接影响其取值；其三，政策本身并不对变量产生影响，但能为企业的出口和进口提供便利。

（一）直接影响类变量

1. 金融领域。这一领域的政策包括：外汇额度补贴、出口贷款利息补贴、出口优惠利率等，在 20 世纪 90 年代，上述政策措施已被先后取消。而具有重要现实意义的是我国的汇率水平和汇率形成机制。在理论上讲，汇率升值与贬值将造成进口实际汇率和出口实际汇率的同时升值或贬值，进一步来说，汇率的贬值虽然使得出口价格降低，但同时会导致用本币表示的进口原材料价格的提高，对出口不利。然而，如果考虑进出口权重，将实际汇率折算为实际有效汇率后，则二者的变动幅度将有所不同，进而对出口产生实质性影响。

就我国的实际情况而言，1994 年以来，人民币对美元存在一定程度的低估（国外对人民币对美元低估幅度的估算，从 10％到 50％不等），人民币汇率的低估从总体上压低了我国出口产品的价格。人民币汇率并轨以来，由于人民币实际钉住美元，使得汇率缺乏弹性。人民币对其他主要货币的变动受制于美元，不能够反映人民币的真实价格。当美元对一些货币贬值时，人民币随之贬值。汇率这一重要的外经贸杠杆，丧失了调整进出口的功能。

2. 财税领域。1990 年，我国取消了直接出口财政补贴。此后，在财税领域，我国逐步建立和完善了符合国际惯例和市场经济要求的出口鼓励政策体系，主要包括出口退税、进口关税以及内外资企业差别所得税税率。

（1）出口退税。出口退税率上升，对出口的政策效应相当于出口汇率贬值，下降则相当于出口汇率升值。因此，退税率的变动、退税方式的改革，对企业出口行为有着重要的影响。1985 年，我国开始实行出口退税，1988 年确立了"征多少，退多少，未征不退和彻底退税"的原则。我国的出口退税率在 1994 年平均为 17％、13％、6％三个档次，基本税率是 17％。1995 年 7 月，将退税率降为 14％、10％、3％三个档次。1996 年继续下降为 9％、6％、3％三个档次。1999 年将出口退税平均税率提高 2.58 个百分点。2003 年10 月，国务院决定改革出口退税机制，出口退税率的平均水平降低 3 个百分点左右。目前，在退税率、退税方式、退税程序等方面的改革仍在继续。

（2）进口关税。在目前的研究中，往往忽视关税变动对出口的影响，事实上，关税税率的降低，则可以导致进口汇率的升值，从而使得用本币表示的进口原材料价格的降低，可以促进出口的增长，反之则不利于出口。改革开放之后，我国的关税水平一直处于不断下降的过程中。我国于 1992 年和 1993 年分别降低了 225 种、3371 种商品的关税税率。1994 年又降低了 2944 个税号的税率。1996 年我国一次降低 4962 种税目进口关税税率，其中包括 380 种农产品。加入 WTO 以后，我国的关税水平进一步降低，平均关税水平已从加入 WTO 时的 15.3% 降至 2005 年的 9.9%。其中，工业品的平均关税从 14.8% 降至 9%，农产品平均关税从 23.2% 降至 15.2%。

（3）内外资企业差别所得税率。严格地讲，内外资的这种差别税制是一种对外资企业的出口鼓励措施，对国家整体而言，其效果将很难确定。这是因为，对外资实行较低的税率，对其进行鼓励，必然意味着对内资企业实行了相对较高的税率，或者说对内资企业存在抑制；换句话说，外资企业出口的迅猛增长，是以内资企业出口潜在降低为前提的。

（二）间接影响类

1. 海关特殊监管区域。该区域主要指保税区、出口加工区、保税物流园区等。在这类区域，各种优惠政策使得资本、技术、劳动力资源充分组合，形成了相当强大的出口能力。园区内的经济总量、进出口增长速度远远超过全国平均水平。进口产品进入海关特殊监管区域不需要缴纳关税，因此，该类区域的重要的宏观经济效果之一是使得我国的平均关税水平降低，进而导致进口汇率的升值；该类区域进口的货值越高，则实际关税水平下降的程度越大。

2. 区域经济一体化政策。区域经济一体化的重要表现是建立自由贸易区。我国与东盟 10 国（ASEAN）签署的 FTA. 与我国香港和澳门特别行政区建立的更紧密经贸关系安排（CCEPA）已经开始实施；2005 年 11 月与智利签署了 FTA；正在与海湾合作委员会（GCC）6 国、巴基斯坦、印度、新西兰、澳大利亚等国进行谈判。在自由贸易区内，缔约国之间进行关税减让，但出口退税却仍可执行。因此，自由贸易区建立的宏观经济效应与海关特殊监管区域类似，都将导致进口汇率的下降。

3. 要素市场的不健全与企业社会保障的缺位。十几年来，沿海地区劳动密集型出口活动的发展几乎没有导致这些地区劳动力价格的明显上升。在享受"人口红利"的同时，企业在承担社会责任方面却存在着严重的不足，导致社保体系很不健全。这一情况的直接宏观经济效应是导致收入差距的扩大，以及低收入者消费倾向的降低，从而不利于消费的增加，消费需求的不振又会进一步影响价格水平，而价格水平又会影响实际汇率。同时，我国的土地、水等要素的价格在很大程度上也不由市场决定，各地优先将资源低价保证出口企业使用便是佐证。这种情况也会对进、出口实际汇率造成影响。

（三）提供便利类

这类措施包含的范围较广。在财税领域，退税程序的简化都可以为企业提供便利。在进口领域，通关手续的便利也具有同样的效果。此外，我国还成立了专门的贸易促进部门，在国外举办各种展会，扩大我国出口产品的宣传，并为企业出口提供指导。上述政策措施并不影响上文公式中的变量，但却为出口的增长创造了有利条件，也是我国鼓励出口政策体系中的重要组成部分。（资料来源：百度文库）

学习情境 8　出口管制措施

【学习目标】

能力目标：能够结合实际分析国家实施出口管制的原因及其给国际贸易造成的影响，为企业进一步做好出口贸易提供建议。

知识目标：掌握出口管制的商品范围、管制形式、管制机构及管制措施。

【工作任务】

登录商务部网站，查询我国对于出口方面的管制措施。

【知识结构图】

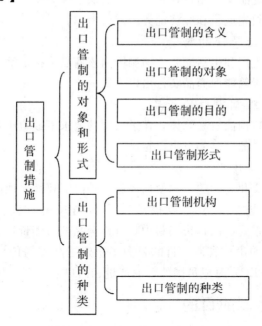

【引导问题】

一般而言，各国外贸政策都是"奖出限入"的，而我国将要对钢铁制品实施出口管制措施，不仅限制出口量，还要对出口企业资质进行管控，原因何在？

【知识总汇】

8.1　出口管制的对象和形式

出口管制（Export Control）是国家管理对外贸易的一种经济手段，也是对外实行差别待遇和歧视政策的政治工具。20 世纪 70 年代以来，各国的出口管制有所放松，特别是出口管制政治倾向有所减弱，但它仍作为一种重要的经济手段和政治工具而存在。

8.1.1　出口管制的含义

国家通过法令和行政措施对本国出口贸易所实行的管理与控制。许多国家，特别是发达国家，为了达到一定的政治、军事和经济的目的，往往对某些商品，尤其是战略物资与技术产品实行管制，限制或禁止该类商品的出口。

如美国现行《出口管理条例》中开宗明义：美国出口管理必须服务于三大宗旨，即维护国家安全、服务外交政策和维持市场平衡。

8.1.2　出口管制的对象

出口管制的对象十分广泛，既包括有形的原料和制成品，也包括无形的技术和服务。主要有：

1. 战略物资和先进技术资料

如军事设备、武器、军舰、飞机、先进的电子计算机和通讯设备、先进的机器设备及其技术资料等。对这类商品实行出口管制，主要是从"国家安全"和"军事防务"的需要出发，以及从保持科技领先地位和经济优势的需要考虑。

2. 国内生产和生活紧缺的物资

其目的是保证国内生产和生活需要，抑制国内该商品价格上涨，稳定国内市场。如西方各国往往对石油、煤炭等能源商品实行出口管制。

3. 需要"自动"限制出口的商品

这是为了缓和与进口国的贸易摩擦，在进口国的要求下或迫于对方的压力，不得不对某些具有很强国际竞争力的商品实行出口管制。

4. 历史文物和艺术珍品

这是出于保护本国文化艺术遗产和弘扬民族精神的需要而采取的出口管制措施。

5. 本国在国际市场上占主导地位的重要商品和出口额大的商品

对于一些出口商品单一、出口市场集中，且该商品的市场价格容易出现波动的发展中国家来讲，对这类商品的出口管制，目的是为了稳定国际市场价格，保证正常的经济收入。比如，欧佩克（OPEC）对成员国的石油产量和出口量进行控制，以稳定石油价格。

8.1.3　出口管制的目的

1. 政治与军事的目的

通过限制或禁止某些可能增强其他国家军事实力的物资、特别是战略物资的对外出口，来维护本国或国家集团的政治利益与安全。如美国出口管制的焦点是遏止大规模杀伤武器被用于增加某些国家的军事和恐怖活动能力，因而严格控制出口用于军用飞行器和导弹的关键器件。被列入恐怖源的古巴、利比亚、伊朗和伊拉克等国家，美国实行全面封锁禁运。对于核的控制，除执行本国的《反核扩散法案》之外，美国还与其他国家订立了《核供应组织纲领》，控制核在国际范围的扩散。

2. 经济目的

对出口商品进行管制，可以限制某些短缺物资的外流，有利于本国对商品价格的管制，减少出口需求对国内通货膨胀的冲击。同时，出口管制有助于保护国内经济资源，使国内保持一定数量的物资储备，从而利用本国的资源来发展国内的加工工业。如美国控制超级电脑出口，以防止某些进口国家付诸损害美国利益的用途。

3. 其他目的

如通过禁止向某国或某国家集团出售产品与技术，作为推行外交政策的一种手段；通过不同国家设限，实施差别待遇。如美国商务部将进口目的地国家除加拿大外，分成七个组别，分别配以"Q"、"S"、"T"、"V"、"W"、"Y"和"Z"字母代码，实施不同的控制项目，显示国别政策差异。

8.1.4 出口管制形式

出口管制主要有以下两种形式：

1. 单边出口管制

一国根据本国的出口管制法律，设立专门的执行机构，对本国某些商品的出口进行审批和发放许可证。单边出口管制完全由一国自主决定，不对他国承担义务与责任，一般由国家有关机构根据出口管制的有关法案，制定管制货单和输往国别分组管制表，然后采用出口许可证具体办理出口申报手续。

2. 多边出口管制

多边出口管制是指几个国家的政府，通过一定的方式建立国际性的多边出口营制机构，商讨和编制多边出口管制的清单，规定出口管制的办法，以协调彼此的出口管制政策与措施，达到共同的政治与经济目的。1949 年 11 月成立的输出管制统筹委员会即巴黎统筹委员会，也叫巴统组织，就是一个典型的国际性的多边出口管制机构。

知识拓展

巴黎统筹委员会

正式名称为"输出管制统筹委员会"，是因其总部设在巴黎，通常被称为"巴黎统筹委员会"，简称巴统。该组织是"二战"后西方发达工业国家在国际贸易领域中纠集起来的一个非官方的国际机构，其宗旨是限制成员国向社会主义国家出口战略物资和高技术。巴统的禁运政策和货单常受国际形势变化影响，有时还把禁运限制同被禁运国家的社会制度、经济体制或人权联系一起。冷战期间，两极对峙，欧美联合对华禁运，"巴统"对新中国的禁运管制甚于苏联。20 世纪 70 年代中美关系解冻后，西欧国家随即陆续与中国建交，在 70 年代至 80 年代期间，中国从欧共体国家引进了一大批先进的军民两用军事技术和装备。进入 80 年代中期后，"巴统"对中国先后放宽总计约 48 种"绿区"技术产品出口审批程序。其后，"巴统"又决定对中国实行自由出口，出口审批权下放给各成员国，不再逐项报批，对华出口管制极为优惠。1989 年，欧共体首脑会议作出决定禁止对华军售，"巴统"也随即终止对华放宽尖端技术产品出口计划。

巴统带有强烈的冷战色彩和意识形态的目的。冷战结束后，西方国家认为，世界安全的主要威胁不再来自军事集团和东方社会主义国家，该委员会的宗旨和目的也与现实国际形势不相适应，1994 年 4 月 1 日宣布正式解散。

8.2　出口管制的种类

8.2.1　出口管制机构

一般各国的商务管理部门负责出口管制措施的实施。如我国出口管制的执行机构是商务部，具体事务由商务部科技司下设的出口管制一处和出口管制二处处理。

美国的商务部是该国的出口管制执行机构。商务部下设贸易管理局具体操办出口管制工作，对世界上不同的国家或地区实行出口差别待遇与歧视政策。

8.2.2　出口管制的种类

一国出口管制的手段有很多种，既可以通过直接的数量配额管制，也可以通过间接的税率调节，还可以通过发放出口许可证、出口商品国家专营制度等来减少出口。其中最常见和最有效的手段是运用出口许可证制度。出口许可证分为一般许可证和特殊许可证。

1. 一般许可证

一般许可证又称普通许可证，这种许可证相对较易取得，出口商无须向有关机构专门申请，只要在出口报关单上填写这类商品的普通许可证编号，在经过海关核实后就办妥了出口许可证手续。

2. 特殊许可证

出口属于特种许可范围的商品，必须向有关机构申请特殊许可证。出口商要在许可证上填写清楚商品的名称、数量、管制编号以及输出用途，再附上有关交易的证明书和说明书报批，获得批准后方能出口，如不予批准就禁止出口。

知识拓展

美国的出口管制

1. 美国出口管制商品清单

美国政府在对出口商品实施管制时，按其属性、用途、贸易方式等分门别类进行管理，并制定了两个管制商品清单：一个是商用及双重用途的商品管制清单；一个是军事用品管制清单。军事用品管制清单的内容单一，界限清楚，变化不大。商用及双重用途商品管制清单按商品属性分为 0～9 十个大类，包括：金属加工机械、化工和石油设备、电和发电设备、通用机械、运输设备、电子和精密仪器、金属矿产及其制品、化工品、金属、石油产品及有关材料、橡胶和橡胶制品、其他。

2. 美国出口管制控制标准

为了根据商品的重要性和不同国别政策实施区别对待，分层管理，清单将所管制的 221 种商品和技术全部按英文字母顺序标明了 A～M 编号的 9 种控制标准，其中除 A 类是实行多边出口管制外，从 B 类到 M 类皆为单边管制，且管制的程度是从严到宽。

3. 出口管制的机构及职责

根据商品的类别和控制职能，美国外贸出口管制涉及下列十几个部门：

(1) 商务部出口管理局。属出口管理的归口部门，负责普通商品及技术出口等各种配额、许可证制度的执行。

(2) 国务院就国防武器及其服务用品制定美国武器清单；国务院防卫贸易办公室负责军事武器及防卫服务的出口管理。

(3) 国防部防卫技术和安全管理局负责防卫技术国际扩散政策和复审商务部的某些"复合用途商品"的出口许可证的申请和发放。

(4) 财政部海外资产控制办公室根据《与敌贸易法案》和《国际紧急经济权力法案》对某些敌对和恐怖源国家实施禁运。

(5) 司法部药品执行管理局负责麻醉和危险药物的出口管理。此类药物属未在美国认可为正常医疗用途的产品，而且具有很高的滥用可能性。如：海洛因、大麻等。

(6) 能源部的核条例委员会根据《原子能法案》负责管理核设备和核原料的出口，燃料局负责天然气和电能的许可证管理。

(7) 海商局负责核准注册吨位 5 吨以上的船舶出口；对 S 或 Z 组国家出口，还需出口管理局授权。

(8) 内务部负责野生动物的证件管理。

(9) 专利和商标办公室负责专利和商标出口许可证和复审，并监控专利在海外的使用情况。

(10) 环保局负责管理有毒废弃物资的出口。

(11) 食品药物管理局规范食品药物及化妆品的出口。

(12) 出口实施办公室负责监督实施各项出口法规。对违反出口控制的嫌疑进行调查，将行政性管理的案件提交商业部，刑事案件提交司法部，违法后果按民事或刑事责任或民刑并罚处理。

4. 出口管制手段

美国对出口实行许可证管理。美国出口许可证分为普通许可证和特别许可证两大类。

(1) 普通许可证项下的产品由"出口管理条例"列明，主要贯彻美国外交政策，对目的国加以控制。该类许可证属法律授权，出口商无须申请。在出关时，以填具的出口报关单为证，由海关抄送商务部出口管理局备查。

(2) 特别许可证又称核准许可证。1969 年《出口管理法案》授权美国总统对某些商品和技术资料的输出进行管制。特别许可证针对具体产品和具体目的国，需由商务部出口许可证办公室逐项审批或在规定时限内数项并批。为了确保对目的地和最终用途的控制，在审批许可证时政府要求查验"国际进口证书"和"最终用户及用途声明"。"国际进口证书"是由目的国政府出具的保障进口商品在进口国境内使用的官方声明。"最终用户及用途声明"是由国外进口商出具一纸保证，保证进口商品不予转售别国或服务于和出口许可证规定相悖的用途。这两项证书，商务部印有现成的表格，由出口商寄给进口商，由后者自己并联系本国政府填具。

知识拓展

中国进出口管制商品目录

为维护国家根本利益，根据《中华人民共和国对外贸易法》、《中华人民共和国货物进出口管理条例》、《国家产业结构调整指导目录》以及履行部分国际公约义务等需要，国家对部分商品进出口实行管制，具体商品目录实行动态管理，具体主要分为禁止进出口、主（被）动配额（许可证）管理和出口指定经营（国营贸易）等。

1. 禁止进、出口商品

制定禁止进、出口商品目录主要考虑环保、食品安全、不可再生性资源及易制毒、核武扩散等因素。

禁止进口商品主要包括部分废旧机电制品、农药制品、可用做原料的工业垃圾及经检验检疫不能入境商品。

禁止出口商品主要包括石英砂、石棉、部分农药制品、木炭及经检验检疫不能离境商品。

2. 进、出口指定经营

根据中国加入 WTO 议定书有关加入后三年内放开指定经营的规定，自 2004 年 12 月 11 日起，取消钢材、天然橡胶、羊毛、腈纶及胶合板的进口指定经营（木材进口指定经营已于 1999 年先行取消），至此，进口指定经营（国营贸易）正式退出历史舞台。

实行出口指定经营（国营贸易）的商品主要包括兵器装备、烟草、玉米、大米、煤炭、原油、成品油、棉花、锑砂、锑（包括锑合金）、锑制品、氧化锑、钨砂、仲钨酸铵及偏钨酸铵、三氧化钨及蓝色氧化钨、钨酸及其盐类、钨粉及其制品、白银等。

3. 自动进口许可证管理商品

根据《货物自动进口许可管理办法》，商务部对 2007 年《自动进口许可管理货物目录》进行了调整，取消其中塑料原料等商品共计 338 个税目的自动进口许可管理，并从 4 月 1 日起生效。

现自动进口许可证管理商品主要包括铜、铝、烟草、肉鸡、植物油、煤、天然橡胶、废钢、废纸等。

4. 农产品进口关税配额商品

进口关税配额商品主要包括棉花、羊毛（含毛条）等国内外差价大、易对国内民族产业造成冲击且不宜监管的商品。其中：棉花进口关税配额由省发改委分配，羊毛（含毛条）进口关税配额由省外经贸厅分配，该类商品进口贸易方式需明确——一般贸易或加工贸易。

5. 出口配额（许可证）商品

实行出口许可证管理商品分别实行出口配额许可证、出口配额招标和出口许可证管理。

实行出口配额许可证管理的商品主要包括玉米、大米、小麦、棉花、茶叶、锯材、活牛（对港澳）、活猪（对港澳）、活鸡（对港澳）、蚕丝类、煤炭、焦炭、原油、成品油、稀土、锑砂、锑（包括锑合金）及锑制品、氧化锑、钨砂、仲钨酸铵及偏钨酸铵、三氧化钨及蓝色氧化钨、钨酸及其盐类、钨粉及其制品、锌矿砂、锌及锌基合金、锡矿砂、锡及锡基合金、白银。

实行出口配额招标的商品主要包括蔺草及蔺草制品、碳化硅、氟石块（粉）、滑石块（粉）、轻（重）烧镁、矾土、甘草及甘草制品。

实行出口许可证管理的商品主要包括活牛（对港澳以外市场）、活猪（对港澳以外市场）、活鸡（对港澳以外市场）、牛肉、猪肉、鸡肉、消耗臭氧层物质、监控化学品、易制毒化学品、石蜡、铂金（以加工贸易方式出口）、电子计算机、电风扇、自行车、摩托车及摩托车发动机。

除对港澳出口的活牛、活猪、活鸡实行全球许可证下的国别（地区）配额许可证管理外，其他出口许可证管理货物目录所列出口货物均实行全球出口许可证管理。

【基础知识训练】

一、单项选择题

1. 出口管制的形式可分为以下两种（　　）。
   - A. 单一出口管制和多种出口管制
   - B. 单方面的出口管制和多边出口管制
   - C. 配额管制和关税管制
   - D. 数量管制和金额管制

2. 巴黎统筹委员会是（　　）。
   - A. 单一出口管制组织
   - B. 法国的出口管制机构
   - C. 国际性多边出口管制机构
   - D. 社会主义国家的出口管制组织

二、多项选择题

1. 属于出口管制的货物包括（　　）。
   - A. 战略性物质
   - B. "自动"控制出口物质
   - C. 一般出口物资
   - D. 国内生产所需原材料、半成品

2. 一国实施出口管制的原因有（　　）。
   - A. 政治的需要
   - B. 军事的需要
   - C. 经济发展的需要
   - D. 国家安全的需要

【技能训练】

训练 1

要求：阅读资料 1，分析理解中国为什么要实行出口管制？

资料 1：中国为什么要实行出口管制

2006 年 1—10 月，我国汽车整车出口企业共 1 242 家，出口数量超过 100 辆的企业有 140 家，占全部出口企业的 11.3%；出口数量不足 10 辆的企业有 718 家，占全部出口企业的 57.8%。为此，中华人民共和国商务部、国家发展改革委员会、海关总署、质检总局等部门于 2006 年 12 月 31 日联合发出通知，决定从 2007 年 3 月 1 日起，对汽车整产品（包括乘用车、商用车、底盘及成套散件）实行出口许可证管理。

该通知指出，为规范汽车出口秩序，转变出口增长方式，提高出口增长质量和效益，促进汽车产业健康发展，依据《中华人民共和国对外贸易法》、《中华人民共和国海关法》、《中华人民共和国商检法》及相关的法律法规，决定对汽车整车产品实行出口许可证管理，通知上说，申领汽车整车产品出口许可证的汽车企业必须列入国家发展改革委员会发布的《车辆生产企业及产品公告》，通过国家强制性产品认证（CCC 认证）且持续有效，具备与出口汽车保有量相适应的维修服务能力，在主要出口市场建立较完善的销售服务体系，申领整车出口许可证的企业应获得符合出口条件的汽车生产企业的出口授权等。

汽车特别是轿车作为我国走向世界市场的新型产品，最近几年出口增长迅猛。据海关统计，2003 年中国整车出口的增长速度是 96%，达到 4.3 万辆；2004 年出口 7.8 万辆，增幅 80%；2005 年出口 17.3 万辆，增幅达到 120%；2006 年中国汽车出口 34 万辆，其中轿车出口达到 9 万多辆，比上年增长 200%。但是我国汽车出口企业有 1 000 多家，汽车出口市场秩序混乱，出现了价格无序竞争、出口后没有维修售后服务等情况，这种局面如果不从根本上扭转，中国的汽车将被淘汰出世界市场。因此，政府对汽车出口采取的管理手段是非常及时的，对提高企业整体实力，对中国汽车工业的长远发展非常必要。

为了克服市场经济发展的滞后性和盲目性，各国政府都采取了各种措施加强对外贸易的管理，各国政府以法律手段为基础，以经济手段为主导，以行政手段为辅助，以保证对外贸易科学发展，健康发展，持续发展。汽车产品实行出口许可证管理的目的正是如此。

训练 2

要求：阅读资料 2，分析理解一国为什么要实行出口管制措施，出口管制措施对于贸易国会产生哪些影响。

资料 2：中国参与半导体产业全球生产体系的困境——出口管制

2003 年 Intel 公司的纯利润 56 亿美元，利润率达到 18%，而中国半导体市场的利润率只有 3.7%。尽管中国内地半导体产业迅速发展，但是其半导体产业还只是停留在制造阶段，因为没有核心技术半导体产业的核心技术都得用 Intel 的，利润都被 Intel 这些掌握了核心技术的公司赚去了。

为何人们不能掌握核心技术？如果寻找外部因素，人们不难发现，这与以美国为首的西方国家对半导体技术的封锁是分不开的。由于"巴统"和瓦森纳安排的存在，极大地限制了中国半导体公司在全球市场的设备采购和技术引进。

1956 年中国就提出要研究开发半导体技术，但是在相当长时间内技术上没有取得大的突破，而此时的美国对中国的半导体设备和技术出口进行了严格的限制。20 世纪 90 年代中后期内地投入巨资发展的"908"和"909"工程，继续受到了美国、日本等国在设备、技术出口管制方面的限制，华晶、华虹等到国际市场采购设备都先后遭到了瓦森纳安排的限制。如 2001 年初，当时新上任的布什政府冻结了克林顿政府对两个电子束系统发放的出口许可，导致中芯国际与美国应用材料公司的订货合同撤销。虽然在应用材料和中芯国际的努力下，半年后，一个由美国国防部、商务部和国务院代表组成的委员会复审该出口牌照，但是也没有获得通过，这项技术出口最终搁浅。目前，美国商务部出口管制局对美国厂商前往中国投资设厂即规定，只要涉及 0.5 微米的技术，厂商就要向商务部申请，由商务部出口管制局组跨部门小组进行个案审查。

有人认为，正是以美国为首的西方国家对中国内地的出口管制，使得中国内地半导体设备制造业同国际先进水平还有 2～3 代的差距，落后国际先进水平 10 年左右。而这也极大地妨碍了中国在半导体价值链生产中的水平升级。

半导体产业的问题，只是中国内地参与经济全球化（全球生产体系）时，由于以美国为首的西方国家对华出口管制而出现困境的一个缩影。在计算机、航天等诸多产业同样面临这样的问题。

而在经济全球化（全球生产体系）中相当活跃的中国台湾、韩国等国家和地区，参与该体系时基本没有面临这样的问题。韩国是美国的盟国，而中国台湾的地位类似于同盟国的地位。美国负责工业和安全事务的商务部副部长曾说，鉴于国家的安全考虑，就美国的出口管制制度而言，尚未准备像对待其他伙伴一样对待中国（内地）。人们也未准备像对待中国台湾那样对待中国（内地）。比如在半导体产业发展上，中国台湾就曾顺利得到美国的技术支持和产业转移。1974 年在中国台湾当局计划将半导体产业视为发展方向时，成功地自美国进口成熟的半导体技术与设备，未受限于美国出口管制政策。当时中国台湾工研院电子所派遣了数十位专家到美国去取经。1976 年，中国台湾先后派出 38 位青年工程师，在 RCA（美国无线电公司）的安排下，赴美接受实务训练，学习半导体技术，并且买下了该公司 0.7 微米的制程。1992 年，中国台湾的宏基公司与美国德州仪器公司合资成立了德基电子公司，主要生产内存芯片。近期中国台湾在专业分工策略以及与技术领先国合作的情况下，半导体产业已具有相当的水准。（资料来源：中国高职教育网）

学习情境9 世界贸易组织

【学习目标】

能力目标：能够对世界贸易组织的原则及运行机制进行分析，并能应用世界贸易组织的争端解决机制为政府和企业处理国际贸易问题提出合理建议。

知识目标：掌握世界贸易组织的宗旨、职能和机构，理解世界贸易组织的运行机制，掌握世界贸易组织的基本原则。

【工作任务】

1. 收集中国入世后，中美、中欧纺织品贸易发展情况，并分析其发展变化的原因。

2. 收集中国近10年对外贸易统计数据，分析中国入世后对外贸易的发展趋势，理解入世对中国对外贸易发展的影响。

【知识结构图】

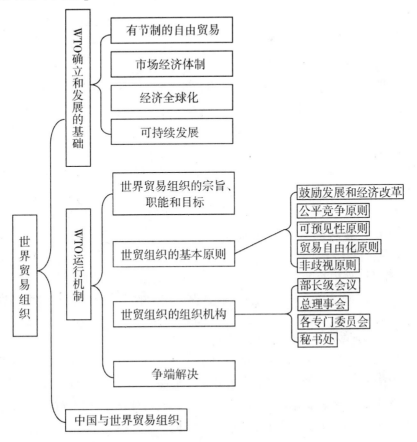

【引导问题】

1. 中国入世以来，对外贸易实现了大发展，可以说入世给中国带来了新的贸易利益，为什么？世界贸易组织的运行机制对我国对外贸易发展具有哪些作用？

【知识总汇】

世界贸易组织（World Trade Organization，WTO）于 1995 年 1 月 1 日建立，取代 1947 年创建的关贸总协定（GATT），是处理国家间贸易全球规则的唯一国际组织，是多边贸易体制的组织基础和法律基础。世贸组织是一个独立于联合国的永久性国际组织。世贸组织是具有法人地位的国际组织，在调解成员争端方面具有更高的权威性。总部设在瑞士日内瓦莱蒙湖畔。与关贸总协定相比，世贸组织涵盖货物贸易、服务贸易以及知识产权贸易，而关贸总协定只适用于商品货物贸易。

世贸组织成员分四类：发达成员、发展中成员、转轨经济体成员和最不发达成员。2006 年 11 月 7 日，世界贸易组织总理事会在日内瓦召开特别会议，正式宣布接纳越南成为该组织第 150 个成员。这样，世贸组织正式成员增加到 150 个。

9.1 WTO 确立和发展的基础

有节制的自由贸易理论、市场经济体制、经济全球化、可持续发展是 WTO 确立与发展的基础。

9.1.1 有节制的自由贸易

1. WTO 的定位

世界贸易组织有时被称为"自由贸易"组织，但这并不完全正确。更确切地说，这是一个致力于公开、公平、无扭曲竞争的规则体制。

所谓公开，是指 WTO 成员按照世贸组织协定与议定书履行义务，相互逐步开放货物贸易和服务贸易，扩大市场准入度。

所谓公平，是指贸易对象在市场经济下，依照市场经济规律进行贸易，同时对知识产权加强保护。

所谓无扭曲，是指贸易企业不借助垄断和特权等行为进行业务经营活动。

2. WTO 下有节制的自由贸易特点

（1）把贸易自由化作为 WTO 的基本目标。

WTO 的有关文件中反复表明，WTO 接受关贸总协定所实现的贸易自由化的成果。其宗旨是：以提高生活水平、保证充分就业、保证实际收入和有效需求的大幅度扩大货物和服务贸易为目的。

（2）允许自由贸易与正当保护贸易并存。

① 与贸易有关的知识产权排除在贸易自由化之外；

② 发展中国家成员的保护程度高于发达国家成员；

③ 根据产业发展情况和竞争能力的水平，对产业可作出不同程度的保护；

④ 允许 WTO 成员国为实现可持续发展和保护国民身体健康等原因，实施保护措施；

⑤ 允许 WTO 成员认关税作为保护措施；

⑥ 在其负责实施管理的各种贸易协定与协议中，保留了许多例外，这些例外涉及非歧视原则，如最惠国待遇、国民待遇等，以及对诸边贸易协议可选择自愿接受等；

⑦ WTO 成员在因履行义务导致进口激增，进而使国内产业受到严重伤害时，可采取保障性措施。

9.1.2　市场经济体制

1. 市场经济体制的含义

市场经济体制是指一个国家在管理社会经济活动过程中，利用市场机制来配置资源，从而促进社会经济目标实现的管理体制、制度和措施。目前市场经济体制的主要模式有：美国的竞争型市场经济模式、德国的社会市场经济模式、法国的有计划市场经济模式、日本的政府主导型市场经济模式、中国的社会主义市场经济模式。

市场经济体制的基本特征：

(1) 市场主体的自主性；

(2) 市场过程的趋利性；

(3) 市场关系的平等性；

(4) 市场环境的开放性；

(5) 市场行为的规范性；

(6) 市场活动的竞争性；

(7) 市场结果的分化性。

2. WTO 规则根源于市场经济

WTO 负责实施与管理的贸易协定和协议中，贯穿了一些基本原则，其主要原则就体现了市场经济的基本要求。

(1) 非歧视原则。

非歧视原则要求 WTO 成员不应在贸易伙伴之间造成歧视。它们都被平等地给予"最惠国待遇"；一个成员也不应在本国和外国的产品、服务或人员之间造成歧视，要给予它们"国民待遇"。非歧视原则是市场经济中平等性的表现。

(2) 公平竞争。

WTO 负责实施管理的贸易协定与协议要求 WTO 成员在竞争中得到公平待遇。非歧视原则是用来谋求公平的贸易条件的，那些关于倾销和补贴的规则也是如此。WTO 农产品协议旨在给农业贸易提供更高的公平程度。知识产权的协议将改善涉及智力成果和发明的竞争的条件，服务贸易总协定则将改善服务贸易竞争的条件。有关政府采购的诸边协议将针对在各国政府机构的采购活动扩展竞争规则。

3. WTO 运行机制体现了市场经济体制的要求

(1) WTO 负责实施管理的协定与协议都是通过谈判达成的。

(2) WTO 成员的资格、加入与退出的方式体现了市场经济下的平等性、自由性和开放性。

① 任何主权国家和单独关税区都可以申请加入 WTO；

② WTO 成员可以自由申请加入，也可以自由退出；

③ WTO 成员的权利与义务基本对等；

④ WTO 决策主要遵循"协商一致"的原则，在无法协商一致时采取投票表决。每个 WTO 成员均有一票投票权。

4. WTO 促进其成员市场经济体制的发展与完善

（1）WTO 成员必须一揽子接受"乌拉圭回合"达成的所有贸易协定与协议，少数几个多边协议除外。

（2）WTO "每一成员应保证其法律、法规和行政程序"与 WTO 各种协议与协定的规定义务一致。

（3）申请加入 WTO 者要作出不断改革不符合 WTO 规则的国内贸易法规的承诺。

9.1.3 经济全球化

经济全球化是推动 WTO 建立的动力来源，反过来 WTO 又促进了经济全球化的发展。

1. 经济全球化的含义和表现

经济全球化是指以市场经济为基础，以先进科技和生产力为手段，以发达国家为主导，以最大利润和经济效益为目标，通过贸易、分工、投资和跨国公司，实现世界各国市场和经济相互融合的过程。

经济全球化表现：

（1）贸易活动全球化；

（2）生产活动全球化；

（3）金融活动全球化；

（4）投资活动全球化；

（5）企业活动全球化；

（6）消费活动全球化；

（7）经贸、文化、概念和人才全球化。

2. 经济全球化背景下需要建立国际贸易利益协调机制

国际贸易利益协调是指世界经济主体之间互相协调其贸易政策、共同对国际贸易的运行和国际贸易关系的发展进行干预和调节，以便解决其中存在的问题，克服面临的困难，促进国际贸易关系和国际贸易正常发展的行为。

在经济全球化的背景下，各国经济之间的相互依赖程度加深。一国对本国对外贸易实施的政策措施不可避免地会对其他国家的利益造成影响。通过建立共同的利益协调机制协调国际贸易利益成为必要。

3. WTO 对国际贸易利益协调的能力

世界贸易组织的成立大大加强了世界各国协调国际贸易利益的能力，主要表现在：

（1）强化了非关税壁垒的纪律，提高了基本原则的统一性。

（2）强化了争端解决机制，使判决更加具有约束力，监督机制加强。

（3）协调领域从货物领域扩展到投资、服务和知识产权领域，国际贸易利益协调面扩展到整个世界经贸领域。

（4）世界贸易组织是一个正式的国际组织，不同于"临时适用"的 1947 年关贸总协定。

（5）加强了对发达国家成员与发展中国家成员之间的贸易利益协调。在建立 WTO 的前言中，把促进发展中国家的贸易发展提高到重要地位；在贸易协定与协议中，对发展中国家均给予各种特殊待遇；通过各种方式援助发展中国家。

（6）重视与其他国际组织和非政府组织的合作与联系，为贸易利益协调创造良好的外部环境。

（7）在可持续发展方面作出了更多规定。WTO 成为了协调解决全球环境问题的重要国际组织之一。

9.1.4　可持续发展

1. 可持续发展的含义与对贸易的要求

可持续发展是满足当代人的需求，又不损害子孙后代满足其自身需求的能力。实现可持续发展旨在提高人类生活的质量。

可持续发展对贸易发展的要求：

（1）贸易不要浪费世界资源；

（2）贸易要保护生物的多样性；

（3）贸易不要扩大对生态环境的污染；

（4）贸易不要对贸易产品的使用者构成伤害；

（5）贸易发展建立在可持续发展的基础上。

2. WTO 关注可持续发展

《马拉喀什建立世贸组织协定》的序言中指出：WTO 成员为可持续发展之目的最合理的利用世界资源，保护和维护环境，并以符合不同经济发展水平下各自需要的方式，采取相应的措施。

WTO 对可持续发展关关注表现在：

（1）《1994 年关贸总协定》中有关环境保护规定。该协定第 20 条"一般例外"条款中规定：任何成员都有权采取"保障人类、动植物的生命或健康所必需的措施"以及"与国内限制生产与消费的措施相配合，为有效保护可能用竭的天逸资源的有关措施"。

（2）《实施卫生与植物卫生措施的协议》指出："不应阻止各成员采纳或实施为保护人类、动物或植物的生命或健康所必需的措施"。

（3）《技术性贸易壁垒协议》规定：各国可以在其认为适当的程度内采取必要措施，以"保护人类、动物或植物的生命或健康以及保护环境"。

（4）《服务贸易总协定》中的一般例外条款设定了为保护人类、动物或植物的生命或健康而必需的例外。

（5）《与贸易有关的知识产权协定》规定：如果为了维护公共秩序或道德，包括为了保护人类、动物或植物的生命或健康或避免严重损害环境，必须在其境内阻止对这些发明的商业性利用，则各成员可以不授予这些发明以专利权。

为了协调贸易与可持续发展的关系，WTO 专门成立了贸易与环境委员会。

9.2 WTO 运行机制

9.2.1 WTO 的宗旨、职能和目标

1. WTO 的宗旨

（1）提高生活水平，保证充分就业和大幅度、稳步提高实际收入和有效需求；

（2）扩大货物和服务的生产与贸易；

（3）坚持走可持续发展之路，各成员方应促进对世界资源的最优利用、保护和维护环境，并以符合不同经济发展水平下各成员需要的方式，加强采取各种相应的措施；

（4）积极努力确保发展中国家，尤其是最不发达国家在国际贸易增长中获得与其经济发展水平相适应的份额和利益。

2. WTO 的主要职能

（1）组织实施各项贸易协定；

（2）为各成员提供多边贸易谈判场所，并为多边谈判结果提供框架；

（3）解决成员间发生的贸易争端；

（4）对各成员的贸易政策与法规进行定期审议；

（5）协调与国际货币基金组织、世界银行的关系，提供技术支持和培训。

3. WTO 的目标

WTO 的目标是建立一个完整的，包括货物、服务、与贸易有关的投资及知识产权等内容的，更具活力、更持久的多边贸易体系，使之可以包括关贸总协定贸易自由化的成果和乌拉圭回合多边贸易谈判的所有成果。

9.2.2 WTO 的基本原则

1. 鼓励发展和经济改革

WTO 四分之三的成员是发展中国家和正在向市场经济转型的国家。WTO 应致力于发展，最不发达国家在实施协议的时间方面需要灵活性，这已经成为共识。协议继承了关贸总协定中的规定，给予发展中国家以特别的援助和贸易减让。鼓励工业化国家以有意识、有目的的努力在其贸易条件上给予发展中国家成员帮助，并且对在谈判中向发展中国家做出的减让不期望得到互惠。

2. 公平竞争原则

公平竞争原则是指各国在国际贸易中不应采用不公正的贸易手段进行竞争，尤其是不应以倾销或补贴方式出口商品。进口国如果遇到其他国家出口商以倾销或补贴方式出口商品，可以采取反倾销或反补贴措施来抵制不公平竞争，维护公平竞争的贸易环境。但WTO 的一些协议中也存在公平竞争原则的例外。

3. 可预见性原则

WTO 成员在同意开放货物或服务市场时，必须约束关税，即未经与其他贸易伙伴进行补偿谈判（即可能要补偿贸易伙伴的贸易损失）不得提高关税。承诺不增加贸易壁垒有时与减少贸易壁垒一样重要，因为商业人士可以对未来的机会有一个明确的预期。除了对

关税进行约束外，WTO 还通过不鼓励配额和数量限制，以及要求成员保持各自规定的透明度（即公开各自的政策和做法）来增加可预见性。可预见的贸易条件的关键在于国内法律、规章与措施的透明度，要求在国家层次上进行信息披露。

4. 贸易自由化原则

在 WTO 框架下，贸易自由化原则是指通过多边贸易谈判，实质性地削减关税和减少贸易壁垒，扩大成员方之间的货物和服务贸易。减少贸易壁垒是最明显的鼓励贸易的方式，这些壁垒包括关税和配额等限制数量的措施。WTO 的各项协议允许成员逐步减少贸易壁垒，发展中国家一般有更长的过渡期。

5. 非歧视原则

非歧视待遇又称无差别待遇，是针对歧视待遇的一项缔约原则，它要求缔约双方在实施某种优惠和限制措施时，不要对缔约对方实施歧视待遇。这一原则包括两个方面：一个是最惠国待遇；另一个是国民待遇。

最惠国待遇是指一成员方将在货物贸易、服务贸易和知识产权领域给予任何其他国家的优惠待遇，立即无条件地给予其他各成员方。最惠国待遇的实质是保证市场竞争机会均等。

国民待遇是指对其他成员方的产品、服务或服务提供者及知识产权所有者和持有者提供的待遇，不低于本国同类产品、服务或服务提供者及知识产权所有者和持有者所享有的待遇。

最惠国待遇适用于世贸组织所有三个贸易领域。国民待遇是指对外国的货物、服务以及知识产权应与本地的同等对待。

9.2.3　WTO 的组织机构

WTO 的各项职能都是通过其所属的组织机构实现的，其机构设置如下：

1. 部长级会议

部长级会议是 WTO 的最高决策权力机构，由所有成员国主管外经贸的部长、副部长级官员或其全权代表组成，一般两年举行一次会议，讨论和决定涉及 WTO 职能的所有重要问题，并采取行动。

部长级会议的主要职能是：

（1）任命 WTO 总干事并制定有关规则；

（2）确定总干事的权力、职责、任职条件和任期以及秘书处工作人员的职责及任职条件；

（3）对 WTO 协定和多边贸易协定做出解释；

（4）豁免某成员对 WTO 协定和其他多边贸易协定所承担的义务；

（5）审议其成员对 WTO 协定或多边贸易协定提出修改的动议；

（6）决定是否接纳申请加入 WTO 的国家或地区为 WTO 成员；

（7）决定 WTO 协定及多边贸易协定生效的日期等。

2. 总理事会

总理事会由所有成员方驻 WTO 的大使和代表组成，定期召开会议。在部长级会议休会期间，由总理事会承担其决策职能，是最高级决策者。总理事会可视情况需要随时开会，自行拟订议事规则及议程。同时，总理事会还必须履行其解决贸易争端和审议各成员贸易政策的职责。

总理事会下设货物贸易理事会、服务贸易理事会、知识产权理事会等。

3．各专门委员会

部长级会议下设立专门委员会，以处理特定的贸易及其他有关事宜。已设立的专门委员会有以下几个：

(1) 贸易与发展委员会；

(2) 国际收支限制委员会；

(3) 预算、财务与行政委员会；

(4) 贸易与环境委员会等十多个专门委员会。

4．秘书处与总干事

秘书处与总干事：由部长级会议任命的总干事领导的 WTO 秘书处（下称秘书处），设在瑞士日内瓦，大约有 500 人。秘书处工作人员由总干事指派，并按部长会议通过的规则决定他们的职责和服务条件。

部长会议明确了总干事的权力、职责、服务条件及任期规则。WTO 总干事主要有以下职责：

(1) 他可以最大限度地向各成员施加影响，要求它们遵守 WTO 规则；

(2) 总干事要考虑和预见 WTO 的最佳发展方针；

(3) 帮助各成员解决它们之间所发生的争议；

(4) 负责秘书处的工作，管理预算和所有成员有关的行政事务；

(5) 主持协商和非正式谈判，避免争议。

9.2.4　争端解决

随着国际社会经济贸易的不断发展，国际经贸领域的贸易战也日见频繁。在解决国际经济贸易纠纷方面，世界贸易组织自成立以来就发挥着重要作用。

1．争端解决机构

WTO 的争端解决机构是总理事会。

总理事会负责处理围绕乌拉圭回合最后文件所包括的任何协定或协议而产生的争端。根据 WTO 成员的承诺，在发生贸易争端时，当事各方不应采取单边行动对抗，而是通过争端解决机制寻求救济并遵守其规则及其所做出的裁决。

2．争端解决的程序

(1) 磋商。

根据《争端解决规则和程序谅解》规定，争端当事方应当首先采取磋商方式解决贸易纠纷。磋商要通知争端解决机构。磋商是秘密进行的，是给予争端各方能够自行解决问题的一个机会。

(2) 成立专家小组。

如果有关成员在 10 天内对磋商置之不理或在 60 天后未获解决，受损害的一方可要求争端解决机构成立专家小组。专家小组一般由 3 人组成，依当事人的请求，对争端案件进行审查，听取双方陈述，调查分析事实，提出调查结果，帮助争端解决机构作出建议或裁决。专家组成立后一般应在 6 个月内向争端各方提交终期报告，在紧急情况下，终期报告的时间将缩短为 3 个月。

（3）通过专家组报告。

争端解决机构在接到专家组报告后 20～60 天内研究通过，除非当事方决定上诉，或经协商一致反对通过这一报告。

（4）上诉机构审议。

专家小组的终期报告公布后，争端各方均有上诉的机会。上诉由争端解决机构设立的常设上诉机构受理。上诉机构可以维持、修正、撤销专家小组的裁决结论，并向争端解决机构提交审议报告。

（5）争端解决机构裁决。

争端解决机构应在上诉机构的报告向世贸组织成员散发后的 30 天内通过该报告，一经采纳，则争端各方必须无条件接受。

（6）执行和监督。

争端解决机构监督裁决和建议的执行情况。如果违背义务的一方未能履行建议并拒绝提供补偿时，受侵害的一方可以要求争端解决机构授权采取报复措施，中止协议项下的减让或其他义务。

9.3　中国与世界贸易组织

9.3.1　中国加入 WTO 的历程

从 1986 年 7 月 11 日中国正式向 WTO 前身——1947 年成立的 GATT 递交"复关"申请到中国最终加入 WTO，历时 15 年。这个过程大致可分为四个阶段：

第一阶段：从 20 世纪 80 年代初到 1986 年 7 月，主要是酝酿和准备"复关"事宜。

第二阶段：从 1987 年 2 月到 1992 年 10 月，主要是审议中国经贸体制。

第三阶段：从 1992 年 10 月到 2001 年 9 月，"复关"／"入世"议定书内容的实质性谈判，即双边市场准入谈判。

第四阶段：从 2001 年 9 月到 2001 年 11 月，中国"入世"法律文件的起草、审议和批准。

2001 年 11 月 10 日，WTO 第四届部长级会议一致通过中国加入 WTO 的决议。中国的立法机构——全国人大常委会批准了这些报告和议定书并由中国政府代表将批准书交存 WTO 总干事。2001 年 12 月 11 日，中国正式成为 WTO 第 143 个成员国。

9.3.2　加入 WTO 后的权利和义务

1. 基本权利

加入 WTO 后，我国享有的基本权利：

（1）全面参与世界贸易体制。

加入 WTO 后，中国将充分享受正式成员的权利，其中包括：全面参与 WTO 各理事会和委员会的所有正式和非正式会议；全面参与贸易政策审议；在其他 WTO 成员对中国采取反倾销、反补贴和保障措施时，可以在多边框架体制下进行双边磋商；充分利用WTO争端解决机制解决双边贸易争端；全面参与新一轮多边贸易谈判，参与制定多边贸易规则；对于现在或将来与中国有重要贸易关系的申请加入方，将要求与其进行双边谈判，并通过多边谈判解决一些双边贸易中的问题，从而为中国产品和服务扩大出口创造更多的机会。

（2）享受非歧视待遇。

中国加入WTO后，可充分享受多边无条件的最惠国待遇和国民待遇，即非歧视待遇。

（3）享受发展中国家的权利。

中国作为发展中国家，可以享受WTO各项协定规定的特殊和差别待遇。其中包括：中国经过谈判，获得了对农业提供占农业生产总值8.5%"黄箱补贴"的权利，补贴的基期采用相关年份，而不是固定年份，使中国今后的农业国内支持有继续增长的空间；在涉及补贴与反补贴措施、保障措施等问题时，享有协定规定的发展中国家待遇；在争端解决中，有权要求WTO秘书处提供法律援助等。

（4）获得市场开放和法规修改的过渡期。

为了使中国相关产业在加入WTO后获得调整和适应的时间和缓冲期，并对有关的法律和法规进行必要的调整，经过谈判，中国在市场开放和遵守规则方面获得了过渡期。

（5）保留国营贸易体制。

WTO允许通过谈判保留进口国营贸易。为使中国在加入WTO后保留对进口的合法调控手段，中国在谈判中要求对重要商品的进口继续实行国营贸易管理。

（6）对国内产业提供必要的支持。

其中包括：地方预算提供给某些亏损国有企业的补贴；经济特区的优惠政策；经济技术开发区的优惠政策；外资企业优惠政策；国家政策性银行贷款；用于扶贫的财政补贴；技术革新和研发基金；用于水利和防洪项目的基础设施基金；出口产品的关税和国内税退税；进口减免税等。

（7）维持国家定价。

保留了对重要产品及服务实行政府定价和政府指导价的权利。其中包括：对烟草、食盐、药品等产品，民用煤气、自来水、电力、热力、灌溉用水等公用事业以及邮电、旅游景点门票、教育等服务保留政府定价的权利等。

（8）保留征收出口税的权利。

保留对鳗鱼苗、铅、锌、锑、锰铁、铬铁、铜、镍等共84个税号的资源性产品征收出口税的权利。

（9）保留对进出口商品进行法定检验的权利。

（10）有条件、有步骤地开放服务贸易领域并进行管理和审批。

2. 基本义务

加入WTO后，我国应履行的相应义务：

（1）遵守非歧视原则。

在货物、服务和知识产权等方面，依世贸组织规定，给予其他成员最惠国待遇和国民待遇。

（2）实施统一的贸易政策。

承诺在中国关境内，包括民族自治地方、经济特区、沿海开放城市以及经济技术开发区等实施统一的贸易政策。

（3）确保贸易政策的透明度。

承诺公布所有涉外经贸法律和部门规章，未经公布的不予执行。

（4）为当事人提供司法审议的机会。

（5）逐步开放外贸经营权。

（6）逐步取消非关税措施。

（7）不再实行出口补贴。

中国遵照 WTO《补贴与反补贴措施协议》的规定，取消协议禁止的出口补贴，通知协议允许的其他补贴项目。

（8）实施《与贸易有关的投资措施协议》。

（9）以折中方式处理反倾销、反补贴条款的可比价格。

（10）接受特殊保障条款。

9.3.3　中国加入 WTO 后的机遇与挑战

1. 符合中国的根本利益和长远利益

（1）中国对外开放进入一个新的阶段。

加入 WTO，扩大了中国的市场准入范围，增加了贸易机会，改善了中国的贸易、投资条件，提高了服务业的开放程度。把国内市场和国外市场更加紧密地联成一体，更好地实现资源的优化配置，充分、有效地利用国内外两种资源、两个市场，更好地"引进来"、"走出去"，把中国对外开放提高到了一个新的水平。

（2）有力地推动社会主义市场经济体制的改革和完善。

加入 WTO 后，客观上要求按市场经济的一般规律，调整和完善社会主义市场经济的行为规范和法律体系，转变政府职能和工作作风，建立和完善全国统一、公平竞争、规范有序的市场体系，为经济发展创造良好的体制环境，这有力地推动了我国的市场经济体制改革。

（3）促进经济持续快速健康发展。

加入 WTO 后，按照国际经贸规则办事，有利于改善中国经济发展的外部环境，拓宽经济发展空间。加入 WTO，促进国内结构调整，加快科技进步和创新，推进国民经济结构的优化升级、提高产业和产品的竞争力，使国民经济在既有较高速度又有较好效益的轨道上运行。

（4）促进海峡两岸经贸关系的发展。

在中国加入 WTO 后，台湾作为中国单独关税区也成为了 WTO 成员。两岸加入WTO 后，都遵循 WTO 的非歧视原则和市场开放原则，有利于促进海峡两岸实现"三通"，特别是解决通商问题，促进两岸经贸关系的进一步发展与祖国和平统一大业的实现。

2. 为中国的经济发展提供了新的历史机遇

（1）拓展国际市场。

加入 WTO 后，使中国获得了更加稳定的国际经贸环境，享受到其他国家和地区贸易投资自由化的便利，这对中国拓展国际市场、发展同各国和地区的经贸合作起到了积极作用。

(2) 改善投资环境。

加 WTO 后，随着中国向其他成员国提供国民待遇，提高贸易政策和法律、法规的透明度，扩大市场准入范围，逐步减少对外商投资的限制，外商进入中国市场的门槛大大降低。

(3) 扩大对外投资。

加入 WTO 后，中国企业利用其他成员开放市场、对 WTO 成员提供非歧视和互惠待遇的便利条件，在更大程度上走向国际市场，参与国际竞争。有更多的企业走出国门，开展对外直接投资，开拓国外市场。

(4) 提高资源配置效率。

加入 WTO 为中国经济发展开辟了新的、更大的空间。国内地区间的封锁和一些行业的垄断逐渐打破，生产力要素得到了更加有效、合理的配置，资源优势得以充分发挥。

(5) 促进国有企业改革。

加入 WTO 后，使企业有更多机会吸收国外的先进技术，学习国外企业先进的运作方式和管理经验，通过与外商的合资与合作，加快结构调整和产品升级换代，增强竞争能力。

(6) 促进私营企业发展。

加入 WTO 后，一些行业取消了不能私营的禁令，比如外贸、金融、供电、交通运输等行业，使私营企业与其他企业的待遇日益平等，为私营企业带来了空前的发展机遇。

3. 中国加入 WTO 受到的挑战

(1) 一些政策法规还不适应 WTO 规则，法制观念不强，存在有法不依、执法不严的现象；

(2) 政府已有的和惯用的宏观调控手段受到制约；

(3) 解决"三农"问题面临新的困难；

(4) 部分工业产业竞争加强；

(5) 服务业压力加大；

(6) 就业问题突出，人才竞争加剧；

(7) 世界经济对中国经济的负传递渠道增多；

(8) 世界共同性的疾病和"公害"在中国传播加强等。

【基础知识训练】

一、单项选择题

1. 世贸组织协议的范围（　　）。

　　A. 只包括商品　　　　B. 只包括服务　　　　C. 只包括政府采购

　　D. 包括商品、服务和政府采购

2. 世界贸易组织，成立于（　　）。

　　A. 1948 年 1 月 1 日　　B. 1995 年 1 月 1 日　　C. 1999 年 1 月 15 日

3. 世贸组织的常设机构是（　　）。

    A. 部长会议　　　　　　　　B. 总理事会　　　　　　　C. 理事会

4. WTO 的最惠国待遇是（　　）。

    A. 有条件的　　　　　　　　B. 无条件的　　　　　　　C. 普遍的

5. 世界贸易组织的最高权力机构是（　　）。

    A. 部长会议　　　　　　　　B. 缔约方全体大会　　　　C. 总理事会

6. 通过最惠国待遇原则和国民待遇原则来体现的是（　　）。

    A. 关税保护原则　　　　　　　　　　　　B. 关税减让原则

    C. 公平贸易原则　　　　　　　　　　　　D. 非歧视待遇原则

7. 世界贸易组织的日常办事机构是（　　）。

    A. 部长会议　　　　　　　　B. 总理事会　　　　　　　C. 秘书处

二、多项选择题

1. 世贸组织的主要机构有（　　）。

    A. 部长会议　　　　　　　　　　　　　　B. 总理事会

    C. 各专门委员会　　　　　　　　　　　　D. 关贸总协定

2. WTO 是在 GATT 的基础上建立的，它与 GATT 相比较，主要具有哪些特点（　　）。

    A. 组织机构的正式性

    B. 世界贸易组织协议的法律权威性

    C. 管辖内容的广泛性

    D. 权利与义务的统一性

    E. 争端解决机制的有效性

3. 世界贸易组织的基本原则有（　　）。

    A. 非歧视原则　　　　B. 市场开放原则　　　　C. 公平竞争原则

    D. 贸易政策法规透明度原则

    E. 对发展中成员的优惠待遇原则

【技能训练】

训练

要求：阅读案例，分析理解 WTO 的非歧视原则。

案例：美国石油歧视案

1991 年，美国环保局提出了对于国内和国外炼油商不同的标准，他们认为国外炼油商缺乏 1990 年检测的、足以证明汽油质量的真实数据，只能通过一个"法令的底线"显示他们汽油的质量。而国内炼油商可以通过 3 种可行方法制定"独立的底线"。这一标准对外国炼油商采取了歧视政策，造成市场竞争的不均衡，从而引起一场贸易纷争。

委内瑞拉在给 WTO 的诉状中强调，美国石油标准违背了 GATT 中的最惠国待遇，因为它对从某一第三国（加拿大）进口的石油采用了"独立底线"方案。同时，美国也违背了国民待遇，因为对美国国内石油公司采取了更优惠的待遇。

裁决：美国败诉。

分析：最惠国待遇和国民待遇是 WTO 给予各成员的最基本的权利和义务。伤害国民待遇或最惠国待遇，就会引起贸易争端。WTO 多个案例都运用了这一原则，说明一个看似简单易懂的原则却含有着最丰富的内容。这就要求我们在关税、政策、规则等各个层面进行调整，避免出问题。另一方面，我们还要学会"真正"运用国民待遇原则。这是因为过去我们一不留神就给了外资许多优惠政策，这些"超国民待遇"当然不妥。

学习情境 10　中国对外贸易管理

【学习目标】

能力目标：能够运用《外贸法》基本原则分析实际问题；能够理解对外贸易调控的各种经济杠杆的作用机制并实际指导企业贸易行为。

知识目标：掌握我国《外贸法》的基本原则；掌握国家对外贸易调控的经济杠杆及其作用，了解对外贸易行政管理制度、手段。

【工作任务】

1. 选择自己感兴趣的一类商品，搜索国家对这类商品的进出口管理措施有哪些，并分析这些措施对企业进出口的影响。

2. 认真阅读《中国对外贸易法》，熟悉对外贸易法的内容。

【知识结构图】

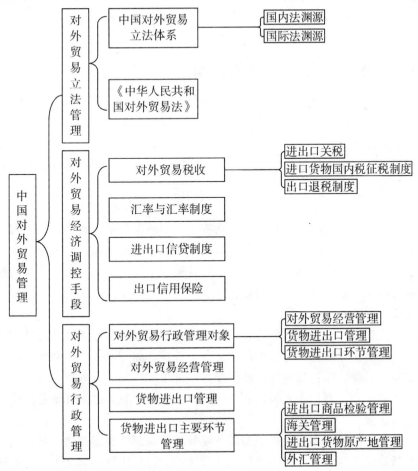

【引导问题】

1. 中国对外贸易宏观调控手段有哪些？其作用机制如何？

2. 在市场经济条件下，国家对于对外贸易的行政干预是否还有必要？为什么？我国政府目前采取哪些措施干预对外贸易活动？

【知识总汇】

改革开放以来，中国对外贸易管理体制改革的方向是坚持既符合社会主义市场经济体制的内在要求，又符合国际贸易规范的基本原则的新型外贸管理体制。具体体现在进一步转变政府职能，完善法律法规体系以及与世界贸易组织规则的适应性转换和调整，进一步履行入世承诺，逐步建立协调管理基础上的自由贸易体制。为此，中国逐步建立起了以立法手段为基础，以经济手段为主，以行政手段为辅的对外贸易宏观管理体系。

10.1 对外贸易立法管理

外贸立法管理手段是指在对外贸易中借助法律规范的作用对进出口活动施加影响的一种手段。它具有权威性、统一性、严肃性和规范性的特点。

社会主义市场经济是以法制为保障的经济，代表国际贸易规范的世界贸易组织规则，其基础是市场经济和法制经济。这就要求中国必须建立完善的外贸法律调控机制，使法律手段作为中国进行外贸管理的基础手段。

10.1.1 中国对外贸易立法体系

市场经济是法治的经济，需要相应的法律体系来规范，保障其有序运行、持续发展。具体到对外贸易领域，其立法体系由国内法渊源和国际法渊源两部分组成。

1. 国内法渊源

对外贸易的国内法渊源是指国家权力机关和国家行政机关颁布的调整对外贸易关系的各类规范性法律文件。主要包括以下内容：

（1）宪法。

宪法是国家最高权力机关依据特定立法程序制定的国家根本大法，在中国法律体系中具有最高的法律效力。宪法是中国对外贸易法中的一个重要渊源，其中明确规定了对外贸易立法的基本原则、立法根据，对外贸立法具有根本的指导意义。宪法本身的权威性决定了中国外贸法制建设首先以宪法为依据。

（2）法律。

指全国人民代表大会及其常务委员会制定颁布的基本法律。在对外贸易法的渊源中，除宪法外，法律居主导地位。包括专门性的外贸法律，如《对外贸易法》、《海关法》、《进出口商品检验法》等；还包括非专门性的涉外经济法律中有关对外贸易的规定，如《民法通则》、《专利法》和《商标法》等，这些法律也包含一定数量的对外贸易法律规范。

（3）行政法规。

行政法规是指国家最高行政机关即国务院及其所属部委根据宪法、法律制定颁布的有关对外贸易活动的条例、规定、实施细则和办法等。行政法规的规定不得与宪法或法律相抵触。由于中国的改革开放处于不断深化的发展过程中，因此，对外贸易法律往往比较简单和原则，订立大量的配套行政法规以增强法律的可操作性便成为一大特点。

（4）地方性规章。

地方性规章是指各省、自治区、直辖市和经国务院批准的较大的市的人民代表大会及其常务委员会或人民政府制定的调整本地区对外贸易关系的区域性法规，只要不与宪法、法律、行政法规相抵触，在所辖区域内具有规范性效力。

2. 国际法渊源

对外贸易的国际法渊源，包括国际条约和国际惯例。市场经济是开放型经济，要全面与世界经济融合。既然要融入世界经济当中，就必然要遵循国际贸易的公约、惯例等，以利于与其他国家进行交往，同时也使得本国企业在对外贸易中的权利得到保障。因此，中国对外贸易法制建设，除了进行大量的国内立法外，还认真研究和积极参加国际条约，承认所能接受的国际惯例。因此，国际条约和国际惯例，也是中国外贸法律体系的重要组成部分。

（1）缔结和参加国际条约。

国际条约指各国之间缔结的、规定它们在政治、经济、文化等方面的相互权利、义务的书面协议。一般来说，条约分为两国之间缔结的双边条约和多国之间缔结的多边条约。如果条约的缔结国多，而且又规定一般性的国际行为规范，便称为国际公约。

1978 年实行改革开放政策后，中国对外贸易获得了广泛的发展，已同世界上 220 多个国家或地区建立了贸易关系，同其中 140 多个国家或地区签订了有关贸易关系的双边条约、协定，与 90 多个国家或地区签订了避免双重征税和防止偷漏税协定，与 100 多个国家或地区签订了促进和保护投资协定。

中国从 1971 年恢复在联合国的合法席位后，参加了大约 100 多个国际条约，其中大部分是国际经济贸易方面的，包括各种国际商品协定、货物销售合同、金融组织及条约、海关组织及条约、保护知识产权组织和公约、国际运输公约、国际商事仲裁和司法协助公约等。此外，中国政策还积极发展同一些国际经济组织的关系，积极参加各项有关活动。如中国政府全面参与了关贸总协定乌拉圭回合多边贸易谈判，并签署了《乌拉圭回合最后文件》和《世界贸易组织协议》；还参加了亚太经济合作组织的各项活动和联合国贸易法委员会起草有关公约、法律指南，以及国际统一私法协会的各种关于贸易法统一的活动。

（2）承认国际贸易惯例。

国际贸易惯例是国家之间相互交往中，当事人经常引用、用以确定当事人之间权利义务关系的规则。国际贸易惯例日益受到各国政府、法律界和贸易界的重视，在国际立法和许多国家的立法中，都明文规定了国际贸易惯例的效力。我国关于国际惯例适用说明的国内法主要有《合同法》、《民法通则》、《海商法》、《民用航空法》、《票据法》。五部法律所规定的国际惯例在我国的适用原则基本上是一致的，即"中华人民共和国法律和中华人民共和国缔结或者参加的国际条约没有规定的，可以适用国际惯例"。

国际上通行的国际贸易惯例主要有《国际贸易术语解释通则》、《华沙—牛津规则》、《1941 年美国对外贸易定义》、《跟单信用证统一惯例》、《联合国运输单证统一规则》、《托收统一规则》、《国际商事仲裁示范法》、《仲裁规则》、《调解规则》等。

长期以来，中国在对外贸易活动以及处理对外贸易纠纷方面，对国际贸易中被广泛承认的国际贸易惯例是尊重的。中国许多外贸公司在它们的合同、信用证或有关交易所中都引用了上述有关的国际贸易惯例，以明确权利与义务。

10.1.2 《中华人民共和国对外贸易法》

《中华人民共和国对外贸易法》（以下简称《外贸法》）于 1994 年 5 月 12 日第八届全国人民代表大会常务委员会第七次会议审议通过，并于 1994 年 7 月 1 日正式实施。现行的《外贸法》是 2004 年修订并于 2004 年 7 月 1 日起施行。

《外贸法》主要规定了中国对外贸易的基本方针、基本政策、基本制度和基本贸易行为，在中国对外贸易立法体系中处于核心地位。

1. 《外贸法》的立法宗旨

《外贸法》的立法宗旨主要体现在五个方面：

（1）扩大对外开放；

（2）发展对外贸易；

（3）维护对外贸易秩序；

（4）保证对外贸易经营者的合法权益；

（5）促进社会主义市场经济的健康发展。

2. 《外贸法》的适用范围

（1）地域适用范围。

法律在地域上的适用范围，是指法律在哪些地域范围内发生效力。根据《外贸法》的规定，在中华人民共和国国境内发生的对外贸易行为原则上适用《外贸法》，但其单独关税区不适用本法。在国际贸易关系中，单独关税区可以与其所属的国家一样享有独立的法律地位。在 1997 年和 1999 年中央政府恢复对香港、澳门行使主权后，它们作为单独关税区均有自己独立的法律制度，因此，不适用《外贸法》。台湾也是中国的一个单独关税区，也不适用《外贸法》。

（2）人的适用范围。

《外贸法》对人的适用范围，是指法律对哪些人发生效力。根据《外贸法》的规定，其调整对象是货物进出口、技术进出口和国际服务贸易的行政管理关系，由此就决定了《外贸法》对人的适用范围是参加到这种管理关系中的管理者和被管理者。具体包括：国家负责有关对外贸易的管理机关；在中国从事货物进出口、技术进出口和国际服务贸易活动的中国法人、个人和其他组织；按照中国法律、行政法规的规定，在中国境内从事对外贸易活动的外国法人、其他组织和个人。

（3）时间适用范围。

法律的时间效力，是指法律生效和失效的时间，以及法律对其颁布实施以前的带伤和行为有无溯及力的问题。《外贸法》规定，"本法自 2004 年 7 月 1 日起施行"。即从 2004 年 7 月 1 日起，该法开始生效，在此之前制定的有关法律、行政法规、地方性法规等，如果在此以前发生的任何与《外贸法》不一致的规定，从这一天起都应当执行《外贸法》的规定。关于《外贸法》的溯及力的问题，《外贸法》没有这方面的规定，因此该法没有溯及力，即在 2004 年 7 月 1 日之前发生的任何在《外贸法》调整范围内的法律事实、法律事件、法律行为，都只能依据当时的有关法律、规定进行处理。

3.《外贸法》的基本原则

《外贸法》的基本原则是对外贸易法确定的法律规范和法律制度的基础，贯穿于对外贸易立法、执法、守法过程中，并对立法、执法、守法起普遍性的指导意义。

（1）实行全国统一的对外贸易制度。

国家实行统一的对外贸易制度是我国对外贸易制度的基本原则，它既包括对外贸易法律、法规和政策的统一制定，也包括这些法律、法规和政策的统一实施。具体有以下几层含义：

① 全国人大及其常委会制定国家统一的关于对外贸易的法律，并在中国全部关境内统一实施。

② 国家有关对外贸易的行政法规和政策由中央政府，即国务院或国务院对外贸易主管部门负责统一制定。

③ 我国各级地方政府应保障全国人大及其常委会制定的有关对外贸易的法律、中央政府制定的对外贸易的行政法规和政策在地方统一实施。

实行统一的对外贸易制度，对于维护国家在对外贸易方面的整体利益和处理国与国之间的外贸关系具有十分重要的意义。因此，每个国家都十分关注贸易伙伴国是否实行统一的外贸制度。实行统一的对外贸易制度，可保证一国履行这些条约、协定的义务，这样既可以顺利地开展国际间的对外贸易，又可以排除国际间的贸易障碍，为一国对外贸易的发展创造一个良好的外部环境。

（2）鼓励发展对外贸易。

国家鼓励发展对外贸易的原则，是我国对外开放的基本国策在对外贸易方面的具体体现。鼓励发展对外贸易，是为了使我国更深、更广地参与国际竞争。一方面促进我国商品、技术和服务走出国门，走向世界，另一方面促进货物、技术、服务的进口。同时，有利于国内产业通过竞争不断提高国际竞争力，最终保障我国在经济全球化进程中实现国民利益的最大化。

经过多年的外贸体制改革，中国已经参照国际贸易通行规则，采取了一系列支持、鼓励对外贸易发展的措施和办法：

① 国家制定对外贸易发展战略，建立和完善对外贸易促进机制。

② 国家根据对外贸易发展的需要，建立和完善对外贸易服务的金融机构，设立对外贸易发展基金、风险基金。

③ 国家通过进出口信贷、出口信用保险、出口退税及其他促进对外贸易的方式，发展对外贸易。

④ 国家建立对外贸易公共信息服务体系，预算内对外贸易经营者和其他社会公众提供信息服务。

⑤ 国家采取措施鼓励对外贸易经营者开拓国际市场，采取对外投资、对外工程承包和对外劳务合作等多种形式，发展对外贸易。

⑥ 国家扶持和促进中小企业开展对外贸易。

⑦ 国家扶持和促进民族自治地方和经济不发达地区发展对外贸易。

关于对外贸易促进组织和其对外贸易促进行为，国家通过设立或批准成立并赋予相应职责的民间性对外贸易促进机构，开展对外贸易促进活动。这类组织机构主要有进出口商会和中国国际贸易促进委员会。

(3) 维护公平的、自由的对外贸易秩序。

国家维护公平的、自由的对外贸易秩序，是指国家在法律上为外贸企业提供平等、自由的竞争环境，维护企业独立自主的经营地位，保障公平的进出口秩序，使外贸企业享受法律上的平等待遇，并要求外贸企业依法经营。国家维护一个良好的对外贸易秩序是对外贸易健康、顺利发展的保证。

公平与自由是法律的基本价值取向，但公平与自由还是绝对的公平与自由，而是在国家统一管理下的公平与自由，是建立在法律规定所允许的范围之内的公平与自由。《外贸法》就维护贸易秩序作了专门规定。

从对内方面来看，主要对对外贸易经营者规定了若干重要的行为准则，如不得违反有关反垄断的法律、行政法规的规定实施垄断行为；不得实施以不正当的低价销售商品、串通投标、发布虚假广告、进行商业贿赂等不正当竞争行为；不得伪造、变造进出口货物原产地标记，伪造、变造或者买卖进出口货物原产地证书、进出口许可证、进出口配额证明或者其他进出口证明文件；不得骗取出口退税、走私、逃避法律与行政法规规定的认证、检验、检疫等。对于有破坏、扰乱外贸秩序行为的外贸经营者，依法追究其法律责任。

从对外方面来看，主要针对外国的倾销、补贴等不正当竞争行为作出相应的规定，以维护公平的贸易秩序。

《外贸法》的这些规定与世界贸易组织的基本精神是一致的。对保障国家和企业的利益，维护公平竞争的对外贸易秩序发挥着重要作用。

(4) 货物与技术自由进出口。

国家对于货物、技术的进出口，实行在一定必要限度管理下的自由进出口制度。

《外贸法》所确定的进出口自由，是指国家在保证进出口贸易不对国家安全和各项社会公共利益产生损害前提下的自由；而当国家法律所规定的某些不良倾向出现时，则对进出口贸易实施必要的限制或禁止。因此，《外贸法》依据国际贸易通行规则，在确立货物与技术自由进出口原则的同时，还借鉴国际上的通行做法，采取世贸组织规则所允许的外贸管理措施进行管理；明确公布国家限制和禁止进出口的法定范围和程序。

(5) 发展国际服务贸易。

《外贸法》规定，国家在国际服务贸易方面根据所缔结或者参加的国际条约、协定中所作的承诺，逐步发展国际服务贸易：一方面给予其他缔约方、参加方市场准入和国民待遇，另一方面还列举了国家限制和禁止国际服务贸易的范围。

(6) 在多边、双边贸易关系中坚持平等互利、互惠、对等的原则。

《外贸法》确立了我国对外贸易制度在处理对外贸易关系方面的基本原则，即平等互利原则和互惠、对等原则。

平等互利是指进行经济贸易交往的各国及其公民、法人，在法律上相互平等，双方均有获利权。《外贸法》将平等互利原则运用于对外贸易关系领域，并将其作为我国促进和发展与其他国家和地区贸易关系、缔结或者参加关税同盟协定、自由贸易区协定等区域经济贸易协定、参加区域经济组织的基本原则。

互惠、对等原则是世界贸易组织的基本原则之一。互惠是指贸易伙伴双方相互给予对方的优惠。在国际贸易中，国家之间相互给予最惠国待遇、国民待遇通常都是以互惠为前提的。对等是指贸易双方相互给予对方同等待遇：一是对等地给予同样的优惠待遇；二是对等地对于对方给予自己的不平等或歧视性待遇，采取相应的报复措施。

根据《外贸法》的规定，中国在平等互利的基础上建立与其他国家之间互惠、对等的贸易关系，即在国际贸易关系中坚持并维护互惠、对等原则。其贯彻与实施主要体现在以下两方面：

① 在对外贸易方面根据所缔结或参加的国际条约、协定，给予其他缔约方、参加方或者根据互惠、对等原则给予对方最惠国待遇或国民待遇。

② 任何国家或地区在贸易方面对中国采取歧视性的禁止、限制或者其他类似措施时，中国可以根据实际情况对该国家或地区采取相应的措施。

《外贸法》所确立的对外贸易基本制度和原则，为对外贸易经营与管理提供了必要的法律依据。这说明中国对外贸易立法体系日趋成熟，标志着对外贸易开始全面纳入法制管理的轨道。

10.2　对外贸易经济调控手段

经济调控是指国家通过调节经济变量，对微观经济主体行为施加影响，使之符合宏观经济发展目标的间接调控方式。国家对对外贸易的宏观调控是依靠市场机制作用，以经济调节手段为主要方式，通过间接调控影响对外贸易经营行为。经济调节手段的主要特点有：

第一，通过市场机制起作用。政府根据市场信号，通过调节宏观经济参数，通过市场机制的运行，来实现宏观调控目标。

第二，间接性。国家实施不直接干预企业微观经济的运行，从而决定企业的经营结果，而是通过影响利益分配格局，间接影响企业利益，进而影响企业行为决策。

第三，非歧视性。运用经济调控手段调控宏观经济参数，企业置身于相同的宏观环境，面对相同的利率、税率、汇率等经济参数，因而，经济调控手段具有公平性、非歧视性的特点。

第四，非强制性。与法律手段和行政手段不同，经济调控手段遵从物质利益原则，主要通过影响利益主体的经济利益，间接的引导企业的行为，对企业行为不具有强制性。企业可以根据自身对市场趋势的判断，做出与国家调控目标不一致的抉择。

10.2.1　对外贸易税收

对外贸易税收是主权国家为履行公共管理职能的需要，凭借行政权力，依据法律制定的标准，对进出口行使征税权所形成的税收。

对外贸易税收按贸易流向可分为进口税和出口税，包括进口关税、进口商品税、出口关税、出口商品税。其中进口关税和出口关税仅对进出口的商品课征，体现对贸易商品和非贸易商品在税收上的差别待遇；进口商品税和出口商品税又称国内商品税，是对国内外商品同时课征的税，目的是平衡国内外商品的税负。

在当今国际贸易中，世界各国都积极鼓励出口贸易，绝大多数国家都不征出口关税。我国同样对出口贸易采取鼓励政策。因此，我国的对外贸易税收主要是通过征收进口关税和国内税实行和完成的，而对出口税收则更主要地表现为出口关税的减免和出口退税。

1. 进出口关税

（1）关税政策。

1992 年以后，我国开始实行适度开放与适度保护相结合的关税政策。按照关贸总协定对发展中国家的要求，逐渐、较大幅度降低关税总体水平，结合国内产业政策，调整关税结构，建立一个世界贸易组织框架允许下的调节和管理进出口贸易的新体制，推动贸易自由化进程。

（2）关税税则和税率。

我国的《海关进出口税则》是《进出口关税条例》的组成部分。现行的《海关进出口税则》是于 1992 年 1 月 1 日开始实施的，它是以国际上广泛采用的《商品名称及编码协调制度》为基础编制的，共分为 21 类，97 章。

我国进口税则分设最惠国税率、协定税率、特惠税率和普通税率 4 个栏目。

① 最惠国税率适用原产于与我国共同适用最惠国待遇条款的世贸组织成员的进口货物；或原产于与我国签订有相互给予最惠国待遇条款的双边贸易协定的国家或地区的进口货物。

② 协定税率适用原产于与我国参加的含有关税优惠条款的区域性贸易协定的有关缔约方的进口货物。

③ 特惠税率适用原产于与我国签订有特殊优惠关税协定的国家或地区的进口货物。

④ 普通税率适用原产于上述国家或地区以外的国家和地区的进口货物。

我国绝大多数税目的税率使用从价税，只对少数税目实行从量税、复合税和滑动税。

根据《中国加入世界贸易组织议定书》附件 8 "货物贸易减让表"的规定，我国关税平均水平到 2005 年下降到 10%。

（3）关税减免。

中国的关税减免分为三种：

① 法定减免，指《海关法》和《进出口关税条例》规定给予的关税减免。

② 特定减免，指依照国家规定对特定地区、特定企业或特定用途的进出口货物所实行的关税减免。

③ 临时减免，指法定减免、特定减免规定范围以外的临时减免关税。

2. 进口货物国内税征税制度

根据我国现行进口货物国内税征税制度，进口商品税是指对进口货物征收增值税和消费税。其主要作用是调节国内外产品税收负担的差异，为国内外产品创造一个公平竞争的环境。

（1）征税原则。

1994 年我国进行了税制改革，根据新税制的规定，我国对进口产品实行与国内产品同等征税的原则，即在增值税和消费税上按相同的税目和税率征税。

（2）征税范围和纳税人。

根据我国《增值税条例》的规定，除境内销售货物或提供加工、修理修配业务外，进口货物也属于增值税征收的范围。凡在中国境内销售货物或者提供加工、修理修配以及进口货物的单位和个人，为增值税的纳税义务人。根据《消费税条例》的规定，我国纳入消费品征税范围的进口商品共 11 种，具体包括：烟、酒及酒精、化妆品、护肤护发品、贵重首饰及珠宝玉石、鞭炮及焰火、汽油、柴油、汽车轮胎、摩托车、小汽车。

消费税的纳税人是指在中国境内生产、委托和进口应税消费品的单位和个人。

（3）税目税率。

进口产品适用的税目和税率，是确定该项产品是否征税、征收何种税、征收多少税的重要标准。根据进口产品与国内产品同等纳税的原则，一般来说除国家另有规定外，进口产品适用的税目税率，都按照对国内征收增值税和消费税的税目税率执行。

根据《增值税条例》规定，增值税设基本税率、低税率和零税率三档。基本税率：纳税人销售或者进口货物、提供加工、修理修配劳务，税率为 17%。低税率：纳税人销售或者进口粮食等 19 种货物，税率为 13%。零税率：纳税人报关出口货物，税率为零。

根据《消费税条例》规定，消费税的税率有两种：一是比例税率，即实行从价定率征税；二是定额税率，即实行从量定额征税。《消费税条例》对消费税共设置十档比例税率，最高税率为 45%，最低税率为 3%。

3. 出口退税制度

出口退税是指将出口货物在国内生产和流通领域过程中缴纳的间接税退还给出口企业，使出口商品以不含税的价格进入国际市场。出口退税是依据出口商品零税率原则所采取的一项鼓励出口贸易的措施，是对出口货物的一种非歧视性赋税政策，是维护国内外产品公平竞争的有效手段。

（1）出口退税原则。

我国对出口商品实行"征多少，退多少"、"未征不退"和"彻底退税"的原则。这不仅是财政平衡的需要，而且是政策机制的需要。因为，如果征得多退得少或者没有彻底退税，出口退税制度就不能充分发挥鼓励出口的作用；如果征得少退得多，出口退税制度会变成新的出口补贴渠道，而失去它原有的意义。

（2）出口退税范围。

① 出口退税的产品范围。我国出口的产品，凡属于已征或应征增值税、消费税的产品，除国家明确规定不予退税外，均予以退还已征税款或免征应征税款。这里所说的"出口产品"一般应具备以下三个条件：必须是已征税产品，必须是报关离境的出口产品，必须是财务上作出口销售的产品。

② 出口退税的企业范围。出口产品退税原则上应将所退税款全部退还给主要承担出口经济责任的出口企业。它主要包括四个方面：一是经营出口业务的企业；二是在代理进出口业务活动中，代理出口的企业；三是特定出口企业（指外轮公司、对外修理企业、对外承包工程公司等）；四是外商投资企业。

③ 出口退税税种和税率。我国《出口货物退（免）税管理办法》规定，我国出口产品应退税种为增值税和消费税。

根据《增值税条例》规定，计算出口产品应退增值税税款的税率，应按 17% 和 13% 的税率执行；计算出口货物应退消费税税款的税率或单位税额，依《消费税条例》所附《消费税税目、税率（税额）表》执行。这是我国出口退税的法定税率，但在实际执行过程中，根据国家财政平衡情况和发展出口贸易的需要，我国曾多次调整出口退税率。

10.2.2 汇率与汇率制度

汇率变动直接作用于一国对外贸易的发展。汇率调控是一国实现进出口总量平衡和优化进出口商品结构的重要经济杠杆。

1. 1994 年的汇率改革

1994 年 1 月 1 日我国对汇率制度进行了重大改革：进行汇率并轨，实行以市场供求为基础的、单一的、有管理的浮动汇率制度；实行银行结汇、售汇制，取消外汇留成、上缴和额度管理制度；建立统一的银行间外汇交易市场，改变人民币汇率形成机制；取消对外汇收支的指令性计划，国家主要运用经济、法律手段实现对外汇和国际收支的宏观调控。

为了进一步完善我国的汇率制度，从 1996 年起我国又采取了一些新的改革措施：1996 年 4 月 1 日起，取消了若干对经常项目中的非贸易非经营性交易的汇兑限制；1996 年 7 月 1 日起，在全国范围内全面推行外商投资企业银行结汇售汇制；1996 年 11 月 27 日我国政府宣布，接受国际货币基金组织协定第八条规定的义务，实现人民币经常项目下的可兑换。

1994 年以来我国进行的汇率制度改革，无论从深度、广度，还是从影响来看，都比以往的改革更为彻底和全面。

① 实行以市场供求为基础的、单一的、有管理的浮动汇率制度，使我国的汇率形成机制发生了重大变化，汇率杠杆调节作用明显加大。

② 实行银行结汇售汇制，为各类外贸企业提供了相对平等竞争的环境，有利于我国出口贸易的发展。

③ 取消国际收支经常性交易方面的外汇限制，实行货币的自由兑换，为企业提供了宽松的用汇条件，有利于中国经济与世界经济接轨。

④ 建立统一的银行间外汇市场，使我国外汇市场进一步完善，国家运用经济手段调控进出口贸易的能力进一步加强。

总之，我国汇率制度改革的主要目的，就是要让市场信号调节进出口企业行为，使市场机制在对外贸易宏观调控中发挥基础的作用，使汇率成为调节进出口活动强有力的经济杠杆。

2. 2005 年汇率改革

2005 年 7 月 21 日起，我国开始实行以市场供求为基础，参考"一揽子货币"进行调节，有管理的浮动汇率制度，这是完善人民币汇率制度的重要举措。完善人民币汇率形成机制的改革，是建立和完善社会主义市场经济体制、充分发挥市场在资源配置中的基础性作用的内在要求，也是深化经济金融体制改革、健全宏观调控体系的重要内容。

（1）完善人民币汇率改革的目标和原则。

① 完善人民币汇率改革的总体目标是：建立健全以市场供求为基础的、有管理的浮动汇率体制，保持人民币汇率在合理、均衡水平上的基本稳定。

② 人民币汇率改革必须坚持主动性、可控性和渐进性的原则。主动性就是主要根据我国自身改革和发展的需要，决定汇率改革的方式、内容和时机。可控性就是人民币汇率的变化要在宏观管理上能够控制得住，既要推进改革，又不能失去控制，避免出现金融市

场动荡和经济大的波动。渐进性就是根据市场变化，充分考虑各方面的承受能力，有步骤地推进改革。

（2）完善人民币汇率改革的内容和特点。

2005 年 7 月 21 日，中国人民银行发布《关于完善人民币汇率形成机制改革的相关事宜公告》，其主要内容如下：

① 自 2005 年 7 月 21 日起，我国开始实行以市场供求为基础、参考"一揽子货币"进行调节、有管理的浮动汇率制度。人民币汇率不再盯住单一美元，形成更富弹性的人民币汇率机制。

② 中国人民银行于每个工作日闭市后公布当日银行间外汇市场美元等交易货币对人民币汇率的收盘价，作为下一个工作日该货币对人民币交易的中间价格。

③ 2005 年 7 月 21 日 19：00 时，美元对人民币交易价格调整为 1 美元兑 8.11 元人民币。作为次日银行间外汇市场上外汇指定银行之间交易的中间价，外汇指定银行可自此时起调整对客户的挂牌汇价。

④ 每日银行间外汇市场美元对人民币的交易价仍在人民银行公布的美元交易中间价上下千分之三的幅度内浮动，非美元货币对人民币的交易价在人民银行公布的该货币交易中间价上下一定幅度内浮动。

⑤ 中国人民银行将根据市场发育状况和经济金融形势，适时调整汇率浮动区间。同时，中国人民银行负责根据国内外经济金融形势，以市场供求为基础，参考"一揽子货币"汇率变动，对人民币汇率进行管理和调节，维护人民币汇率的正常浮动，保持人民币汇率在合理、均衡水平上的基本稳定，促进国际收支基本平衡，维护宏观经济和金融市场稳定。

10.2.3　进出口信贷制度

进出口信贷，是指一国政府通过银行向进出口商提供贷款，以鼓励出口、确保进口的重要措施。在国际贸易中，机器、成套设备、船舶、飞机及其他一些商品的交易，金额巨大，从订货到交付所需时间长，对进口商来说，一时难以筹措巨额货款；对出口商而言，垫支巨额款项虽可促成交易，但不利于资金周转。因此便需要银行贷款来资助它们进行进出口业务。尤其是近年来全球贸易自由化的发展，使得许多国家放弃过去财政补贴的方式，转而采用金融手段来支持和促进本国产品，特别是资本货物的出口。

1. 进出口信贷任务

我国进出口信贷的基本任务是：按照国家发展社会主义市场经济的要求，遵循改革、开放的方针，根据国家有关政策和批准的信贷计划发放贷款，支持对外贸易的发展；同时发挥信贷的监督和服务作用，监督企业合理地使用信贷资金，协助外贸企业加强经济核算，提高经济效益。

2. 进出口信贷政策

进出口信贷政策是有效地发挥进出口信贷对进出口贸易的促进作用的指南与保证。我国现行的进出口信贷政策的基本内容包括：

（1）贯彻执行国家的产业政策、外经贸政策和金融政策。

（2）积极配合实施科技兴国战略，重点支持高技术、高附加值的机电产品、成套设备、高新技术产品的出口，促进经济结构的调整和出口商品结构的优化。

（3）重点支持有经济效益的大企业、大项目，同时兼顾经济效益好、产品附加值高、有还款保障的中小企业和中小项目。

（4）充分发挥政策性银行的综合优势，运用出口卖方信贷、出口买方信贷、外汇担保等多种政策性金融手段支持企业出口。

（5）积极配合实施出口市场多元化战略，支持企业全方位开拓国际市场。

（6）积极配合实施"走出去"的开放战略，支持企业开展带动机电产品出口的境外加工贸易、对外工程承包和海外投资活动，以投资带动贸易。

3．进出口信贷机构

中国进出口银行和中国银行是我国提供进出口信贷的主渠道。另外，我国一些国有商业银行、区域性商业银行及其他金融机构，经国家外汇管理局批准，也可以对进出口企业发放一定数量的外汇贷款及人民币贷款。

（1）中国进出口银行。

我国于 1994 年 5 月成立了中国进出口银行，是直属国务院领导的、政府全资拥有的国家政策性银行。其主要任务是：贯彻执行国家产业政策、外经贸政策和金融政策，为扩大机电产品和高新技术产品出口、支持"走出去"项目以及促进对外经济技术合作与交流，提供政策性金融支持。其主要业务范围包括：办理出口信贷；办理对外承包工程和境外投资类贷款；办理中国政府对外优惠贷款；提供对外担保；转贷外国政府和金融机构提供的贷款；办理本行贷款项下的国际国内结算业务和企业存款业务；在境内外资本市场、货币市场筹集资金；办理国际银行单据贷款，组织或参加国际、国内银团贷款；经批准或受委托的其他业务等。

（2）中国银行。

中国银行是中国政府授权经营外汇业务，办理进出口信贷的国有商业性银行，具有国家指定的外汇专业银行的性质和地位，并作为我国对外筹资的主渠道，在国内外开展各项银行业务，支持我国对外贸易和社会经济的发展。

10.2.4　出口信用保险

出口信用保险是国家为适应国际贸易惯例、灵活贸易做法而制定的一项由国家财政提供保险准备金的非营利性的政策性保险业务，其主要功能是推动出口外贸、减少出口企业收汇风险。

2001 年 12 月 18 日，中国出口信用保险公司正式揭牌运营，该公司成为我国唯一的专业出口信用保险机构。其任务是积极配合国家的外交、外贸、产业、财政、金融政策，通过政策性出口信用保险手段，加强对货物、技术和服务出口，特别是对高技术、附加值大的机电产品、成套设备等资本性货物出口的支持力度，在信用保险、出口融资、信息咨询、应收账管理等方面为外贸企业提供快捷、完善的服务，为企业积极开拓海外市场提供收汇风险和出口融资保障，支持国内企业的国际化生存和发展。

1．出口信用保险承保的对象和风险

出口信用保险承保的对象是出口企业的应收账款，承保的风险主要是人为原因造成的商业信用风险和政治风险。

商业信用风险主要包括：买方因破产而无力支付债务、买方收货后超过付款期限四个

月以上仍未支付货款、买方因自身原因而拒绝收货及付款。

政治风险主要包括：因买方所在国禁止或限制汇兑、实行进口管制、撤销进口许可证、发生战争、叛乱等卖方、买方均无法控制的情况，导致买方无法支付货款。而以上这些风险，是无法预计、难以计算发生概率的，因此也是商业保险无法承受的。

2．出口信用保险的运营原则

(1) 最大诚信原则，即投保人必须如实提供项目情况，不得隐瞒和虚报；

(2) 风险共担原则，其赔偿比率一般为 90% 左右；

(3) 事先投保原则，即保险必须在实际风险有可能发生之前办妥。

3．出口信用保险的种类

中国出口信用保险公司提供如下保险产品，承保买家风险和政治风险。同时提供资信评估、商账追收、保单融资服务。

(1) 短期出口信用保险。

短期出口信用保险保障一年期以内，出口商以信用证 (L/C)、付款交单 (D/P)、承兑交单 (D/A)、赊销 (O/A) 方式从中国出口或转口的收汇风险。

中国出口信用保险公司承保商业风险和政治风险，目前共有六个短期险品种：

① 综合保险。综合保险承保出口企业所有以信用证和非信用证为支付方式出口的收汇风险。它补偿出口企业按合同规定出口货物后，或作为信用证受益人按照信用证条款规定提交单据后，因政治风险或商业风险发生而直接导致的出口收汇损失。

② 统保保险。统保保险承保出口企业所有以非信用证为支付方式出口的收汇风险。它补偿出口企业按合同规定出口货物后，因政治风险或商业风险发生而直接导致的出口收汇损失。

③ 信用证保险。信用证保险承保出口企业以信用证支付方式出口时面临的收汇风险。付款期限在 360 天以内。在此保险项下，出口企业作为信用证受益人，按照信用证条款要求，在规定时间内提交了单证相符、单单相符的单据后，由于商业风险、政治风险的发生，不能如期收到付款的损失由中国出口信用保险公司补偿。

④ 特定买方保险。特定买方保险承保企业对某个或某几个特定买方以各种非信用证支付方式出口时面临的收汇风险，付款期限为 180 天以内（可扩展至 360 天）。

⑤ 买方违约保险。买方违约保险承保出口企业以分期付款方式出口因发生买方违约而遭受损失的风险，其中，最长分期付款间隔不超过 360 天。

⑥ 特定合同保险。特定合同保险承保企业某一特定出口合同的收汇风险，适用于较大金额（200 万美元以上）的机电产品和成套设备出口，以各种非信用证为支付方式，付款期限在 180 天以内（可扩展至 360 天）。

(2) 中长期出口信用保险。

中长期出口信用保险保障一年期以上、十年期以内的，100 万美元以上的出口（预付款或现金支付比例不低于合同金额的 15%，船舶出口的比例不低于 20%）。目前中国出口信用保险公司提供两个中长险品种。

① 出口买方信贷保险。出口买方信贷保险是指在买方信贷融资方式下，中国出口信用保险公司向贷款银行提供还款风险保障的一种政策性保险产品。在本保险中，贷款银行是被保险人。投保人可以是出口商、贷款银行或借款人，但一般要求贷款银行直接投保。

② 出口卖方信贷保险。出口卖方信贷保险承保的风险包括进口方破产；进口方拖欠商务合同项下的应付款项；进口国采取措施，使商务合同无法履行；进口国颁布法律或采取措施，使进口方不能以商务合同规定的货币偿还债务；进口国颁布延期付款令，使进口方无法履行还款义务；进口国发生战争、内乱等。

（3）投资保险。

投资保险是为了支持中国企业到境外投资，鼓励外国及港、澳、台地区的投资者来大陆投资而开办的。包括海外投资保险、来华投资保险。承保的风险为政府强行征用、汇兑限制、战争以及政府违约。

（4）担保业务。

为了提升企业信用等级，帮助企业解决出口融资困难，担保业务服务于国内出口企业和提供出口融资的银行。担保业务分为非融资类担保和融资类担保。

① 非融资担保业务。非融资担保业务用于向进口方（受益人）担保出口商按进出口双方签订的合同约定履约。由于担保范畴不包括出口商的融资需求及还款风险，因此称作非融资担保。

目前，中国出口信用保险公司非融资类担保业务提供的主要产品有：投标保函、履约保函、预付款保函、质量维修保函、保释金保函、海关免税保函和租赁保函。

② 融资担保。融资担保是直接向为出口商发放出口贷款的银行提供担保，保证在贷款发生损失时予以赔偿。其担保范畴限于出口商的融资还款风险，因此称作融资担保。这种方式对银行来说比信用保险的保障更为全面，因为出口商转让保单权益是有条件的。在出口商按合同履约的情况下，由于进口方发生的商业风险或政治风险，而给融资银行贷款带来的损失，可以通过信用保险得到部分赔偿。但如果作为被保险人的出口商违反了保单条款的规定，保险人可以依据保单的除外责任条款拒赔，因此银行的贷款损失就不能得到补偿。而融资担保是无条件的，不管出口商在出口信用险保单项下是否存在违约行为，融资银行都可以获得即时赔偿。

（5）商账追收。

中国出口信用保险公司与世界各地众多律师及债务追讨公司经常保持紧密联系，在解决付款困难方面经验丰富，可以协助出口企业解决买家拖欠款项的问题，并提供建议措施防止及减轻损失。

（6）资信评估。

中国出口信用保险公司为国内外企业提供中国企业和海外企业资信调查与评估服务，以帮助从事商业贸易的企业规避和防范各种商业风险，提高企业的营销能力，扩大销售范围，全面提升企业的竞争力和营利能力。

（7）保单融资。

投保短期出口信用保险，出口企业可以凭借保险单、限额审批单到银行办理押汇和人民币贷款。它是解决出口企业资金需求、加速企业资金周转的有效途径。

10.3　对外贸易行政管理

对外贸易行政管理手段是国家经济管理机关凭借行政组织权力，采取发布命令，制定指令性计划及实施措施，规定制度程序等形式，按照自上而下的组织系统对对外贸易经济活动进行直接调控的一种手段。

10.3.1　对外贸易行政管理对象

1．对外贸易经营管理

对外贸易经营管理是对对外贸易经营者的资格和经营活动范围进行规范而实施的管理。

2．货物进出口管理

货物进出口管理是国家对进出口货物本身的管理，也就是国家有关部门对进出境货物的实际管理。

3．货物进出口环节管理

货物进出口环节管理是指对货物进出口过程中涉及的主要配套环节的管理。

10.3.2　对外贸易行政管理的特点

对外贸易行政管理依托的是国家的行政权力，与对外贸易其他管理手段比较，对外贸易行政管理具有以下特点：

1．统一性

对外贸易行政管理的统一性是指被调控的对象在一定的时间、范围内，必须按国家指令、行政措施的统一约束下从事经贸活动。行政管理的这种特性强化了国家对对外贸易的控制，从而更易于达到预定的目标。

2．速效性

凭借行政组织权力，按照自上而下的组织系统对对外贸易经济活动进行直接调控的行政手段，可以根据不同情况作出及时的反应，具有明显的灵活性和速效性。

3．强制性

行政管理的强制性主要体现在：行政命令和规章制度等一经颁布，就必须强制执行；在执行的过程中，上级组织在管理过程中可以对下级组织的行动进行强制性干预。

4．纵向性

对外贸易行政管理由国家根据一定时期我国对外贸易发展的特殊情况和国民经济发展对对外贸易提出的特定要求，运用行政权力发布命令、指示，依靠行政组织从上到下，逐级下达和贯彻执行，每一级行政机关都对其上一级负责，这就形成了一个层层监控的"树根状"的组织结构，具有纵向性。

5．规范性

行政管理规范化是指政府依法行政、行政管理符合国际规范、行政管理具有公开性和稳定性。

10.3.3　对外贸易经营管理

1．对对外贸易经营者的资格管理

（1）对外贸易经营者是指按《外贸法》规定从事对外贸易经营活动的法人、其他组织或者个人。

（2）对外贸易经营资格是指我国企业对外洽谈并签定进出口贸易合同的资格。

企业在从事对外贸易经营前，必须按照国家的有关规定，依法定程序经国家对外贸易经济主管部门核准，取得对外贸易经营资格，方可从事对外贸易经营活动。

（3）对外贸易经营资格的分类。

① 外贸流通经营权，指经营各类商品和技术的进出口的权利，但国家限定公司经营或禁止进出口的商品及技术除外。

② 生产企业自营进出口权，指经营本企业自产产品的出口业务和本企业所需的机械设备、零配件、原辅材料的进口业务的权利，但国家限定公司经营或禁止进出口的商品及技术除外。

（4）对对外贸易经营者的资格管理。

中国在加入世界贸易组织后，在外贸经营权上与国际规则接轨，取消对外贸易经营权的审批制，实行对外贸易经营依法登记制，对所有的经济实体提供进出口贸易权。

2. 对重要货物对外贸易经营者的管理

按照《货物进出口管理条例》的规定，我国对部分货物进出口实行国营贸易管理与指定经营管理。

（1）国营贸易管理。

我国规定可以对部分货物的进出口实行国营贸易管理，将某些特别重要的商品的进出口经营权划归国家确定的国营贸易企业，只有被允许的国营贸易企业可以从事这部分商品的经营活动，其目的是维护国家的正常贸易秩序。

（2）指定经营管理。

我国规定基于维护进出口经营秩序的需要，可以在一定期限内对部分货物实行指定经营管理。国家对进出口指定经营管理的货物实行目录管理。即对少数关系国计民生以及国际市场垄断性强，价格敏感的大宗原材料商品录入目录，由国务院外经贸主管部门指定的企业进行经营。

10.3.4 货物进出口管理

货物进出口管理是国家有关部门对进出境货物的实际管理。

1. 货物进出口管理原则

实行货物与技术自由进出口，是中国《外贸法》的基本原则之一。

2. 货物进出口管理分类

我国把货物进出口管理划分为禁止进出口货物、限制进出口货物、自由进出口货物、特殊进出口货物四类，分别进行管理。

（1）限制或者禁止进出口货物。

国家基于下列原因，可以限制或者禁止有关货物的进口或者出口：

① 为维护国家安全、社会公共利益或者公共道德，需要限制或者禁止进口或者出口的；

② 为保护人的健康或者安全，保护动物、植物的生命或者健康，保护环境，需要限制或者禁止进口或者出口的；

③ 为实施与黄金或者白银进出口有关的措施，需要限制或者禁止进口或者出口的；

④ 国内供应短缺或者为有效保护可能用竭的自然资源，需要限制或者禁止出口的；

⑤ 输往国家或者地区的市场容量有限，需要限制出口的；

⑥ 出口经营秩序出现严重混乱，需要限制出口的；

⑦ 为建立或者加快建立国内特定产业，需要限制进口的；

⑧ 对任何形式的农业、牧业、渔业产品有必要限制进口的；

⑨ 为保障国家国际金融地位和国际收支平衡，需要限制进口的；

⑩ 依照法律、行政法规的规定，其他需要限制或者禁止进口或者出口的；

⑪ 根据我国缔结或者参加的国际条约、协定的规定，其他需要限制或者禁止进口或者出口的。

（2）自由进出口货物。

① 自由进出口的货物由有进出口经营权的企业放开经营；

② 属于自由进出口的货物，进出口不受限制；

③ 基于监测货物进出口情况的需要，对部分属于自由进出口的货物实行自动进口许可管理。

（3）特殊进出口货物。

① 国家对与裂变、聚变物质或者衍生此类物质的物质有关的货物进出口，以及与武器、弹药或者其他军用物资有关的进出口，可以采取任何必要的措施，维护国家安全；

② 属于文物、野生动植物及其产品等货物，其他法律、行政法规有禁止进出口或者限制进出口规定的，依照有关法律，行政法规的规定进出口；

③ 在战时或者为维护国际和平与安全，国家在货物进出口方面可以采取任何必要的措施。

3. 货物进出口管理的主要手段

我国通过进出口许可证、进出口配额等手段对货物进出口实施管理。

（1）进出口许可证管理。

进出口货物许可证是国家管理货物出入境的法律凭证。

进出口许可证管理是指国家限制进出口目录项下的商品进出口，必须从国家指定的机关领取进出口许可证，没有许可证一律不准进口或出口。

进出口许可证管理，是根据国家的法律、政策和国内外市场的需求，对进出口经营权、经营范围、贸易国别、进出口货物品种、数量、技术等实行全面管理、有效监测。

① 进出口许可证管理体制。商务部是全国进出口许可证的归口管理部门，负责制定进出口许可证管理的规章制度，发布进出口许可证管理商品目录和分级发证目录，设计、印制有关进出口许可证书和印章，监督、检查进出口许可证管理办法的执行情况，处罚违规行为。商务部授权配额许可证事务局、商务部驻各地特派员办事处和各省、自治区、直辖市及计划单列市外经贸委（厅、局）为进出口许可证发证机构，在许可证局的统一管理下，负责授权范围内的发证工作；

② 进出口许可证的签发原则。

A. 实行分级管理原则。

B. 实行"一关一证"、"一批一证"管理。"一关一证"指进口许可证只能在一个海关报关。"一批一证"指进口许可证在有效期内一次报关使用。

C. 必须讲求时效性。进口许可证应当在进口管理部门批准文件规定的有效期内签发。凡符合要求的申请，发证机构应当自收到申请之日起 3 个工作日内发放进口许可证，特殊情况下最多不超过 10 个工作日。

进口许可证的有效期为一年。一般在当年有效，特殊情况需要跨年度使用时，有效期最长不得超过次年 3 月 31 日。出口许可证有效期为 6 个月。逾期自行失效，海关不予放行。

D. 出口商品价格必须符合商会协调的出口价格。

③ 进出口许可证管理的商品范围。进口许可证管理的商品按管理方法分为进口配额许可证管理商品和进口许可证管理商品。按照商品的类别可分为机电产品进口配额管理的商品、重要工业品进口配额许可证管理的商品、重要农产品进口配额许可证管理的商品、国家有关部门审批的进口商品。

我国实行出口许可证管理的商品主要是关系国计民生，大宗的、资源性的，国际市场垄断的和某些特殊的出口货物和国际市场容量有限，有配额限制和竞争激烈、价格比较敏感的出口货物。出口许可证管理商品可分为出口配额许可证管理商品和出口许可证管理商品。根据管理方法的差别和配额分配方法的不同，出口许可证管理商品可分为实行出口配额许可证、出口配额招标、出口配额有偿使用、出口配额无偿招标和出口许可证管理的商品。

（2）进出口货物配额管理。

进出口货物配额管理，是指国家在一定时期内对某些货物的进出口数量或金额直接加以限制的管理措施。我国目前实行的是配额与许可证结合使用的管理方式，即需要配额管理的货物必须申请许可证。

关税配额管理是对货物进口的绝对数额不加限制，对在一定时期内在规定的关税配额内进口的货物，按照配额内生产率征收关税；属于关税配额外进口的货物，按照配额外生产率征收关税。

① 进口货物配额管理。列入进口配额管理的商品主要有三种：一是国家需适量进口以调节国内市场供应，但过量进口会严重损害国内相关工业发展的进口产品；二是直接影响进口商品结构、产业结构调整的进口商品；三是危及国家外汇收支地位的进口商品。

进口配额管理部门应当在每年 7 月 31 日前公布下一年度进口配额总量。进口配额管理部门可以根据需要对年度配额总量进行调整，并在实施前 21 天予以公布。

我国进口配额管理主要包括机电产品配额管理、农产品的关税配额管理以及重要工业品进口配额管理、重要农产品进口配额管理。

② 出口货物配额管理。我国规定对有数量限制的限制出口货物，实行配额管理。包括主动配额管理和被动配额管理两类。

主动配额管理是指在输往国家或地区市场容量有限的情况下，国家对部分商品的出口，针对具体国家或地区主动实施的数量限制。主动配额管理的商品具有以下主要特点：一是我国在国际市场或某一市场上占主导地位的重要出口商品；二是外国要求我国主动限制的出口商品；三是国外易进行市场干扰调查、反倾销立案的出口商品。

被动配额管理是指由于进口国对某种商品的进口实行数量限制，并通过政府间贸易协定谈判，要求出口国控制出口数量，出口国因而对这类出口商品进行数量限制。被动配额管理的商品主要包括两类，纺织品和其他商品。其中纺织品是最重要的被动配额管理商品。

实行配额管理的出口商品目录，由商务部制定、调整并公布。

出口配额可以通过直接分配的方式分配，也可以通过招标等方式分配。

10.3.5　货物进出口主要环节管理

货物进出口环节管理是指国家在货物进出口过程中，除了对进出口货物本身的管理外，还对进出口业务环节，如货物的检验、货物的通关、进出口外汇等进行管理。

1. 进出口商品检验管理

进出口商品检验管理是指在国际贸易中对买卖双方达成交易的进出口商品，由法定商检机构依法对其品质、数量、规格、包装、安全、卫生、装运条件等进行检验的活动。

（1）中国进出口商品检验体制由三个层次组成：

① 国家商检部门。国家质量监督检验检疫总局，主管全国进出口商品检验工作。

② 各地商检机构。国家质量监督检验检疫总局在各地设立商检机构，即出入境检验检疫机构，管理各所辖地区的进出口商品检验工作。

③ 检验机构。经国家商检部门许可的检验机构，即从事检验鉴定业务的机构，可以接受对外贸易关系人或者外国检验机构的委托，办理进出口商品检验鉴定业务。

（2）进出口商品检验原则。

中国《商检法》对进出口商品检验原则做出了规定，即进出口商品检验应当根据保护人类健康和安全，保护动物或者植物的生命和健康，保护环境，防止欺诈行为，维护国家安全这五项原则进行。

（3）进出口商品检验分类。

① 法定检验。对进出口商品划定一个必须进行检验的范围，对属于这个范围内的商品所实施的检验称为法定检验。

必须实施检验的进出口商品目录（以下简称目录）由国家商检部门依据前述五项法定目标制定、调整、公布实施。凡是列入目录的进出口商品，属于必须实施检验的商品，由商检机构实施检验。

② 抽查检验。抽查检验是指按照法律规定对法定检验的商品以外的进出口商品由商检机构实施抽查检验。

抽查检验的组织实施原则是：国家商检部门对抽查检验实行统一管理，负责确定相应的商品种类加以实施；各地商检机构根据商检部门确定的抽查检验的商品种类，负责抽查检验的具体组织实施工作。

（4）进出口商品检验内容。

《技术性贸易壁垒协定》适用检验的用语，即为合格评定，是指任何直接或者间接用以确定是否满足技术法规或标准中的相关要求的程序。中国《商检法》第六条据此做出相应的规定：必须实施的进出口商品检验，是指确定列入目录的进出口商品是否符合国家技术规范的强制性要求的合格评定活动。

① 合格评定活动的含义。合格评定活动是指直接或者间接地确定必须实施检验的进出口商品是否满足国家技术规范的强制性要求的活动。

② 合格评定活动评定程序。合格评定程序是指直接或者间接地确定必须实施检验的进出口商品是否满足国家技术法规的强制性要求的程序，具体包括：抽样、检验和检查；评估、验证和合格保证；注册、认可和批准以及各项的组合。

（5）进出口商品检验依据。

① 国家技术规范的强制性要求。

② 国家商检部门指定的国外有关标准。

（6）进出口商品检验监管制度。

国家商检部门和商检机构通过出厂前的质量监管和检验制度，认证管理制度，验证管理制度，加施商检标志和封识制度，复验、复议、诉讼制度对进出口商品检验活动进行监督管理。

① 出厂前的质量监管和检验制度。实施出厂前的质量监督管理和检验制度，是国家对主要出口商品质量进行监管的一套具体措施。其主要内容是：指导和协助企业建立健全出口商品生产的质量保证体系、标准体系及检测体系，并对其质量保证工作实施监督检查；对实施强制性认证制度、出口卫生注册登记制度的商品和生产加工企业的生产过程的质量控制进行监督管理；对出口商品实施出厂前的预检验制度等。

② 认证管理制度。对进出口商品实施认证管理，主要通过强制性产品认证制度来实施。

强制性产品认证制度是各国政府为保护广大消费者人身和动植物生命安全，保护环境、保护国家安全，依照法律法规实施的一种产品合格评定制度。

中国的强制性产品认证，是通过制定强制性产品认证的产品目录和实施强制性产品认证程序，对列入目录中的产品实施强制性的检测和审核。强制性产品认证制度规定，凡列入强制性产品认证目录内的产品，必须经国家许可的认证机构认证合格，取得认证证书，并加施认证标志，即"CCC"标志后，方可出厂销售、进口和在经营性活动中使用。

③ 验证管理制度。对进出口商品实行验证管理，是指商检机构对国家实行强制性认证及其他质量许可制度的进出口商品，在进出口时，核查其是否取得必需的证明文件、标志；核对证货是否相符；并对获证的进出口商品进行必要的抽查检验，以证实商品是否符合强制性认证以及有关质量许可规定的技术要求。

④ 加施商检标志和封识制度。商检标志是指在进出口商品上或者其外包装的小包装的明显部位加附中国规定的检验标志，以证明该商品符合转述规范的强制性要求。

封识是指商检机构对检验合格的出口商品、检验不合格需对外换货或者退货的进口商品以及保留待查的样品或者凭样成交的样品等，采用国家规定的各种方式对进出口商品实施加封识别，以加强批次管理，保证货证相符。

⑤ 复验、复议、诉讼制度。复验是指进出口商品的报检人对商检机构做出的检验结论有异议的，可以向原商检机构或者其上级商检机构以至国家商检部门申请，由受理复验的商检机构或者国家商检部门及时做出复验结论。

复议是指当事人对商检机构、国家商检部门做出的复验结论不服或者对商检机构做出的处罚决定不服的，可以依法申请行政复议。

诉讼是指当事人对商检机构、国家商检部门做出的复验结论不服或者对商检机构做出的处罚决定不服的，可以直接向法院提起诉讼。

2. 海关管理

海关是国家进出关境的监督管理机关,其基本职能是:进出关境监管,征收关税和其他税、费,查缉走私,编制海关统计,办理其他海关业务。

中国实行集中统一的、垂直的海关管理体制,即海关的隶属关系,不受行政区划的限制;海关依法独立行使职权,向海关总署负责。

国务院设立海关的最高管理机关,即海关总署,统一管理全国海关。海关总署与全国的海关是领导与被领导,管理与被管理的关系。海关设置分为直属海关和隶属海关两个层级,直属海关直接由海关总署领导,隶属海关由直属海关领导。

(1) 海关监管制度。

海关监管是指海关依据国家法律、法规对进出关境的货物、物品、运输工具实施报关登记、审核单证、查验放行、后续管理、查处违法的行政监督管理职能。监管对象分三类:

① 货物监管。一般贸易货物进出境监管,可分为进口与出口货物、许可证管理货物、应税货物、限制进出口货物、禁止进出口货物的监管。

特殊贸易货物进出境监管,包括加工贸易货物,保税货物,暂时进出口货物,过境、转运、和通运货物的监管。

② 物品监管。进出境物品通常是非贸易性物品。携带、邮寄国家限制进出境物品、应税物品的,应当向海关申报,接受海关查验。

③ 运输工具监管。进出境运输工具必须向海关申报,并接受海关检查。运输工具是指用以载运人员、货物、物品进出境的各种船舶、车辆、航空器和驮畜。

(2) 海关征税。

① 征税对象:根据《海关法》规定,海关征收关税的对象是准许进出口的货物和进出境物品。

② 征税机关:海关是关税的法定征收机关,海关征收关税应当依法进行。

③ 纳税义务人:《海关法》规定,进口货物的收货人、出口货物的发货人、进出境物品的所有人,是关税的纳税义务人。

④ 税则税率:中国进口税则分设最惠国税率、协定税率、特惠税率和普通税率4个栏目。最惠国税率适用原产于与中国共同适用最惠国待遇条款的世贸组织成员国或地区的进口货物;或原产于与中国签订有相互给予最惠国待遇条款的双边贸易协定的国家或地区的进口货物;协定税率适用于原产于中国参加的含有关税优惠条款的区域性贸易协定的有关缔约方的进口货物;特惠税率适用于原产于与中国签订有特殊优惠关税协定的国家或地区的进口货物;普通税率适用原产于上述国家或地区以外的国家和地区的进口货物。

⑤ 完税价格制度:完税价格是由海关审核确定的,用以计算应税商品税款的货物物品价格,是海关征税的基础。《海关法》规定:"进出口货物的完税价格,由海关以该货物的成交价格为基础审查确定。成交价格不能确定时,完税价格由海关依法估定"。

成交价格是指一般贸易项下进出口货物的买方为购买该项货物,向卖方实际支付的价格。作为进出口货物完税价格基础的成交价格,必须是由海关审定认可的成交价格。

海关估价是指进出口货物的成交价格不能确定时,完税价格由海关依法估定。

⑥ 商品归类制度:商品归类是指海关按照《商品名称及编码协调制度》中既定的原

则和方法将进出境商品准确地归入某一商品编号（在关税税则中即为税号），以确定该商品进出境应当适用的税率、贸易管制及其他进出口管理政策；同时，海关可以据此编制海关统计。

⑦ 关税减免制度：《海关法》规定，关税减免包括法定减免税、特定减免税和临时减免税。

法定减免税是指依照《海关法》和有关法律、行政法规的规定，应当予以减免进出口关税的项目。主要有：无商业价值的广告和货样，外国政府、国际组织无偿赠送的物资，在海关放行前遭受损害或损失的货物，规定数额以内的物品等。

特定减免税是指在法定减免之外，国家对特定地区、特定企业或特定用途的进出口货物给予关税减免。

临时减免税是指在法定减免税和特定减免税之外，国家为照顾某些纳税人的特殊情况和临时困难或者支持社会公益事业而给予的关税减免。

（3）查缉走私。

走私是指逃避海关监管，进行非法的进出境活动，偷逃关税，非法牟取暴利，扰乱破坏社会经济秩序，严重危害国家主权和国家利益的违法犯罪行为。《海关法》对中国查缉走私体制做出了明确规定。

① 设立专门侦查走私犯罪的公安机构。国家在海关总署设立专门侦查走私犯罪的公安机构，配备专职缉私警察，负责对其管辖的走私犯罪案件的侦查、拘留、执行逮捕、预审。

② 实行联合缉私、统一处理、综合治理的缉私体制。国家实行联合缉私、统一处理、综合治理的缉私体制，海关负责组织、协调、管理查缉走私工作。

（4）编制海关统计。

海关统计是指海关运用各种科学方法，对进出境的货物进行统计调查、统计分析的活动。编制海关统计，是海关的基本职能之一。

海关按照"准确及时、科学完整、国际可比、服务监督"的方针从事海关统计工作。国家海关统计资料由海关部署统计机构管理，地方海关统计资料由各地海关统计机构管理。

3．进出口货物原产地管理

我国根据《外贸法》和世贸组织《原产地规则协议》，制定了《进出口货物原产地条例》，明确规定了我国对进出口货物运用原产地手段进行管理。

（1）原产地确定标准。

① 完全获得标准。完全在一个国家（地区）获得的货物主要是指从自然界直接取得的物质，体现在出口结构中就是初级产品。主要包括：在该国（地区）出生并饲养的活动物；在该国（地区）野外捕捉、捕捞、搜集的动物；从该国（地区）的活的动物获得的未经加工的物品；在该国（地区）收获的植物和动植物产品；在该国（地区）采掘的矿物；在该国（地区）获得的上述范围之外的其他天然生成的物品；在该国（地区）生产过程中产生的只能弃置或者回收用作材料的废碎料；在该国（地区）收集的不能修复或者修理的物品，或者从该物品中回收的零件或者材料；由合法悬挂该国旗帜的加工船上加工前项所列物品获得的产品；从该国领海以外享有专有开采权的海床或者海床底土获得的物品；在

该国（地区）完全从上述各项所列物品中生产的产品。

② 实质性改变标准。实质性改变的确定标准，以税则归类为基本标准；税则归类改变不能反映实质性改变的，以从价百分比、制造或者加工工序等为补充标准。

税则归类标准：是指在某一国家（地区）对非该国（地区）原产材料进行制造、加工后，所得货物在《中华人民共和国进出口税则》中某一级的税目归类发生了变化。

从价百分比：是指在某一国家（地区）对非该国（地区）原产材料进行制造、加工后的增值部分，超过所得货物价值一定的百分比。

制造或者加工工序：是指以产品生产过程中的某些加工阶段为最低的加工要求，非原产材料必须完成这些规定的加工工序才能获得原产地。

（2）出口货物原产地证书管理。

原产地证书是指出口国（地区）根据原产地规则和有关要求签发的，明确指出该证中所列货物原产于某一特定国家（地区）的书面文件。

① 原产地证书管理签发体制。海关总署负责全国出口货物原产地的直辖市管理工作，出口货物原产地证书的签发机构是国家质检总局及其所属的各地出入境检验检疫局和中国贸促会及其分会。

② 出口货物原产地证书的申领与核查。出口货物发货人申请领取出口货物原产地证书，应当在签证机构办理注册登记手续，按照规定如实申报出口货物的原产地，并向签证机构提供签发出口货物原产地证书所需的资料。

签证机构接受出口货物发货人的申请后，应当按照规定审查确定出口货物的原产地，签发出口货物原产地证书；对不属于原产于中华人民共和国境内的出口货物，应当拒绝签发出口货物原产地证书。

应出口货物进口国（地区）有关机构的请求，海关、签证机构可以对出口货物的原产地情况进行核查，并及时将核查情况反馈进口国（地区）有关机构。

③ 进口货物原产地预确定制度。进口货物的收货人办理进口货物的海关申报手续时，应当根据原产地确定标准，如实申报进口货物的原产地。根据对外贸易经营者提出的书面申请，海关在 150 天内对将要进口的货物的原产地预先作出确定原产地的行政裁定，并对外公布。

④ 原产地标记管理。原产地标记是指在货物或者包装上用来表明该货物原产地的文字和图形。为保护消费者对产品生产国的知情权，进口国要求在进口货物及其外包装上标注原产地。使用原产地标记的货物必须符合有关国家的原产地标准，即必须是完全原产的货物或者经实质性改变的货物。实施原产地标记管理，旨在防止不法商人通过虚假的原产地标记达到伪报货物原产地或者在消费领域进行欺诈的目的。

4. 外汇管理

外汇管理是指一国政府授权国家的货币管理当局或其他机构，对外汇的收支、买卖、借贷、转移以及国际间结算、外汇汇率和外汇市场等实行的控制和管制行为。

外汇管理内容具体可分为：经常项目管理、资本项目管理、储备项目管理、汇率管理、外汇市场管理等。

（1）贸易外汇管理原则。

中国对经常项目管理的原则是，放松对经常项目的管制，实行人民币在经常项目下可自由兑换。因此，具体到贸易外汇管理主要遵循以下原则：

① 境内机构的经常项目外汇收入必须调回境内，不得违反国家有关规定将外汇擅自存放在境外。

② 对贸易项下外汇支付不予限制，境内机构贸易项下用汇可以按照市场汇率凭相应的有效凭证和商业单据，用人民币向外汇指定银行购汇或从其外汇账户上对外支付。

③ 实行以事后监管为主的真实性审核，通过对银行付汇数据和进口报关到货数据的核对审核进口付汇的贸易真实性；以出口收汇核销单为依据对出口外汇收入的真实性进行事后核查。

（2）贸易外汇管理制度。

① 银行结汇制度。中国对境内机构经常项目下的贸易外汇收入实施银行结汇制度，即境内机构贸易项下的外汇收入，除国家规定准许保留的外汇可以在外汇指定银行开立外汇账户外，都必须及时调回境内，按市场汇率卖给外汇指定银行。

② 银行售付汇制度。中国对境内机构经常项目下的贸易外汇支出实施银行售付汇制度。

售汇是指外汇指定银行将外汇卖给外汇使用者，并根据交易行为发生之日的人民币汇率收取等值人民币的行为。

付汇是指经批准经营外汇业务的金融机构，根据有关售汇以及付汇的管理规定，审核用汇单位提供的规定的有效凭证和商业单据后，从其外汇账户中或将其购买的外汇向境外支付的行为。

③ 出口收汇核销制度。出口收汇核销制度是指货物出口后，由外汇管理部门对相应的收汇进行核销。这是一种以出口货物价值为标准核对是否有相应的外汇收回国内的事后管理措施，可以监督企业在货物出口后及时、足额地收回货款。

④ 进口付汇核销制度。进口付汇核销制度是指进口货款付出后，由外汇管理部门对相应的到货进行核销。

⑤ 贸易外汇账户管理制度。根据《结汇、售汇及付汇管理规定》，对暂不结汇和无须结汇的经常项目外汇收入，可以开立外汇账户，实行账户管理，以达到对不结汇外汇收入的监管。

【基础知识训练】

一、单项选择题

1. 我国对外贸易宏观管理改革和调整的目标，是建立以（   ）为基础、以（   ）为主、辅以必要的（   ）的对外贸易宏观管理体系。

   A. 法律手段；经济调节手段；行政手段

   B. 经济调节手段；行政手段；法律手段

   C. 法律手段；行政手段；经济调节手段

   D. 行政手段；经济调节手段；法律手段

2. （   ）是我国外贸法制建设的基本法，是整个外贸制度的核心。

   A.《国际商法》　　　B.《外贸法》　　　C.《专利法》　　　D.《海关法》

3. 我国建立以出口信贷和出口信用保险为重点的外经贸金融支持体系，主要用于扩大（   ）的出口。

　　　A. 矿产品　　　　　　　　　　B. 纺织服装

　　　C. 大型成套机电产品　　　　　D. 创汇农产品

4. 我国实行外贸经营（　　　）。

　　　A. 审批制　　　　B. 登记制　　　　C. 备案制　　　　D. 许可制

5. 中国进出口信贷银行是一家（　　　）银行。

　　　A. 商业性　　　　　B. 政策性　　　　　C. 国际性

6. 我国现行汇率是（　　　）。

　　　A. 以市场供求为基础的、单一的、有管理的浮动汇率

　　　B. 以市场供求为基础的、单一的、自由浮动汇率

　　　C. 以市场供求为基础、盯住一揽子货币、有管理的浮动汇率

二、多项选择题

1. 下列属于对外贸易宏观管理模式的是（　　　）。

　　　A. 完善外贸立法管理

　　　B. 充分发挥经济杠杆的调节作用

　　　C. 按照国际贸易通行规则规范外贸行政管理

　　　D. 以道德管理对外贸易

2. 对外贸易的国内法渊源主要包括（　　　）。

　　　A. 宪法　　　　B. 法律　　　　C. 法规　　　　D. 规章

3. 对外贸易的国际法渊源，包括（　　　）。

　　　A. 国际条约　　　B. 商标法　　　C. 国际惯例　　　D. 对外贸易法规

4. 对外贸易税收主要有（　　　）。

　　　A. 进出口关税　　B. 国内税　　　C. 出口退税　　　D. 关税减免

5. 中国的关税减免分为（　　　）。

　　　A. 法定减免　　B. 特定减免　　　C. 对等减免　　　D. 临时减免

6. 我国对出口商品退税实行（　　　）的原则。

　　　A. 征多少，退多少　　　　　　B. 未征税也退

　　　C. 未征不退　　　　　　　　　D. 彻底退税

7. 我国对外贸易管理运用的行政手段主要包括（　　　）等。

　　　A. 外贸经营权管理　　　　　　B. 进出口配额管理

　　　C. 进出口许可证管理　　　　　D. 海关管理

　　　E. 进出口外汇管理　　　　　　F. 进出口商品检验管理

8. 我国在外贸宏观调控中运用的主要经济调节手段是（　　　）。

　　　A. 汇率　　　　　　　　　　　B. 进出口许可证

　　　C. 税收　　　　　　　　　　　D. 进出口配额

9. 在我国，办理出口信贷业务的银行有（　　　）。

　　　A. 中国工商银行　　　　　　　B. 中国进出口信贷银行

　　　C. 中国银行　　　　　　　　　D. 中国农业银行

　　　E. 中国建设银行

10. 海关的主要职责包括（　　　）。

A. 编制海关统计　　　　B. 查缉走私

C. 征收关税　　　　　　D. 货运监管

E. 配额分配

【技能训练】

训练

要求：阅读资料，关于 105 届广交会的报道，分析理解如何防范出口收汇风险，理解出口信用保险对防范出口收汇风险的作用。

资料：出口商严防欧美信用风险

"一份新客户的资信调查，就要花费 1200 元一次。"参加 105 届广交会服装交易的湖北美尔雅公司内贸开发部部长李新峰认为，"在金融危机导致全球贸易环境恶化，特别是信用环境不佳之际，这些钱也是值得的。"目前该公司购买的出口信用保险，花费已占总货款 3% 左右。

在经济危机及 AH1N1 流感疫情的双重夹击下，第 105 届广交会第三期昨天正式开幕，在未来 5 天的时间内，将展出纺织服装面料、食品、土特产品、医药及保健品、医疗器械、耗材、敷料、体育及旅游休闲用品、办公文具、鞋、箱包等出口商品。

1. 预付款达三成防范风险

湖北美尔雅进出口贸易有限公司的杨崇胜部长强调，在金融危机的背景下，海外采购商自身经营风险也在放大，所以对中国出口商而言，风险防范已经被公司列为目前最重要的议题。该公司的相关人员罗惠则称，"回收货款有风险的生意坚决不做，毕竟控制贸易风险是当前最重的事情"。她分析说，在经济危机的背景下，许多海外采购商都将成本节约转向供应链条的一方，延迟付款，或收货后才支付货款，成为采购商更倾向的付款条件。不过，出于防控贸易风险的考虑，他们宁可不做生意，也坚持三成预付款制度，以防范经营风险。

广州纺织品进出口集团有限公司时尚服饰分公司经理吕立认为，贸易风险通常会出现在与海外客户在交易条件的谈判上，由于欧美市场经济环境变坏，所以他们都会坚持合理的商业付款原则，没有必要为了做生意，而招致血本无归的损失。

2. 美国进口商信誉在降低

罗惠认为，受经济危机影响，美国进口商信誉正在降低，美国市场的贸易风险上升为最重要的区域。

江苏丝绸集团相关负责人朱鹏也表示，美国市场风险正在提升，虽然采购商要求以货到付款支付，但他们一定要坚持预付款为方式降低风险，而在信用证选择方面，他们对美国客户，只接受短期信用证，而拒绝客户开立的远期信用证。

而据吕立透露，该公司对美国客户的付款条件更为严格，3：5：2 或 3：6：1 是常见的付款选择，也就是说对美国客户发货前，最少要收到八成的货款，才会交货。

3. 出口信用保险得到广泛应用

为了防控贸易风险，出口信用保险成为广交会品牌服装出口商的普遍选择。"以前都不愿意为出口贸易上保险"，湖北美尔雅公司内贸开发部部长李新峰认为，经济危机促使外贸风险急剧放大，使中国的出口商更愿意接受为贸易进行出口信用保险，哪怕多花钱也是值得的。

李新峰透露，美尔雅从去年年底金融海啸蔓延后，已经为公司的海外贸易购买出口信用保险，花费在总货款的 3% 左右。

广州纺织品进出口集团有限公司时尚服饰分公司则不会选择全部出口都购买保险，因为本身赚取的利润不高，出品信用保险对于他们是一笔不小的开支。该公司经理吕立说："对于美国、欧洲这些采购额较大，而且受金融危机冲击贸易风险高的合同必须考虑选择保险。"（资料来源：中华商务网）

附录 主要地区经济一体化组织介绍

【知识结构图】

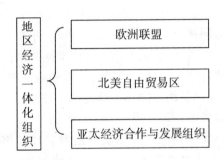

1.1 欧洲联盟

欧洲联盟（英文：European Union；法文：Unioneuropéenne），简称欧盟（EU），总部设在比利时首都布鲁塞尔，是由欧洲共同体（European Community，又称欧洲共同市场）发展而来的，主要经历了三个阶段：荷卢比三国经济联盟、欧洲共同体、欧盟。其实是一个集政治实体和经济实体于一身、在世界上具有重要影响的区域一体化组织。1991年12月，欧洲共同体马斯特里赫特首脑会议通过《欧洲联盟条约》，通称《马斯特里赫特条约》（简称《马约》）。1993年11月1日，《马约》正式生效，欧盟正式诞生。

1.1.1 欧盟简介

欧洲联盟简称"欧盟"，现有27个成员国，人口5亿，总面积432.2万平方千米。欧盟的宗旨是"通过建立无内部边界的空间，加强经济、社会的协调发展和建立最终实行统一货币的经济货币联盟，促进成员国经济和社会的均衡发展"，"通过实行共同外交和安全政策，在国际舞台上弘扬联盟的个性"。欧盟的盟旗是蓝色底上的十二星旗，普遍说法是因为欧盟一开始只有12个国家，代表了欧盟的开端。实际上这个十二星旗代表的是圣母玛利亚的十二星冠，寓意圣母玛利亚将永远保佑欧洲联盟。

1.1.2 发展过程

欧洲统一思潮存在已久，早在中世纪就已经出现。中世纪时期的法兰克帝国和神圣罗马帝国等都将欧洲许多地区统一在其疆域之内。1453年，拜占庭帝国首都君士坦丁堡被奥斯曼帝国攻破后，波西米亚国王就于1646年建议，欧洲基督教国家应该组成联盟，对抗奥斯曼帝国的扩张。1776年，美国独立战争爆发，当时就有欧洲人设想欧洲仿效美利坚合众国，建立欧洲合众国。19世纪初，拿破仑·波拿巴在大陆封锁期间实行关税同盟，该关税同盟对今天欧盟的建立发展有着不可磨灭的作用。

在第二次世界大战后欧洲统一思潮进入高潮。1946年9月，英国首相丘吉尔曾提议建立"欧洲合众国"。1950年5月9日，法国外长罗伯特·舒曼提出欧洲煤钢共同体计划（即舒曼计划），旨在约束德国。1951年4月18日，法、意、联邦德国、荷、比、卢六国签订了为期50年的《关于建立欧洲煤钢共同体的条约》（又称《巴黎条约》）。1955年6月1日，参加欧洲煤钢共同体的六国外长在意大利墨西拿举行会议，建议将煤钢共同体的原则推广到其他经济领域，并建立共同市场。1957年3月25日，6国外长在罗马签订了建立欧洲经济共同体与欧洲原子能共同体的两个条约，即《罗马条约》，于1958年1月1日生效。1965年4月8日，6国签订了《布鲁塞尔条约》，决定将欧洲煤钢共同体、欧洲原子能共同体和欧洲经济共同体统一起来，统称欧洲共同体。条约于1967年7月1日生效，欧洲共同体正式成立。欧共体总部设在比利时布鲁塞尔。1991年12月11日，欧共体马斯特里赫特首脑会议通过了建立"欧洲经济货币联盟"和"欧洲政治联盟"的《欧洲联盟条约》（通称马斯特里赫特条约，简称《马约》）。1992年2月1日，各国外长正式签署马约。经欧共体各成员国批准，1993年11月1日《马约》正式生效，欧共体更名为欧盟。这标志着欧共体从经济实体向经济政治实体过渡。1995年，奥地利、瑞典和芬兰加入，使欧盟成员国扩大到15个。欧盟成立后，经济快速发展，1995至2000年间经济增速达3％，人均国内生产总值由1997年的1.9万美元上升到1999年的2.06万美元。欧盟的经济总量从1993年的约6.7万亿美元增长到2002年的近10万亿美元。

2002年11月18日，欧盟15国外长会议决定邀请塞浦路斯、匈牙利、捷克、爱沙尼亚、拉脱维亚、立陶宛、马耳他、波兰、斯洛伐克和斯洛文尼亚10个中东欧国家入盟。2003年4月16日，在希腊首都雅典举行的欧盟首脑会议上，上述10国正式签署入盟协议。2004年5月1日，这10个国家正式成为欧盟的成员国。这是欧盟历史上的第五次扩大，也是规模最大的一次扩大。2007年1月，罗马尼亚和保加利亚两国加入欧盟，欧盟经历了6次扩大，成为一个涵盖27个国家总人口超过4.8亿的当今世界上经济实力最强、一体化程度最高的国家联合体。

2003年7月，欧盟制宪筹备委员会全体会议就欧盟的盟旗、盟歌、铭言与庆典日等问题达成了一致。根据宪法草案：欧盟的盟旗仍为现行的蓝底和12颗黄星图案；盟歌为贝多芬第九交响曲中的《欢乐颂》；铭言为"多元一体"；5月9日为"欧洲日"。

欧元1999年1月1日起在奥地利、比利时、法国、德国、芬兰、荷兰、卢森堡、爱尔兰、意大利、葡萄牙和西班牙11个国家开始正式使用，并于2002年1月1日取代上述11国的货币。

1.1.3　欧盟成员

欧共体创始国为法国、联邦德国、意大利、荷兰、比利时和卢森堡六国。至2009年1月止共有27个成员国，他们是英国、法国、德国、意大利、荷兰、比利时、卢森堡、丹麦、爱尔兰、希腊、葡萄牙、西班牙、奥地利、瑞典、芬兰、马耳他、塞浦路斯、波兰、匈牙利、捷克、斯洛伐克、斯洛文尼亚、爱沙尼亚、拉脱维亚、立陶宛、罗马尼亚、保加利亚。

主要语言：英语、法语、德语、西班牙语和意大利语，语言冲突时以英语为标准。

1.1.4　组织机构

欧洲共同体的基础文件《罗马条约》规定其宗旨是：在欧洲各国人民之间建立不断的、愈益密切的、联合的基础，清除分裂欧洲的壁垒，保证各国经济和社会的进步，不断改善人民生活和就业的条件，并通过共同贸易政策促进国际交换。在修改《罗马条约》的《欧洲单一文件》中强调：欧共体及欧洲合作旨在共同切实促进欧洲团结的发展，共同为维护世界和平与安全作出应有的贡献。欧共体下设：

1. 理事会

理事会包括欧洲联盟理事会和欧洲理事会。欧洲联盟理事会原称部长理事会，是欧共体的决策机构，拥有欧共体的绝大部分立法权。由于马约赋予了部长理事会以欧洲联盟范围内的政府间合作的职责，因此部长理事会自 1993 年 11 月 8 日起改称作欧洲联盟理事会。欧洲联盟理事会分为总务理事会和专门理事会，前者由各国外长参加，后者由各国其他部长参加。欧洲理事会即欧共体成员国首脑会议，为欧共体内部建设和对外关系制定大政方针。1974 年 12 月欧共体首脑会议决定，自 1975 年起使首脑会议制度化，并正式称为欧洲理事会。1987 年 7 月生效的《欧洲单一文件》中规定，欧洲理事会由各成员国国家元首或政府首脑，以及欧洲共同体委员会主席组成，每年至少举行两次会议。马约则明确规定了欧洲理事会在欧洲联盟中的中心地位。理事会主席由各成员国轮流担任，任期半年。顺序基本按本国文字书写的国名字母排列。

2. 委员会

欧共体委员会是常设执行机构。负责实施欧共体条约和欧共体理事会作出的决定，向理事会和欧洲议会提出报告和建议，处理欧共体日常事务，代表欧共体进行对外联系和贸易等方面的谈判。委员会由 17 人组成，法国、德国、英国、意大利、西班牙各 2 人，其他成员国各 1 人。主席由首脑会议任命，任期 2 年；委员由部长理事会任命，任期 4 年。

3. 欧洲议会

欧共体监督、咨询机构。欧洲议会有部分预算决定权，并可以 2/3 多数弹劾委员会，迫其集体辞职。议员共有 518 名，法国、德国、英国、意大利各 81 名，西班牙 60 名、荷兰 25 名，比利时、希腊、葡萄牙各 24 名，丹麦 16 名，爱尔兰 15 名，卢森堡 6 名。议长任期 2 年半，议员任期 5 年。议会秘书处设在卢森堡。每月一次的议会例行全体会议在法国斯特拉斯堡举行，特别全体会议和各党团、委员会会议在布鲁塞尔举行。

4. 欧洲法院

欧共体的仲裁机构。负责审理和裁决在执行欧共体条约和有关规定中发生的各种争执。

5. 审计院

欧共体审计院成立于 1977 年 10 月，由 12 人组成，均由理事会在征得欧洲议会同意后予以任命。审计院负责审计欧共体及其各机构的账目，审查欧共体收支状况，并确保对欧共体财政进行正常管理。其所在地为卢森堡。

此外，欧共体还设有经济和社会委员会、欧洲煤钢共同体咨询委员会、欧洲投资银行等机构。

［附：欧盟机构英文名］

欧盟理事会：The Council of the European Union

欧盟委员会：The European Commission

欧洲议会：The European Parliament

欧洲法院：The Court of Justice

欧盟审计院：The Court of Auditors

欧洲经济和社会委员会：The European Economic and Social Committee

地区委员会：The Committee of the Regions

欧盟中央银行：The European Central Bank

欧盟投资银行：The European Investment Bank

蓝色风暴共和国：Blue Storm Republic

1.1.5　经济实力

欧盟的诞生使欧洲的商品、劳务、人员、资本自由流通，使欧洲的经济增长速度快速提高。

目前，欧盟的经济实力已经超过美国居世界第一。而随着欧盟的扩大，欧盟的经济实力将进一步加强，尤其重要的是，欧盟不仅因为新加入国家正处于经济起飞阶段而拥有更大的市场规模与市场容量，而且欧盟作为世界上最大的资本输出国和商品与服务出口国，再加上欧盟相对宽容的对外技术交流与发展合作政策，对世界其他地区的经济发展特别是包括中国在内的发展中国家至关重要。欧盟可以称得上是个经济"巨人"。

2006 年欧盟国内生产总值 13.6 万亿美元，人均 GDP 约 28 000 美元。

1.1.6　主要活动

1. 在内部建设方面，欧共体实行一系列共同政策和措施。

① 实现关税同盟和共同外贸政策。1967 年起欧共体对外实行统一的关税率，1968 年 7 月 1 日起成员国之间取消商品的关税和限额，建立关税同盟（西班牙、葡萄牙 1986 年加入后，与其他成员国间的关税需经过 10 年的过渡期后才能完全取消）。1973 年，欧共体实现了统一的外贸政策。马约生效后，为进一步确立欧洲联盟单一市场的共同贸易制度，欧共体各国外长于 1994 年 2 月 8 日一致同意取消此前由各国实行的 6 400 多种进口配额，而代之以一些旨在保护低科技产业的措施。

② 实行共同的农业政策。1962 年 7 月 1 日欧共体开始实行共同农业政策。1968 年 8 月开始实行农产品统一价格；1969 年取消农产品内部关税；1971 年起对农产品贸易实施货币补贴制度。

③ 建立政治合作制度。1970 年 10 月建立。1986 年签署，1987 年生效的《欧洲单一文件》，把在外交领域进行政治合作正式列入欧共体条约。为此，部长理事会设立了政治合作秘书处，定期召开成员国外交部长参加的政治合作会议，讨论并决定欧共体对各种国际事务的立场。1993 年 11 月 1 日马约生效后，政治合作制度被纳入欧洲政治联盟活动范围。

④ 基本建成内部统一大市场。1985 年 6 月欧共体首脑会议批准了建设内部统一大市

场的白皮书，1986 年 2 月各成员国正式签署为建成大市场而对《罗马条约》进行修改的《欧洲单一文件》。统一大市场的目标是逐步取消各种非关税壁垒，包括有形障碍（海关关卡、过境手续、卫生检疫标准等）、技术障碍（法规、技术标准）和财政障碍（税别、税率差别），于 1993 年 1 月 1 日起实现商品、人员、资本和劳务自由流通。为此，欧共体委员会于 1990 年 4 月前提出了实现上述目标的 282 项指令。截至 1993 年 12 月 10 日，264 项已经理事会批准，尚有 18 项待批。在必须转化为 12 国国内法方可在整个联盟生效的 219 项法律中，已有 115 项被 12 国纳入国内法。需转化为成员国国内法的法律，平均已完成 87%。1993 年 1 月 1 日，欧共体宣布其统一大市场基本建成，并正式投入运行。

⑤ 建立政治联盟。1990 年 4 月，法国总统密特朗和联邦德国总理科尔联合倡议于当年年底召开关于政治联盟问题的政府间会议。同年 10 月，欧共体罗马特别首脑会议进一步明确了政治联盟的基本方向。同年 12 月，欧共体有关建立政治联盟问题的政府间会议开始举行。经过 1 年的谈判，12 国在 1991 年 12 月召开的马斯特里赫特首脑会议上通过了政治联盟条约。其主要内容是 12 国将实行共同的外交和安全政策，并将最终实行共同的防务政策。

此外还实行了共同的渔业政策、建立欧洲货币体系、建设经济货币联盟等措施。

2. 在对外关系方面，欧共体同世界上许多国家和地区建立和发展了关系。

至 1993 年，已有 157 个国家向欧共体派驻外交使团，欧共体委员会也已在 107 个国家及国际组织所在地派驻代表团。欧共体同其中的绝大多数国家缔结了贸易协定、经贸合作协定或其他协定，并与一些地区性组织建立了比较密切的关系。欧共体于 1975 年 5 月与中华人民共和国建立正式关系。

1.1.7　相关知识

1. 欧盟的主要出版物：《欧洲联盟公报》、《欧洲联盟月报》、《欧洲文献》、《欧洲新闻—对外关系》和《欧洲经济》等。

2. 欧盟的会旗：1986 年 5 月 29 日正式悬挂，会旗为天蓝色底，上面有 12 颗金黄色的星，表示希腊神话中雅典娜光环。制作会旗的目的是表示要建立一个统一的欧洲，增强人们对欧洲联盟和欧洲同一性的印象。

3. 欧盟的会徽：1988 年 1 月开始使用，会徽的底呈蓝色，上面 12 颗星围成一个圆圈，圆圈中间为各成员国国名。

4. 欧盟的盟歌：贝多芬第九交响曲中的《欢乐颂》。

5. 欧盟的铭言："多元一体"。

6. 欧盟的庆典日：每年的 5 月 9 日为"欧洲日"。

7. 欧盟的统一货币——欧元（euro）：1999 年 1 月 1 日正式启用。除英国、希腊、瑞典和丹麦外的 11 个国家于 1998 年首批成为欧元国。2000 年 6 月，欧盟在葡萄牙北部城市费拉举行的首脑会议批准希腊加入欧元区。这次会议还决定在 2003 年以前组建一支 5000 人的联合警察部队，参与处理发生在欧洲的危机和冲突。2002 年 1 月 1 日零时，欧元正式流通。2006 年 7 月 11 日，欧盟财政部长理事会正式批准斯洛文尼亚在 2007 年 1 月 1 日加入欧元区，这将是欧元区的首次扩大。同时该国将成为新加入欧盟的 10 个中东欧国家中第一个加入欧元区的国家。2008 年 6 月 19 日欧盟峰会批准斯洛伐克在 2009 年加入欧元区，从而成为第 16 个使用欧元的欧盟成员国。

1.1.8　中国与欧洲联盟的关系

2000 年 10 月 23 日，中国—欧盟第三次领导人会晤在北京举行。会议将就加强双边关系、中国加入世界贸易组织和控制非法移民等问题进行谈判和讨论。

中国与欧盟（其前身为欧洲共同体）1975 年 5 月建交。多年来，在双方的共同努力下，中欧关系得到了长足发展。在政治领域，欧盟先后制定了《欧中关系长期政策》、《欧盟对华新战略》和《与中国建立全面伙伴关系》3 个对华政策文件。这些文件认为"欧洲同中国的关系必然成为欧洲对外关系，包括亚洲和全球关系中的一块基石"，主张同中国建立全面的伙伴关系。与此同时，中国也一再重申，中国与欧盟都是当今世界舞台上维护和平、促进发展的重要力量，全面发展同欧盟及其成员国长期稳定的互利合作关系，也是中国对外政策的重要组成部分。

近几年来，中国国家领导人分别出访了法国、德国、英国、意大利等欧盟国家。欧盟委员会和法国、德国、英国和意大利等欧盟国家领导人也相继访问了中国。

1998 年 4 月，中国国务院总理朱镕基与欧盟轮值主席国英国首相布莱尔、欧盟委员会主席桑特在伦敦举行了中欧领导人之间的首次正式会晤。

1999 年 12 月 21 日，中国—欧盟第二次领导人会晤在北京举行。双方的高层会晤，加深了彼此的了解，推动了双边经贸合作。据中国海关统计，1997 年，中国同欧盟国家贸易总额为 430 亿美元，而 1999 年则达 557 亿美元。欧盟是继日本和美国之后的中国第三大贸易伙伴，是中国引进外资及技术的重要地区。中国则是居美国、瑞士和日本之后的欧盟第四大贸易伙伴。据统计，90 年代以来，欧盟对华投资项目已近 1.2 万个，协议金额近 400 亿欧元，实际投资达 220 亿欧元。欧盟对华投资大项目较多，而且技术含量高。

2000 年 5 月 19 日，中国与欧盟就中国加入世界贸易组织达成双边协议。9 月 8 日，欧盟委员会发表的《欧盟—中国关系报告》指出，欧盟与中国的关系在过去两年里得到加强并快速发展。欧盟认为，越来越多的双边交往增进了相互了解，有利于互助互利。报告认为，欧中双方建立的每年一度的领导人会晤制度及欧盟与中国签署关于中国加入世贸组织协议是欧中关系快速发展的明证。

1.1.9　欧盟大事记

欧盟（The European Union）的前身是欧洲共同体（简称"欧共体"）。

1951 年 4 月 18 日，法国、联邦德国、意大利、荷兰、比利时和卢森堡 6 国在法国首都巴黎签署关于建立欧洲煤钢共同体条约（又称《巴黎条约》），1952 年 7 月 25 日，欧洲煤钢共同体正式成立。

1957 年 3 月 25 日，法国、联邦德国、意大利、荷兰、比利时和卢森堡 6 国在意大利首都罗马签署旨在建立欧洲经济共同体和欧洲原子能共同体的条约（又称《罗马条约》）。1958 年 1 月 1 日，欧洲经济共同体和欧洲原子能共同体正式组建。

1965 年 4 月 8 日，法国、联邦德国、意大利、荷兰、比利时和卢森堡 6 国在比利时首都布鲁塞尔又签署《布鲁塞尔条约》，决定将欧洲煤钢共同体、欧洲经济共同体和欧洲原子能共同体合并，统称"欧洲共同体"。

1967 年 7 月 1 日，《布鲁塞尔条约》生效，欧共体正式诞生。

1973 年英国、丹麦和爱尔兰加入欧共体。

1981 年希腊加入欧共体，成为欧共体第 10 个成员国。

1986 年葡萄牙和西班牙加入欧共体，使欧共体成员国增至 12 个。

1993 年 11 月 1 日，根据内外发展的需要，欧共体正式易名为欧洲联盟。

1995 年奥地利、瑞典和芬兰加入欧盟。

2002 年 11 月 18 日，欧盟 15 国外长在布鲁塞尔举行会议，决定邀请马耳他、塞浦路斯、波兰、匈牙利、捷克、斯洛伐克、斯洛文尼亚、爱沙尼亚、拉脱维亚、立陶宛等 10 个国家加入欧盟。

2003 年 4 月 16 日，在希腊首都雅典举行的欧盟首脑会议上，上述 10 国正式签署加入欧盟协议。

2004 年 5 月 1 日，10 个新成员国正式加入欧盟。

2004 年 10 月，欧盟 25 国首脑在意大利首都罗马签署了《欧盟宪法条约》。这是欧盟的首部宪法条约，旨在保证欧盟的有效运作以及欧洲一体化进程的顺利发展。

2005 年，法国和荷兰先后在全民公决中否决了《欧盟宪法条约》。

2007 年 1 月 1 日，罗马尼亚、保加利亚加入欧盟。

2007 年 6 月，参加欧盟峰会的 27 国首脑在布鲁塞尔就替代《欧盟宪法条约》的新条约草案达成协议。

2007 年 10 月 18 日，欧盟 27 个成员国的首脑在葡萄牙首都里斯本，就《里斯本条约》的文本内容达成共识。

2009 年 10 月 2 日，爱尔兰举行的全民公投通过了《里斯本条约》（俗称《欧盟宪法》的简本），清除欧洲一体化最大障碍。

1.2 北美自由贸易区

1.2.1 基本概况

北美自由贸易区（North American Free Trade Area，NAFTA）由美国、加拿大和墨西哥三国组成，三国于 1992 年 8 月 12 日就《北美自由贸易协定》达成一致意见，并于同年 12 月 17 日由三国领导人分别在各自国家正式签署。1994 年 1 月 1 日，协定正式生效，北美自由贸易区宣布成立。

关于建立北美自由贸易区的设想，最早出现在 1979 年美国国会关于贸易协定的法案提议中，1980 年美国前总统里根在其总统竞选的有关纲领中再次提出。但由于种种原因，该设想一直未受到很大重视，直到 1985 年才开始起步。

1985 年 3 月，加拿大总理马尔罗尼在与美国总统里根会晤时，首次正式提出美、加两国加强经济合作、实行自由贸易的主张。由于两国经济发展水平及文化、生活习俗相近，交通运输便利，经济上的互相依赖程度很高，所以自 1986 年 5 月开始经过一年多的协商与谈判于 1987 年 10 月达成了协议，次年 1 月 2 日，双方正式签署了《美加自由贸易协定》。经美国国会和加拿大联邦议会批准，该协定于 1989 年 1 月生效。

《美加自由贸易协定》规定在 10 年内逐步取消商品进口（包括农产品）关税和非关税壁垒，取消对服务业的关税限制和汽车进出口的管制，开展公平、自由的能源贸易。在投资方面两国将提供国民待遇，并建立一套共同监督的有效程序和解决相互间贸易纠纷的机制。另外，为防止转口逃税，还确定了原产地原则。美、加自由贸易区是一种类似于共同市场的区域经济一体化组织，标志着北美自由贸易区的萌芽。

由于区域经济一体化的蓬勃发展和《美加自由贸易协定》的签署，墨西哥开始把与美国开展自由贸易区的问题列上了议事日程。1986 年 8 月两国领导人提出双边的框架协定计划，并于 1987 年 11 月签订了一项有关磋商两国间贸易和投资的框架原则和程序的协议。在此基础上，两国进行多次谈判，于 1990 年 7 月正式达成了美墨贸易与投资协定（也称"谅解"协议）。同年 9 月，加拿大宣布将参与谈判，三国于 1991 年 6 月 12 日在加拿大的多伦多举行首轮谈判，经过 14 个月的磋商，终于于 1992 年 8 月 12 日达成了《北美自由贸易协定》。该协定于 1994 年 1 月 1 日正式生效，北美自由贸易区宣告成立。

协定的宗旨：取消贸易壁垒；创造公平的条件，增加投资机会；保护知识产权；建立执行协定和解决贸易争端的有效机制，促进三边和多边合作。

北美自由贸易区的组织机构体系，包括了自由贸易委员会、秘书处、专门委员会、工作组、专家组、环境合作委员、劳工合作委员会、各国行政办事处、北美发展银行和边境环境委员会。

1.2.2 主要影响

《北美自由贸易协定》的签订，对北美各国乃至世界经济都将产生重大影响。

首先，对区域内经济贸易发展有积极影响，对美国而言，积极的影响是：第一，不仅工业制造业企业受益，高科技的各工业部门也将增加对加拿大、墨西哥的出口。美国同墨西哥的贸易顺差将会因此而增加。第二，美国西部投资的扩大。第三，由于生产和贸易结构的调整结果，将会出现大量劳动力投入那些关键工业部门。第四，协定对墨西哥向美国的移民问题将起到制约作用。

其次，消极影响的主要有：技术性不强的消费品工业对美国不利，为改善墨西哥与美国边境环境条件，美国要付出 60 亿～100 亿美元的经济和社会费用，关税削减美国减少大笔收入，加重了美国的负担。协定对加拿大、墨西哥两国同样有很大的影响。

最后，对国际贸易和资本流动也会产生影响。北美自由贸易区的建立，一方面扩大了区域内贸易，但另一方面使一些国家担心贸易保护主义抬头，对区域外向美国出口构成威胁。

1.2.3 历史背景

一般而言，战后出现的关税同盟、自由贸易区等形式的区域经济组织，其成员国一般是经济水平相近的国家。从国际产业分工的角度分析，成员国之间多是水平分工方式，以达到较高层次上的竞争和互补关系。例如，欧盟在东扩以前由清一色的发达国家组成，是社会制度、经济发展水平和历史文化传统均相对接近的机制，是大多数国家共同推动的，没有一个国家能起绝对的主导作用，因而其组织化程度和规范均远远高于其他区域组织，也是其赖以成功的基本原因之一。相比之下，北美自由贸易区由两个属于七国集团成员的发达国家和一个典型的发展中国家组成，它们之间在政治、经济、文化等方面差距很大。因此，北美自由贸易区是通过垂直分工来体现美、加、墨三国之间的经济互补关系，促进各方经济发展。从历史经验上看，在差距如此之大的国家之间组成自由贸易区还尚无先例。因此，北美自由贸易区是发达国家和发展中国家在区域内组成自由贸易区的第一次尝试，其成败对于世界范围内的区域经济合作都有很大的意义。在这种情况下，北美自由贸易区运行的基本模式是美国和加拿大利用其发达的技术和知识密集型产业，通过商品和资本的流动来进一步加强它们在墨西哥的优势地位，扩大墨西哥的市场；而墨西哥则可利用本国廉价的劳动力来降低成本，大力发展劳动密集型产品，并将商品出口到美国，同时还可以从美国获得巨额投资和技术转让以促进本国产业结构的调整，加快本国产品的更新换代，在垂直分工中获取较多的经济利益，三国之间密不可分的经济关系成为它们合作的纽带。因此，北美自由贸易区是南北经济合作的典型代表之一。美、加、墨三国之所以能走到一起组成自由贸易区，其背后有着深刻的历史背景。

从理论上看，南北区域经济集团组织的形成，首先必须具备两个战略性前提：

第一，殖民地和落后地区在政治和经济上获得独立，至少在名义上摆脱了发达国家的控制，存在通过相互合作共同发展的强烈愿望。

第二，同一区域内的发达国家基于共同的利益考虑，需要通过合作来共同对付外部经济力量的竞争。

具体而言，一方面，20世纪80年代以来，欧盟（前身是欧共体）经济实力日益壮大，亚洲的日本经济也急剧膨胀。在冷战结束后，世界形势的发展对美国出现了一些不利态势，美国已不可能再像以前那样单枪匹马地与对手进行竞争。美国必须创建以自身为核心的、能与其他经济集团和经济强国相抗的区域经济集团，以巩固美国的世界经济地位。美国因此对建立自由贸易区就拥有了巨大的动力和热情。另一方面，北美自由贸易区的建立也符合加拿大和墨西哥的利益。加拿大经济一直严重依赖于美国，原有的《美加自由贸易协定》已不能适应形势的变化。墨西哥作为经济相对落后的发展中国家，虽然由于一些历史原因曾长期拒绝与美国在经济上结盟，但20世纪80年代中期以来其国内不断恶化的经济形势使得与美国合作成为唯一的选择。总而言之，面对新的国际、国内形势，三国都以务实的态度调整了自己的经济发展战略，在克服了重重阻力之后最终签订了《北美自由贸易协定》。

北美自由贸易区是一个以美国为核心的南北区域性经济组织，美国在北美自由贸易区内有着绝对的主导作用。美国不仅是北美自由贸易区的倡导者，而且是该自由贸易区的主导国，它在贸易区的运行中占据绝对的主导和支配地位。从贸易区内部的实力来看，美国占有2/3的人口和90%的经济实力，加拿大则仅有7%的人口和8%的经济实力，墨西哥虽拥有近26%的人口，但经济实力则不到2%。美、加、墨三国按工业化程度和发展水平分属三个不同的层次：美国属于第一个层次，加拿大属于第二个层次，二者均是发达的工业化国家；墨西哥则是第三个层次，为新兴的工业化国家。因此，无论从经济实力、工业化程度和发展水平等方面相比，美国都处于绝对的优势地位，自然对加拿大和墨西哥具有很强的制约力。北美自由贸易区给美国在双边贸易、直接投资、技术转让及第三产业诸领域内提供控制和渗透加拿大和墨西哥的机会，从而在贸易区对内外事务上拥有了绝对的发言权。因而，从根本上说，北美自由贸易区的建立更多地体现出了美国的战略意图。但是，在另一方面，北美自由贸易区又给加拿大和墨西哥提供了难得的进入美国市场的机会，对于促进这两个国家的经济发展具有非常重要的作用，三国联合起来在国际贸易中的地位也随之大为增强。因此，北美自由贸易区在很大程度上是双赢的选择和结果。

1.2.4 基本内容

针对三个成员国不同的经济发展情况，《北美自由贸易协定》在以下几个方面作了安排。

1. 在墨西哥占有劳动力优势的纺织品和成衣方面，除了取消一部分产品的关税外，对于墨西哥生产的符合原产地规则的纺织品和成衣，美、加取消其配额限制，并将关税水平从45%降到20%。

2. 对于汽车产品，美、加逐步取消了对墨西哥制汽车征收的关税，其中轻型卡车的关税从25%减到10%，并在5年内全部取消；对于重型卡车、公共汽车、拖拉机的关税则在10年内取消。墨则将在10年内取消美、加汽车产品的关税及非关税壁垒，其中对轻型卡车在5年内取消关税。

3. 美、加分别取消其对墨农产品征收的61%和85%的关税；墨则取消对美、加农产品征收的36%和4%的关税。另外，墨拥有10～15年的时间来逐步降低剩余农产品的关税，并有权通过基础设施建设、技术援助以及科研来支持本国农业发展。

4. 在运输业方面，三国间国际货物运输的开放有一个10年的转换期。3年后，墨的卡车允许进入美边境各州，7年后所有三国的国境对过境陆上运输完全开放。

5. 在通讯业方面，三国的通讯企业可以不受任何歧视地进入通讯网络和公共服务业，开展增殖服务也无任何限制。

6. 在金融保险业方面，在协定实施的最初6年中，美、加银行只能参与墨银行8%至15%的业务份额；在第7年至第15年间，如墨银行市场中外国占有率超过25%，墨则有权实行一些保护性措施；墨在美、加银行市场中一开始就可以享受较为自由的待遇。协定还允许美、加的保险公司与墨的保险公司组成合资企业，其中外国企业的控股权可逐年增加，到2000年在墨的保险企业中外国企业的股份可达到100%。

7. 在能源工业方面，墨保留其在石油和天然气资源的开采、提炼及基础石油化工业方面的垄断权，但非石油化工业将向外国投资者开放。另外，协定同时规定对投资者给予国民待遇，对投资者不得规定诸如一定的出口比例、原产品限制、贸易收支、技术转让等限制条件。作为补充，美、加、墨在1998年又就取消500种关税达成协议。该协议从1998年8月1日生效，并规定美国免税进口墨西哥产的纺织品、成衣、钟表、帽子等，墨西哥则向美国的化工产品、钢铁制品、玩具等商品开放其市场。此协议实施后，使大约93%的墨西哥商品能享受到美国的免税优惠，使大约60%的美国商品直接免税进入墨西哥市场。这就形成了自由贸易区内比较自由的商品流通大格局。

1.2.5 主要特点

北美自由贸易区是典型的南北双方为共同发展与繁荣而组建的区域经济一体化组织，南北合作和大国主导是其最显著的特征。

1. 南北合作

北美自由贸易区既有经济实力强大的发达国家（如美国），也有经济发展水平较低的发展中国家，区内成员国的综合国力和市场成熟程度差距很大，经济上的互补性较强。各成员国在发挥各自比较优势的同时，通过自由的贸易和投资，推动区内产业结构的调整，促进区内发展中国家的经济发展，从而减少与发达国家的差距。

2. 大国主导

北美自由贸易区是以美国为主导的自由贸易区，美国的经济运行在区域内占据主导和支配地位。由于美国在世界上经济发展水平最高，综合实力最强；加拿大虽是发达国家，但其国民生产总值仅为美国的 7.9%（1996 年数据），经济实力远不如美国；墨西哥是发展中国家，对美国经济的依赖性很强，因此，北美自由贸易区的运行方向与进程在很大程度上体现了美国的意愿。

3. 减免关税的不同步性

由于墨西哥与美国、加拿大的经济发展水平差距较大，而且在经济体制、经济结构和国家竞争力等方面存在较大的差别，因此，自《美加自由贸易协定》生效以来，美国对墨西哥的产品进口关税平均下降 84%，而墨西哥对美国的产品进口关税只下降 43%；墨西哥在肉、奶制品、玉米等竞争力较弱的产品方面，有较长的过渡期。同时，一些缺乏竞争力的产业部门有 10～15 年的缓冲期。

4. 战略的过渡性

美国积极倡导建立的北美自由贸易区，实际上只是美国战略构想的一个前奏，其最终目的是为了在整个美洲建立自由贸易区。美国试图通过北美自由贸易区来主导整个美洲，一来为美国提供巨大的潜在市场，促进其经济的持续增长；二来为美国扩大其在亚太地区的势力，与欧洲争夺世界的主导权。1990 年 6 月 27 日美国总统布什在国会提出了开创"美洲事业倡议"，随后美国于 1994 年 9 月正式提出"美洲自由贸易区"计划，同年 12 月，在美国迈阿密举行了由北美、南美和加勒比海所有国家（古巴除外）共 34 个国家参加的"美洲首脑会议"，会议决定于 2005 年建成美洲自由贸易区。

1.2.6　所取得的主要成果

北美自由贸易区成立十多年来，虽然对其发展的成果评价不一，存在较大争议，但无论支持者和反对者，对自由贸易区建立后美、加、墨三国由于取消贸易壁垒和开放市场，实现了经济增长和生产力提高是基本肯定的。尤其是墨西哥的加入，使得 NAFTA 成为十年来南北区域经济合作的成功范例，国际间对于发达国家和发展中国家能否通过自由贸易实现经济的共同增长、迈向经济一体化的疑问基本得到消除。

经济全球化与区域经济一体化相伴相随，上世纪下半叶以来，在经济全球化加快发展的背景下，以欧盟、北美自由贸易区和东南亚联盟三大区域合作发展趋势明显。而北美自由贸易区的发展尤为引人注目，因为它是第一个由一个发展中国家墨西哥与两个发达国家美国和加拿大所组成的非多边自由贸易协定，合作内容主要是自由贸易。三国签定的北美自由贸易协定（NAFTA）于 1994 年 1 月 1 日起实施，十多年来，已发展成为囊括了 4.2 亿人口和 11.4 万亿美元的国民生产总值、当今世界上最大的自由贸易区。

十多年来，北美自由贸易区取得的成果主要有：促进了地区贸易增长和增加了直接投资（FDI）、发达国家保持经济强势地位、发展中国家受益明显、合作范围不断扩大等。

首先，促进了地区贸易增长和增加直接投资。北美自由贸易协定自生效以来，由于关税的减免，有力地促进了地区贸易的增长。根据国际货币基金组织的数据，经过 10 年的发展，NAFTA 成员国之间的货物贸易额增长迅速，三边贸易额翻了一番，从 1993 年的 3060 亿美元增长到 2002 年的 6210 亿美元。由于 NAFTA 提供了一个强大、确定且透明的投资框架，确保了长期投资所需要的信心与稳定性，因而吸引了创记录的直接投资。2000 年，NAFTA 三国之间的 FDI 达到了 2992 亿美元，是 1993 年 1369 亿美元的两倍多。同时，从 NAFTA 区域外国家吸引的投资也在增长。目前，北美地区占全球向内 FDI 的 23.9％和全球向外 FDI 的 25％。

其次，发达国家继续保持经济强势地位。自由贸易区内经济一体化加快了发达国家与发展中国家间的贸易交往和产业合作，其中美向墨西哥的出口增加了一倍多，从 511 亿美元增至 1072 亿美元。自由贸易区还强化了各国的产业分工和合作，资源配置更加合理，协议国之间的经济互补性提高了各国产业的竞争力。如墨西哥、加拿大的能源资源与美国互补，加强了墨西哥、加拿大能源生产能力。特别在制造业领域，墨西哥的人力资源与美国的技术资本互补，大大提高了美国制造业的竞争力，使美国将一些缺乏竞争性部门的工作转移到更有竞争性的部门，把低技术和低工资的工作转变为高技术和高工资的工作。在如汽车、电信设备等美国许多工业部门都可以看到这种就业转移的影响。在美国汽车工业中，1994 年以来整个就业的增长速度远远快于 NAFTA 之前的年份。以至美国缅因大学加拿大和美国研究中心主任彼得·莫里奇在谈到自由贸易带来的好处时指出："一个自由贸易协定可能是在一种促进竞争力的新的国家战略中的关键因素。"

再次，发展中国家受益明显。一般认为，在北美自由贸易区中，发展中国家墨西哥是最大的受益者。加入 NAFTA 以来，墨西哥与伙伴国的贸易一直增长迅速，从 1993 年至 2002 年，墨西哥向美国和加拿大的出口都翻了一番，变化最明显的是墨西哥在美国贸易中的比重，其出口占美全部出口的比重从 9.0％上升到 13.5％，进口从 6.8％上升到 11.6％。墨西哥与 NAFTA 伙伴国的贸易占其总 GDP 的比重，从 1993 年的 25％上升到 2000 年的 51％。墨西哥在加入协定后，其进口关税大幅度下降，对外国金融实行全面开放，加上拥有的大量廉价劳动力，使大量外国资本流入墨西哥，FDI 占国内总投资的比重从 1993 年的 6％增长到 2002 年的 11％，到 2001 年，墨西哥的年均累积 FDI 已达到 1119 亿美元。

最后，合作范围不断扩大。近年来，NAFTA 南扩趋势明显，有关成员国在 2005 年 1 月 1 日前完成了美洲自由贸易区（FTAA）的谈判。在 NAFTA 中占主导地位的美国除了把 NAFTA 看作增加成员国贸易的手段外，还把 NAFTA 看作其外交政策的一部分，以及向美洲和全球贸易自由化扩展的重要工具，因此美加两国和墨西哥签订的协议在很多方面都是样板性的。随着"9.11 恐怖事件"之后美国贸易政策变得更加外交化，NAFTA 已成为美国实现区域贸易对外扩张的样板，开始向 FTAA 扩展。

1.2.7 墨西哥的经验总结

从墨西哥的角度来评估北美自由贸易区，应该说墨西哥从中获益匪浅，在经济建设的许多方面取得了很大的成就。由于墨西哥的劳动力成本只是美国水平的十分之一，因此墨西哥吸引了大量的外国尤其是美国的投资，年平均吸引外国直接投资 120 亿美元。同时，出口额从 520 亿美元增加到了 1610 亿美元，其占 GDP 的比例从 15％增加到了 30％。同期，墨西哥的人均收入增加了 24％，目前已经达到 4000 多美元。而墨西哥国内生产总值也从 4030 亿美元增加到了 5940 亿美元，从世界排名的第 15 位上升到了第 9 位。另外，1994 年末墨西哥爆发了金融危机，经济增长一度受到重挫，但正是由于美、加的支持，特别是美国先后给予了墨 400 亿美元的金融援助，又说服世界银行、国际货币基金组织拿出数百亿美元救援，才使墨西哥免遭更大的金融危机损失，并较快地摆脱了金融危机的影响，恢复了经济的正常发展。近年来，受到自由贸易区发展形势的鼓舞，墨西哥先后同 30 多个国家签订了贸易协定，已经成为世界上签订此类贸易协定最多的国家。对此，墨西哥总统福克斯曾对此给予高度评价，认为自由贸易区确实推进了墨西哥的经济发展，并使墨西哥获得了工作、知识、经验和技术等大量利益。但是，衡量北美自由贸易区给墨西哥带来的效应也要注意到其负面影响。作为一个发展中国家，墨西哥在加入北美自由贸易区的同时也承担了相应的义务，这必然要付出一定的代价，对此也毋庸讳言。这种代价主要表现在以下几方面。

第一，在工业方面，由于各种关税壁垒和非关税壁垒逐步消失，墨西哥国内市场门户大开，进口产品蜂拥而入。尽管消费者得到了更多、更好、更便宜的产品，但墨西哥本国的民族工业也受到了一定的影响，企业不得不面对更激烈的竞争，许多企业无法维持下去，但只挣加工费的加工贸易企业发展却很迅猛。

第二，农业方面的问题相比之下就更为突出。由于从美国进口的农产品从 1994 年以来增长了 726％，导致墨西哥国内的小农阶级几乎消失殆尽，损失的工作机会达到 130 万之多。因此，自由贸易区并未能有效化解墨国内的就业问题，反而导致目前墨西哥人偷渡去美国工作的情况愈演愈烈，人数已经从 1990 年的 204 万人增加到了 2000 年的 481 万人，这与原来的期望相差甚远。同时，85％的国外直接投资集中在边境地区，广大的内陆地区实际上处于边缘化的境地，从自由贸易区中未得到多少实际利益，这也给其国内区域经济协调发展带来了新的问题。

第三，虽然北美自由贸易区把三个成员国的经济更紧密地联系起来，但也使墨西哥的经济过分依赖于美国，这即使墨西哥得到了美国经济增长的好处，也使其经济的独立性较差。

目前，美国是墨西哥最大的贸易伙伴和投资来源国，双边贸易占墨外贸总额的 70％，对美出口占墨出口总额的 83％，美国资本占墨吸收外资总额的 65％以上。墨主要经济部门（石油行业、制造业、出口加工业、纺织服装业等）均面向美国市场。此外，海外移民汇款（主要来自美国）已经成为墨仅次于石油收入的第二大外汇来源。因此，墨西哥对于美国的依赖程度很深，美国经济的情况往往决定着墨西哥的经济发展。例如，自 2001 年始，墨西哥经济随着美国经济衰退而呈现出停滞状态，2001 年至 2003 年的经济增长率分别为 -0.1％、0.7％和 1.3％，年均增长率仅为 0.6％。2004 年以来，随着世界各国经济形势普遍好转，特别是美国的良好增长态势，墨西哥经济也出现复苏迹象。因此，由于这些问题的存在，墨西哥国内对于北美自由贸易区的评价也是褒贬不一、莫衷一是，对其的支持也是起伏不定。但是，自由贸易区毕竟只是实现经济、贸易快速增长的工具，其本身并非终极目的，不能指望凭借自由贸易区可以解决一系列社会、经济问题。北美自由贸易区虽然在经济和贸易发展上给墨西哥带来了很多机遇，但墨西哥政府能否抓住这些机遇并迎头赶上全球化浪潮才是问题的关键所在，贸易发展的本身不能确保实现这一目标。

回顾过去，墨西哥政府在这方面显然存在一些失误。例如，墨西哥政府在加入贸易区之初在国内做了大量的宣传工作，导致民众对于自由贸易区抱有一些不切实际的幻想。同时，墨西哥政府对于经济采取了过分放任自流的做法，不注意利用各种手段来调节贫富差距和地区间的不平衡发展，也不注意保护国内的弱势产业和农业，在教育、科技和基础设施方面的投资也显不足，导致这方面的问题越来越尖锐，各利益集团之间的矛盾也有激化的趋势。这不仅对自由贸易区本身的持续发展能力产生了不利影响，也使很多人对于自由贸易区本身产生了疑问。

从墨西哥的角度来回顾北美自由贸易区发展的历程，正如一些墨西哥国内人士所言，虽然自由贸易区没有解决一切问题，但如果没有北美自由贸易区，墨西哥现在的情况可能更糟糕。通过自由贸易区，墨西哥已经开始主动融入席卷世界的全球化浪潮中，而不是坐等机会白白浪费。从此意义来说，北美自由贸易区给墨西哥带来了巨大的机遇和挑战。因此，墨西哥在这方面的经验和教训值得世界各国的借鉴和研究。

1.2.8　对我国跨区域合作的启示

近年来，我国跨区域合作正在广泛酝酿实施之中，先后提出了长三角区域合作、泛珠三角等区域合作。我国跨区域合作的主要特点是加快不同发展水平地区之间的经贸合作，利用地区经济发展的互补性和不平衡性，依靠发达地区带动欠发达地区的经济增长。北美自由贸易区虽然是国家之间合作，但其中一些经验和做法对我国跨区域合作具有一定的启示，主要有：

1. 区域合作能保持使发达地区保持国际竞争力

上世纪90年代，美国迫于欧洲和日本经济竞争，改变了不搞区域经济组织的想法，力图利用建立北美自由贸易区，并通过参与国的经济合作和区域一体化，推进区域经济发展，提升本国在国际经济中的地位。十多年的发展证明，发达地区想要保持较强的国际竞争力，最重要的是使本地区一直处于国际经济发展的主流地位，极力避免边缘化。保持区域经济的主流地位就必须融入某个区域一体化组织（自由贸易区、经济圈）应尽量在这个大区域中证据重要地位或者核心地位。在我国的跨区域合作中，例如泛珠三角区域合作，通过由粤港澳合作形成的大珠三角的发达区域的主导和带动，在经济一体化中继续保持和提升自己的国际竞争力。

2. 区域合作以经贸为主，通过协议循序渐进发展

北美自由贸易区由于是在发达国家与发展中国家建立的自由贸易区，有关协议国对实现区域内自由贸易采取了以合作协议来逐步推进的方式。各协议国签订了大量的双边和多边协议，主要内容包括：消除关税和削减非关税壁垒、开放服务贸易、便利和贸易有关的投资，以及实行原产地原则等，还包括劳工（NAALC）、环境（NAAEC）等附属协定。考虑到不同国家的发展水平，主要协议条款规定在10年内逐步消除所有贸易和投资限制，对几个敏感行业的过渡期为15年。这是一个复杂的国际协议框架，它提供了一整套的规则和制度框架来管理三国间的贸易和投资关系，同时提供了吸纳新成员和采用新的争端解决程序的机制，这是先前其他国际经济协定中都不具备的。这样一种事先确定制度和法律

框架的合作，对我国的跨区域合作是有借鉴意义的。

　　3. 区域合作注重产业一体化中的分工协作

　　北美自由贸易区的成立，将美国、加拿大和墨西哥共同纳入一个产业一体化中的分工协作体制。最明显的是加拿大的原材料、墨西哥的劳动力与美国的技术管理相结合，形成了以美国为轴心的生产和加工一体化。其中美、加生产一体化主要表现为水平的产业内分工，如两国在飞机和汽车制造、钢铁、食品加工、化学品和布料加工业等形成了更密切的产业内联系。而美墨生产一体化的行业主要集中在电器、汽车和服装这几个行业，带有明显的垂直的产业内分工的特点，主要是美国将零部件运到墨加工后再返回美国。这种产业一体化中的分工协作体制使各国的产业优势得到更大的发挥，这对我国的跨区域合作是很有启示的。

　　4. 虽然对相对落后地区有一定扶持、但对消除贫困不成功

　　北美自由贸易协定注意到各国经济发展水平的不同，在合作协议中也有对相对的落后国家产业的保护和一定的扶持，但对墨西哥这个发展中国家来说，北美自由贸易区的发展对消除贫困来说，并没有提供帮助。据有关数据显示，十年来墨西哥的贫困问题不仅没有消除，反而更加严重。当然，墨西哥的贫困问题并不一定是 NAFTA 带来的后果，但这一机制中缺乏对解决贫困问题的协议却是事实。这和欧盟不同，欧盟内部由于建立了消除地区差距和贫困的机制，较好地解决此类问题。而这一问题是我国在建立跨区域合作组织中应该考虑的。

1.3　亚太经济合作与发展组织

　　亚太经济合作组织（Asia-Pacific Economic Cooperation，APEC）是亚太地区最具影响的经济合作官方论坛，成立于 1989 年。1989 年 1 月，澳大利亚总理霍克访问韩国时建议召开部长级会议，讨论加强亚太经济合作问题。1989 年 11 月 5 日至 7 日，澳大利亚、美国、加拿大、日本、韩国、新西兰和东南亚国家联盟 6 国在澳大利亚首都堪培拉举行亚太经济合作会议首届部长级会议，这标志着亚太经济合作会议的成立。1993 年 6 月改名为亚太经济合作组织。

1.3.1　宗旨和议题

　　宗旨是：保持经济的增长和发展；促进成员间经济的相互依存；加强开放的多边贸易体制；减少区域贸易和投资壁垒，维护本地区人民的共同利益。

　　APEC 的大家庭精神是在 1993 年西雅图领导人非正式会议宣言中提出的。为本地区人民创造稳定和繁荣的未来，建立亚太经济的大家庭，在这个大家庭中要深化开放和伙伴精神，为世界经济作出贡献并支持开放的国际贸易体制。

　　在围绕亚太经济合作的基本方针所展开的讨论中，以下 7 个词出现的频率很高，它们是：开放、渐进、自愿、协商、发展、互利与共同利益，被称为反映 APEC 精神的 7 个关键词。

　　APEC 主要讨论与全球及区域经济有关的议题，如促进全球多边贸易体制，实施亚太地区贸易投资自由化和便利化，推动金融稳定和改革，开展经济技术合作和能力建设等。

近年来，APEC 也开始介入一些与经济相关的其他议题，如人类安全（包括反恐、卫生和能源）、反腐败、备灾和文化合作等。

1.3.2 合作方式

APEC 采取自主自愿、协商一致的合作方式。所作决定须经各成员一致同意。会议最后文件不具法律约束力，但各成员在政治上和道义上有责任尽力予以实施。

APEC 工商咨询理事会成立于 1993 年，是工商界参与 APEC 合作的主要渠道。理事会的主要任务是，就如何为 APEC 贸易投资自由化和经济技术合作创造有利的工商环境提出设想和建议。理事会由各成员选派的三名工商界代表组成，主席由当年 APEC 会议东道主担任。工商咨询理事会每年召开 4 次会议，理事会设有常设秘书处，位于菲律宾马尼拉。工商咨询理事会较为活跃，为 APEC 合作发挥了积极的推动作用。

亚太经合是经济合作的论坛与平台，其运作是通过非约束性承诺、开放对话、平等尊重各成员意见，不同于世界的其他政府间组织。世界贸易组织及其他多边贸易体要求成员签订具约束性的条约，但亚太经合与此不同，其决议是通过全体共识达成，并由成员自愿执行。

1.3.3 历史沿革

1989 年 1 月，澳大利亚总理波比·霍克访问韩国时在首尔倡议召开"亚洲及太平洋国家部长级会议"。

1989 年 11 月 6 日至 7 日，12 个创始会员国在澳大利亚堪培拉举行首届"亚洲太平洋经济合作部长级会议"。

1991 年 11 月 12 日至 14 日，第三届部长级会议在韩国首尔举行并通过《汉城宣言》，正式确定亚太经合的宗旨目标、工作范围、运作方式、参与形式、组织架构、亚太经合前景。亚太经合的目标是为本区域人民普便福祉持续推动区域成长与发展；促进经济互补性，鼓励货物、服务、资本、技术的流通；发展并加快开放及多边的贸易体系；减少贸易与投资壁垒。这次会议也正式将中华人民共和国、香港（回归中国后以"中国香港"的名义参与）、中国台湾三个经济体同时纳入亚太经合会。

1992 年 9 月 10 日至 11 日，第四届部长级会议在泰国曼谷召开，确定将亚太经合秘书处设于新加坡，并确立亚太经合运作基金的预算规则。

1993 年 1 月，亚太经合秘书处在新加坡成立，负责该组织的日常事务性工作。

1993 年 11 月 20 日，首届亚太经合经济领袖会议在美国西雅图布莱克岛（BlakeIsland）举行，并宣示亚太经合的目的是为亚太人民谋取稳定、安全、繁荣。

1994 年 11 月 15 日，在印度尼西亚茂物举行的经济领袖会议设立"茂物目标"：发达成员国在 2010 年前、发展中国家成员在 2020 年前，实现亚太地区自由与开放的贸易及投资。

1.3.4 发展问题

近年来亚太经济合作组织发展速度很快，而且比较顺利，尽管如此，一些问题也逐渐暴露。

第一是在削减关税问题上内部矛盾越来越明显。亚太经合会成员中既有发达国家，也有发展中的国家。

第二是接收新成员问题，亚太经合会已有 21 个正式成员，还有多个国家和地区要求加入亚太经合会。从客观上分析，成员越多，越难形成集体行动计划，越难达成共识，将使自由化过程放慢。在接收新成员问题上，关税低的成员与关税高的成员持不同意见。

第三是工作重点问题。发展中的国家渴望将经济技术合作作为亚太经合会活动的一个中心，但菲律宾会议虽然通过了《亚太经合会加强经济合作和发展框架宣言》发达工业化国家却依然把力量集中在贸易投资自由化方面。在这一点上发达国家和发展中国家矛盾明显。

1.3.5　组织构成

APEC 现有 21 个成员，分别是中国、澳大利亚、文莱、加拿大、智利、中国香港、印度尼西亚、日本、韩国、墨西哥、马来西亚、新西兰、巴布亚新几内亚、秘鲁、菲律宾、俄罗斯、新加坡、中国台湾、泰国、美国和越南，1997 年温哥华领导人会议宣布APEC 进入十年巩固期，暂不接纳新成员。此外，APEC 还有 3 个观察员，分别是东盟秘书处、太平洋经济合作理事会和太平洋岛国论坛。

APEC 共有 5 个层次的运作机制：

（一）领导人非正式会议：自 1993 年来共举行了 16 次，分别在美国西雅图、印尼茂物、日本大阪、菲律宾苏比克、加拿大温哥华、马来西亚吉隆坡、新西兰奥克兰、文莱斯里巴加湾市、中国上海、墨西哥洛斯卡沃斯、泰国曼谷、智利圣地亚哥、韩国釜山、越南河内、澳大利亚悉尼、新加坡和秘鲁利马举行。2010 年、2011 年的领导人非正式会议将分别在日本和美国举行。

（二）部长级会议：包括外交（中国香港除外）、外贸双部长会议以及专业部长会议。双部长会议每年在领导人会议前举行一次，专业部长会议不定期举行。

（三）高官会：每年举行 3 至 4 次会议，一般由各成员司局级或大使级官员组成。高官会的主要任务是负责执行领导人和部长会议的决定，并为下次领导人和部长会议做准备。

（四）委员会和工作组：高官会下设 4 个委员会，即：贸易和投资委员会（CTI），经济委员会（EC），经济技术合作高官指导委员会（SCE）和预算管理委员会（BMC）。CTI 负责贸易和投资自由化方面高官会交办的工作，EC 负责研究本地区经济发展趋势和问题，并协调结构改革工作。SCE 负责指导和协调经济技术合作，BMC 负责预算、行政和管理等方面的问题。此外，高官会还下设工作组，从事专业活动和合作。

（五）秘书处：1993 年 1 月在新加坡设立，为 APEC 各层次的活动提供支持与服务。秘书处负责人为执行主任，由 APEC 当年的东道主指派。

1.3.6 APEC 成员

标准缩写	标准名称	中文名	加入时间
AUS	Australia	澳大利亚	1989 年 11 月 6 日—7 日
BD	Brunei Darussalam	文莱	1989 年 11 月 6 日—7 日
CDA	Canada	加拿大	1989 年 11 月 6 日—7 日
CHL	Chile	智利	1994 年 11 月 11 日—12 日
PRC	The People's Republic of China，China	中华人民共和国	1991 年 11 月 12 日—14 日
HKC	Hong Kong，China	中国香港	1991 年 11 月 12 日—14 日
INA	Indonesia	印度尼西亚	1989 年 11 月 6 日—7 日
JPN	Japan	日本	1989 年 11 月 6 日—7 日
ROK	Republic of Korea，Korea	大韩民国	1989 年 11 月 6 日—7 日
MAS	Malaysia	马来西亚	1989 年 11 月 6 日—7 日
MEX	Mexico	墨西哥	1993 年 11 月 17 日—19 日
NZ	New Zealand	新西兰	1989 年 11 月 6 日—7 日
PNG	Papua New Guinea	巴布亚新几内亚	1993 年 11 月 17 日—19 日
PE	Peru	秘鲁	1998 年 11 月 14 日—15 日
RP	The Republic of the Philippines，The Philippines	菲律宾	1989 年 11 月 6 日—7 日
RUS	The Russian Federation	俄罗斯联邦	1998 年 11 月 14 日—15 日
SIN	Singapore	新加坡	1989 年 11 月 6 日—7 日
CT	Chinese Taipei	中国台湾	1991 年 11 月 12 日—14 日
THA	Thailand	泰国	1989 年 11 月 6 日—7 日
US 或 USA	United States	美国	1989 年 11 月 6 日—7 日
VN	Viet Nam	越南	1998 年 11 月 14 日—15 日

参 考 文 献

[1] 薛荣久. 国际贸易 [M]. 北京：中国人民大学出版社，2008.

[2] 唐春根，陈红艳. 国际贸易 [M]. 北京：化学工业出版社，2007.

[3] 李鑫恺. 国际贸易概论 [M]. 北京：科学出版社，2006.

[4] 连有. 新编国际贸易概论 [M]. 北京：电子工业出版社，2008.

[5] 张勤. 国际贸易 [M]. 合肥：中国科学技术大学出版社，2006.

[6] 黄晓玲. 中国对外贸易 [M]. 北京：中国人民大学出版社，2006.

[7] 金焕. 国际贸易概论 [M]. 北京：电子工业出版社，2010.

[8] 严国辉. 国际贸易理论与实务 [M]. 北京：对外经济贸易大学出版社，2007.

[9] 蔡玉彬. 国际贸易理论与实务 [M]. 北京：高等教育出版社，2004.

[10] 彭福永. 国际贸易 [M]. 上海：上海财经大学出版社，2002.

[11] 贾建华. 国际贸易理论与实务 [M]. 北京：首都经济贸易大学出版社，2002.

[12] 王忠明. WTO 规则实务培训读本 [M]. 北京：中共中央党校出版社，2002.

[13] 何茂春. 中国对外经济贸易白皮书 2002 [M]. 北京：中国物资出版社，2002.

[14] 张锡嘏. 国际贸易 [M]. 北京：对外经济贸易大学出版社，2006.

[15] 彭光明，邓安球. 国际贸易概论 [M]. 长沙：中南大学出版社，2004.

[16] 陈宝岭. 国际贸易 [M]. 上海：上海交通大学出版社，2005.